文
景

Horizon

社科新知　文艺新潮

蜘蛛女之吻

[阿根廷] 曼努埃尔·普伊格 著

屠孟超 译

El beso de la mujer araña

Manuel Puig

上海人民出版社

第一部分

第一章

“她的长相看起来有些怪异，与一般女子相比颇有不同。她长得相当年轻，充其量也就是二十五岁左右吧；脸盘小小的，像张猫脸；小巧的鼻子，鼻尖翘翘的。至于她的脸型嘛……像是鹅蛋形的，更确切地说，是圆形的。前额宽宽的，腮帮子也是大大的，但脸的下半部分就显得异常瘦削，与猫的长相一样。”

“那她的两只眼睛呢？”

“非常明亮，几乎可以肯定地说，她的眼珠子是绿色的。她半开半闭着眼睛，以利进行绘画。她注视着眼前的模特儿，它是动物园里的一只黑豹。起先它安安静静地趴在笼子里。后来，那姑娘移动画架和椅子时发出了声音，它看见了她，便站起身来，在笼子里来回踱着步，还冲那姑娘吼叫一声。直到那时她连黑豹的轮廓都还没有勾画出来呢。”

“在此之前，那动物难道没有闻出她的气味吗？”

“没有，因为笼子里放了一大块肉，它只能闻到肉味。动物管理员有意将那块肉放在笼子的铁栅栏边，免得让黑豹嗅到外面飘进来的气味而骚动不安。见到黑豹生起气来，姑娘便赶紧挥舞画笔，画得越来越快，画成了一个既像动物的头颅，又像魔鬼的脑袋的玩意儿。那是一只公豹，它盯着姑娘，不知是打算将她撕烂，然后吃掉她，还是对她怀有更加丑恶的企图。”

“那天在动物园里没有别的游客了吗？”

“没有，别的游客几乎一个也没有。那是冬天，非常寒冷，公园里的树木全都是光秃秃的。寒风刺骨，姑娘几乎是公园里唯一的游客。她坐在自己带来的一张折叠式的小板凳上，前面放着一个用来摆放画纸的画架。离她不远处有个关着长颈鹿的笼子，笼子外边有个女教师带着几个孩子在看动物。不过，天气太冷，他们没看多久便匆匆离去。”

“难道她不觉得冷吗？”

“她不冷，她已忘记了寒冷。她仿佛置身于另一个世界，一面在画着黑豹，一面又在沉思着什么。”

“她既陷入了沉思，就不可能置身于另一个世界。这样说是有矛盾的。”

“没有矛盾，她确实在思考着什么，她已沉陷在自己的内心世界，但她几乎没有觉察到这一点。她一条腿搁在另一条腿之上。她穿一双黑皮鞋，鞋跟又高又粗，鞋帮的前面部分是镂空的，露出了涂成黑色的趾甲。袜子闪闪发亮，是一种网状的玻璃丝袜。不知是她的皮肤，还是袜子，呈粉红色。”

“请原谅。请你记住我刚才对你说的话，不要进行色情方面的描述。你要知道，这样做不合适。”

“就依着你吧。好，我接着说。姑娘的两只手戴着手套。为了便于作画，她脱去了右手的手套。指甲很长，涂着黑色的指甲油。由于天气寒冷，白皙的手指已被冻成青紫色。她有时停下画笔，将手伸进大衣里取暖。黑色的长毛绒大衣非常厚，大衣两边的垫肩也很厚实。大衣的长毛绒像波斯猫的毛皮一样厚，不对，比波斯猫的毛皮要厚得多。那么，谁站立在她的后面呢？因为有人在擦火柴点烟，但风将火柴吹灭了。”

“是什么人？”

“别急。她听到了擦火柴的声音，猛地一怔，便回过头来。此人仪表非俗，虽不能说是风流美少年，却也看起来挺讨人喜欢。他头上戴的那顶帽子帽檐压得低低的，身上那件大衣有好几只口袋，裤子的裤腿十分肥大。他用手指碰了一下帽檐，仿佛在对她行礼，又对她说了一声对不起后，便说她画得非常棒。她感到他是个正人君子，因为从他的脸可以看出。她认为对方是个文静、善解人意的人。她用手整理了一下一绺被风吹乱了搭在额前的鬈发。她和别的女孩子一样，也是长发披肩，只是在发尖上烫了一下，就像姑娘们平时常梳的那种发型。”

“在我的想象中她是个身强力壮的女孩子，个儿不太高，长得圆鼓鼓的，走起路来像只猫。真够迷人的。”

“你刚才不是说，不要谈色情方面的事吗？”

“你接着说下去吧。”

“她回答说，她并没有感到吃惊。可是当她再次整理头发时，手一松，画纸便让风吹走了。小伙子赶忙跑过去将画纸从地上捡起，还给了姑娘，并向她表示歉意。她回答说，没有关系。从她的口音中他听出她是个外国女人。姑娘对他说，自己是个难民，当年曾在布达佩斯学美术。战争爆发后，她便乘船到了纽约。他问她是不是怀念她出生的那个城市。这时，从她的眼睛里仿佛飘过了一片乌云，她整个脸部表情都阴暗下来了。她说，她不是出生在城市里，她是山里人，老家在特兰西瓦尼亚[1]一带。”

---

[1] 特兰西瓦尼亚，指罗马尼亚中西部地区。——本书中，带数字编号的均为中译注，星号标注的为作者原注

“德拉库拉就是那里的。”

“没有错。那一带山高林密，野兽多得很。每到冬季，野兽饿得发疯，来到村庄里伤人。村里的人们恐惧万分，常常将羊羔和一些死了的牲畜放在家门口，还向神灵许了愿，免得野兽伤害自己。说到这里，小伙子说自己想再次见到她。她告诉他，翌日下午她还会在那个地方作画，因为在这段时间里只要天气晴朗，她就会去那儿。小伙子是个建筑设计师。到了第二天下午，他和自己的几个同事——其中还有一个年轻的女设计师——一起在工作室里搞设计。时钟敲过三点后，太阳过不了多久便会下山，他待不住了，就想放下手中的尺子和圆规，跑到就在工作室对面的中央公园内的动物园去。女设计师问他上哪儿去，为什么这样高兴。他只将她看作一般的朋友，但同时也发现对方在心底里已爱上了自己，尽管她表面上还是装作若无其事的样子。”

“她一定长得奇丑无比吧？”

“不是这么一回事儿。她有一头栗色的头发，脸部表情活泼可爱，虽说不上美貌绝伦，倒也颇讨人喜欢。他没有告诉她自己上哪儿去，便径自离开工作室。她心里非常难受，但丝毫也没有表露出来，一门心思埋头工作，免得自找烦恼。他到了动物园，天还没有黑。那天是冬日少有的晴天，周围的一切看得一清二楚。兽笼的铁栏杆漆成黑色，墙壁贴上白色的瓷砖，假山也是白色的，只是掉了叶子的树木是灰色的。野兽瞪着血红的眼睛。可是，那个叫伊雷娜的女孩子却不在那里。日子一天天地过去，小伙子一直忘不了她。一天，他信步走在一条繁华的街道上，在艺术画廊的橱窗里看到了什么，这引起了他的注意。原来在橱窗里展示着某一位画家的几幅作品，画面上没有别的，只有几只金钱豹。小伙子走进画廊，见到了伊雷娜，她正在接受参观画展的人们对她的祝贺。下面发生的事我就不知道了。”

“你再好好地回忆一下吧。”

“你稍等一会儿……我已记不清是不是就在那里，有个让她吃了一惊的女子和她打了招呼……不管它了。当时小伙子也过去向她贺喜。他觉得伊雷娜和他上次见到时不一样了。由于心里高兴，她的眼神中已见不到当初那阴暗的表情了。他邀请她去饭店用餐，她便离开在场的所有评论家，和他走了。从她的情况看，仿佛过去曾经失去过自由，这会儿第一次能自由自在地在街上走，爱上哪儿，就去哪儿。”

“可是，刚才你说是小伙子请她上餐馆用餐的，不是去她爱去的任何地方。”

“唉，你别要求我把话说得那么确切嘛。我接下去讲吧。当他在一家匈牙利餐馆或是一家罗马尼亚饭店门前停下时，她又出现了一种异常的感觉。他原本以为带她去她自己的同胞开的餐馆会让她感到愉快，谁知结果适得其反。他发现她神情有异，便问她究竟发生了什么。她没有对他说出实情，只是说，她触景生情，回想起了当年战火纷飞的日子，而眼下战争的烈火还在熊熊燃烧。他听了便说他们上另一家餐馆吃午饭吧。但是，她已注意到他并不富有，而且，工作也很忙，没有多少空余时间，这会儿正好是午休吃午饭的时间，饭后还得回工作室干活。因此，她让自己平静下来，走进了这家饭店。饭店内的一切尽如人意，不但环境十分幽静，饭菜也非常可口。她再次对生活感到非常幸福愉快。”

“那他呢？”

“他也非常兴奋，因为他已看到她稳定了自己的情绪，以取悦于他；而他呢，从一开始就打算上那儿去让她高兴高兴。男女双方相识后该干的那些事儿都进行得非常顺利。他在这方面特别投入，便决定那天下午不再去上班。他对她说，他只是偶然路过画廊，原本他有别的事，他是想去买一件礼品。”

“打算送给那位女建筑师同事。”

“你怎么会知道的呢？”

“没有别的原因，我只是胡乱猜中罢了。”

“你一定看过这部电影。”

“没有，我向你保证。你再接下去讲吧。”

“于是，姑娘，也就是伊雷娜对他说，他们可以一起去买礼物。他头脑中立即涌现的想法是自己身上带的钱够不够购买两件相同的礼品——一件赠送给他的女同事，祝贺她的生日；另一件赠送给伊雷娜，以赢得她的爱情。走到街上时，伊雷娜对他说，今天下午她觉得非常奇怪，天还不到三点就黑下来了，而她见到这种情况却不感到难过。他便问她，为什么见到天黑她就难受，是不是因为她害怕黑暗。她想正是这么一回事，便回答他说，她是害怕黑暗。说话间他们来到准备去的那家商店前，他停下脚步，她以不信任的神情看了看那家商店的橱窗。这是一家非常漂亮的宠物鸟店，从店门外便能见到关在笼子里的各色各样的鸟儿。它们有的欢快地在笼内的枝条上跳来跳去，有的站在树枝上摇晃着，有的在啄食着生菜叶子或虉草籽，有的在啜饮着才更换过的净水。”

“对不起……盛凉水的玻璃瓶里有水吗？”

“有。刚才他们给我开门上厕所时，我已经将它灌满了。”

“哦，那太好了。”

“你想喝一点吗？很好喝，非常清凉。”

“不想喝。有了水明天沏马黛茶就不成问题了。请你接着往下讲吧。”

“可你不要夸大其词，玻璃瓶里的水够我们喝一整天。”

“你不要让我养成坏习惯。刚才他们开门让我去淋浴时，我忘记带点水回来了。要不是你后来记起来，我们便没有水用了。”

“我已对你说了，水有的是……小伙子和姑娘走进宠物鸟店时，真不知像什么妖魔鬼怪进去了一样，鸟儿们都像疯了一样，害怕得拼命往笼子边上飞，将翅膀都撞伤了。宠物鸟店老板慌得六神无主。那些小鸟都恐怖得尖着嗓子叫，其声音听起来不像鸟鸣叽叽喳喳，倒宛若兀鹫在吼叫。姑娘抓住小伙子的一只手，将他拉到宠物鸟店外面，鸟儿们立即平静下来了。她对他说，她要走了。他俩约好了下次见面的时间，同意在第二天晚上再次会面。小伙子又走进那家宠物鸟店，鸟儿们叽叽喳喳地叫着，平静如初。他买了一只鸟，准备送给那位即将过生日的女同事。后来……唉，后来的事我记不清了，我想睡觉了。”

“你再往下讲一点儿吧。”

“我一困倦就把电影故事给忘了。明天我们继续往下讲，你看如何？”

“眼下你既然想不起来了，也就只好明天再讲了。”

“要有马黛茶喝，我就继续给你讲。”

“不讲了，还是留到明天晚上再讲吧。白天我不愿意想这些杂七杂八的事情。我还有更要紧的事情要思考。”

“……”

“假如我不在看书，也不说话，那我一定在思索着什么。不过，请你不要误解我的意思。”

“不会的。那好吧，我不来分散你的注意力了，你放心好了。”

“我知道你能理解我的，对此我表示感谢。明天我们再聊吧。”

“明天再聊。愿你梦中见到伊雷娜。”

“我倒更喜欢小伙子的那个同事女建筑师。”

“我早看出来了。再聊吧。”

“明天再聊。”

“昨天我们讲到小伙子走进了宠物鸟店，鸟儿们并没有因他而惊恐。它们害怕的是那姑娘。”

“我并没有跟你说到这一点，这是你自己猜想到的。”

“那往后发生了什么呢？”

“我接下去讲吧。之后他们常常见面，并产生了恋情。她能强烈地吸引他的原因是她的行为异常怪异。她一方面对他一片深情，两眼望着他，双手爱抚着他，还将他搂在自己怀里；但另一方面，当他想紧紧地拥抱她、吻她时，她便推开他，不让他的嘴唇碰到自己的嘴唇。她请求他不要吻她，而让她来吻他。她的亲吻就像小姑娘的吻，非常幼嫩，两片肥厚的嘴唇轻轻地碰一下，嘴唇总是紧闭的。”

“过去的电影从来没有性爱的镜头。”

“你别急，下面就会见到了。一天夜里，小伙子又将姑娘带到那家餐馆。这家饭店不太豪华，但装饰得十分漂亮，餐桌上铺着带方格的台布，里面全是用木头装潢的。哦，不是，是石头；哦，不是；哦，是。现在我想起来了，饭店里装潢成农舍的模样，梁上挂着汽灯，桌子上只点着蜡烛。他举起斟满葡萄酒的杯子——那是一只很粗糙的酒杯，向她祝酒，因为这天夜里一个满怀深情的男人就要订立婚约了，如果他选中的那位姑娘接受他请求的话。她热泪满眶，这是幸福的泪水。他俩碰了碰杯，没有说什么便一饮而尽，然后互相握住了对方的手。猛然间她将手抽了回去，因为她看见此时有人朝他们的餐桌走来。乍一看，这是一个很漂亮的女人，但再看一眼便立即会发现她脸上有某种十分怪异的东西。它使你感到恐惧，却又说不清这是什么，因为她的脸既像女人的脸，却又像猫脸。两只眼睛的眼角往上吊，样子和一般人不一样，我也不知道怎样向你说清楚。她的眼睛没有眼白，整只眼睛呈绿色，只有中间的瞳孔是黑的。她的脸部好像搽了许多粉，显得十分苍白。”

“可你刚才不是说她模样儿挺美的吗？”

“是的，她的长相是很美。从她那与众不同的服饰看，她是个欧洲女子，头上都梳着香蕉式发型。”

“什么是香蕉式发型？”

“就像一只……我怎么对你说清楚呢？就在脑袋四周像管子一样竖起一根根发辫，前面的往上翘，其余的朝后倒伏。”

“说不清楚也不打紧，请你继续往下讲吧。”

“可我总觉得自己也许搞错了，她脑袋四周好像是一条发辫，这种发型在这个地区十分流行。她身穿一件几乎拖到脚跟的长袍，肩上披着一件狐皮短披风。她走到桌子边，用一种近似仇视的目光注视着伊雷娜，也好像不是仇视的目光，而是像施行催眠术的人那样看着她。不管怎么说吧，她的目光确实不怀好意。她站在餐桌边，用一种十分稀罕的语言和伊雷娜说起话来。小伙子则像一位绅士见到一位夫人向自己走来时应该做的那样站起身来。可是，这位猫脸女子连看也没有对他看一眼，便和伊雷娜说了第二句话。伊雷娜惊慌失措地用同样的语言回答她。对这两位女子的交谈，小伙子连一个词儿也听不懂。为了让他也能听懂，猫脸女人便对伊雷娜说：‘我立即认出你来了，原因你自己明白，再见……’说完，她连看也没有看小伙子一眼，便扬长而去。伊雷娜呆若木鸡，两只眼睛泪汪汪的，视线模糊，泪水像泥坑里的水一般混浊不清。她一声不吭地站起身来，用一块长长的白纱巾裹住头部。他在餐桌上留下一张纸币，挽住她的胳膊，和她走出饭店。路上他们俩没有说一句话，他见她用恐惧的神情将目光投向中央公园。这时，天下着小雪，雪花减少了城市的喧闹声和嘈杂声，街道上的车辆像是在滑行似的没有发出一点儿声音。在路灯的映照下，洁白似银的雪花从天飘然而下。远处仿佛传来了野兽的吼叫声。这种情况完全可能属实，因为离那儿不远便是中央公园的动物园。她停止了脚步，并请小伙子拥抱她。他伸开双臂紧紧地拥抱她。她浑身颤抖着，或者由于寒冷，也可能出于恐惧，尽管野兽的吼叫声好像已经平息下来。她几乎是在喃喃细语，对他说自己怕回家一个人单独过夜。这时，驶来了一辆出租车，他用手示意让它停下，两人便默默无言地上了车。汽车朝他的寓所驶去，一路上他们仍然没有说一句话。他们来到了一座楼房跟前，他住的是其中的一套单元房子。房子虽已陈旧，但保养得相当不错，地上铺了地毯，天花板很高，黑色的木楼梯两边的扶手雕刻了花纹。一进门在楼梯口放了一棵巨大的盆栽棕榈树，栽树的盆子也很大，你可以想象盆子的边上还烧制了中国画。棕榈树映照在一面高大的镜子里，镜框也和楼梯的扶手一样，经过精雕细刻。姑娘对着镜子照了照自己的身影，还细细地端详了一下自己的脸庞，仿佛试图在自己的面容上发现点什么。这幢楼房没有电梯，小伙子住在二楼。人走在地毯上，犹如在雪地上行走一样，听不到一点声音。这套单元房子面积相当大，里面的各种陈设都是十九世纪末的式样，朴实无华。这套房子是小伙子的母亲的。”

“他说了些什么呢?”

“什么话也没有说。他知道她此时心里很难过，有什么事在折磨着她。他只是给她端来了饮料、咖啡和她喜欢吃的食物等等。她既不吃，也不喝，只是请他坐下来，说自己有话对他说。他点燃了烟斗，以一种随时都可以从他身上见到的宽容仁慈的神色注视着她。她这时缺乏用目光正视他眼睛的勇气，只是将头枕在他的膝盖上，说起话来。她说在自己出生的那个山村里流传着一个骇人听闻的传说，从小时候起，她一听这个故事就会吓得发抖。这个故事我已记不太清楚了，好像是一件发生在中世纪的事吧。有一次天降大雪，那一带的山村都与外界断绝了联系，因为雪接连不断地下了好几个月。村庄里不少人受冻挨饿而死，而所有的男人却早已奔赴前线作战了。情况大体上是这样的，我确实记不太清楚了。森林中的野兽由于不堪饥寒也纷纷来到村庄觅食。这时，来了一个魔鬼，说如果人们想让它替他们带来食物，必须出来一个女人。村庄里一个最勇敢的女人挺身而出。魔鬼的身边站着一只饿得发起性子的金钱豹。这位勇敢的女人和魔鬼订立了盟约，目的是为了能活下去。后来发生了什么事我也说不清楚了，反正这女人后来生了一个长着一张猫脸的女儿。参加圣战的十字军士兵从前线回来了，与那个女人结过婚的那位士兵走进自己的家。当他和妻子接吻时，她就像一只母豹一样将他活活地撕烂了。”

“你这个故事讲得太含糊不清了，我听不太懂。”

“是我记不太清楚了，不过，这也无妨。噢，我想起来了。伊雷娜说，往后山上又生下了几个金钱豹女孩。当然，那名士兵已经死了，但另一名参加过十字军的士兵发现是那已故士兵的妻子将他杀死的，便开始对她进行跟踪。她在雪地上逃之夭夭，那士兵尾随着她，开始时他见到她留下的脚印是女人的足迹，但随着他走近了森林，却发现是金钱豹留下的爪印了。十字军士兵还是紧追不舍，一直追到了丛林里。这时，天黑下来了，在夜色中他见到有人潜伏着等他过去，此人的两只眼睛闪烁着绿光。他一手执剑，一手拿短刀，将两件武器交叉着护在自己的胸前。金钱豹平静下来了，它又变成了女人，像中了催眠术一样半睡半醒地躺伏在地。十字军士兵往后退了几步，因为这时他又听到了朝他靠近的另外几只野兽的吼叫声。原来这几只野兽闻到了那躺伏在地的女人的气味，将她吞食掉了。十字军士兵回到村庄时几乎已经吓瘫了，他对人们叙述了事情的经过。根据这个传说，金钱豹女人至今还没有绝种，她们还躲藏在世界上的什么地方。从外形看，她们和正常的女人毫无两样，但如果有男人去吻她们，她们便会变成野兽。”

“那么，她也是金钱豹女人？”

“她只知晓自己孩提时代一听到这一类故事便会吓得魂不附体，而她本人也成天心怀疑惧，生怕自己就是那些金钱豹女人的后代。”

“那么，在饭店里见到的那个女子究竟对伊雷娜说了些什么呢？”

“小伙子正好对她提出了这样的问题。伊雷娜听他问起这件事，便哭着扑到了他的怀里，对他说，那女人只是对她一般性地寒暄了几句。但是，过了一会儿，伊雷娜又说情况并非如此。她终于鼓起勇气，对他说，那女人用她村子的方言土语对她说，自己已想起她是谁了。只要看一眼伊雷娜的脸便心里明白，她们俩是姐妹。她还告诉伊雷娜，要当心男人。小伙子听后哈哈大笑。‘你难道没有发现吗？’他对她说，‘她知道你是她的同乡，才这么说的，因为在外地所有的同胞相见后都会相认的。譬如我在中国见到一个美国人，我也会走上前去，和他打招呼的。由于她是个女人，又有点儿守旧，便对你说对男人要当心点儿。你难道没有明白这一点吗？’他这么对她一说，她心里就平静得多了，平静得竟开始在他的怀里睡着了。他将她平放在沙发上，头下枕了一个大枕头，还从自己的床上拿来一条被单给她盖上。她睡着了。他回到自己的卧室。接下去镜头上出现了他身穿睡衣的场面，还穿了一件不算太豪华，但质地不错的单色上装。他从门缝里朝她看看，见她还在梦乡，便点燃烟斗，沉思起来。壁炉点燃了，不对，我记不清楚了。光线可能是从他放烛台的那张桌子上射过来的。壁炉的火熄灭后，伊雷娜也醒过来了。壁炉内只剩下一些炭火，天已经亮了。”

“伊雷娜是和我们一样给冻醒的吧。”

“不，她是由于别的原因醒来的。我知道你会说她是给冻醒的。其实她是被鸟笼里的那只金丝雀叽叽喳喳的鸣叫声给吵醒的。伊雷娜开始时害怕走近鸟笼，但她听到小鸟儿在欢快地鸣叫，便壮了壮胆，走到它的身边。她瞧着它，深深地叹了一口气，心里感到轻松些，愉快些了，因为金丝雀见到她并不感到害怕。她来到厨房里，烤了几片面包，涂上了他们所说的黄油，又煮了点米饭……”

“请你别谈吃的东西。”

“还有甜饼……”

“我是一本正经向你提出这个请求的。请你一不讲食物，二不谈裸体女人。”

“那好吧。姑娘将小伙子叫醒。他发现她在他家里心情很好，也感到很愉快，便问她愿不愿意一辈子生活在那里。”

“这时他还躺在床上吗？”

“是这样。她将早点送到了他床边。”

“我从来不喜欢一起床就用早餐。起身后我喜欢先刷牙。请你继续讲下去吧。”

“可以。小伙子想吻她，但她没有让他靠近。”

“也许她嘴里有味儿，因为她还没有刷牙。”

“如果你再这样插科打诨，我就不想再往下讲了。”

“我不这样了，请讲吧，我洗耳恭听。”

“小伙子再次问她，愿不愿意和他结婚。她回答说，她由衷地喜欢他，也不想再离开他家了，因为她在那里感到非常舒心。她朝房子四周看了一眼，见用来遮挡阳光的窗帘是用黑色的天鹅绒制成的。她拉开了窗帘，好让阳光射进来。在天鹅绒窗帘的里面，还有用薄薄的装饰布做的一层窗纱。这时，房间内十九世纪末式样的各种陈设一目了然。她问他，房间里这些漂亮的家具是谁选购来的。我认为当时他回答她说，在所有这些陈设中可以体验到他母亲的存在。他还说，他母亲是个好人，如果她还在世的话，她一定会像对自己亲生女儿那样喜爱伊雷娜的。伊雷娜走到他跟前，满怀敬意地对他亲吻了一下，仿佛在吻圣徒一般，可不是吗？是吻在前额上。她请求他永远不要抛弃她，说自己愿意一辈子和他在一起，自己唯一的希望便是每天清晨醒来，见到他在自己的身边……不过，要她成为他真正的妻子，她请求他再等待一些时日，让她内心的种种恐惧感渐渐消失……”

“你已经知道她会发生什么了，是不是？”

“她是怕自己会变成金钱豹。”

“没有错，但我认为她有些性冷淡，她有些怕男人，或者说，对两性方面的事想得太可怕了，所以编造出这样的故事来。”

“你听我说下去，别急。他同意了她的请求，他们结婚了。新婚之夜，她睡在床上，他睡在长沙发上。”

“一边看着母亲的那些陈设。”

“你要是感到好笑，我就不再往下讲了。我是正儿八经在跟你讲电影故事，因为我很喜欢这部电影。此外，还有一个我不能对你讲明的原因，使我对这部电影真的十分喜爱。”

“不管是什么事，告诉我吧，是什么原因？”

“不行。我本来是想对你说的，但是，见到你在讥笑我，心里很生气，便不想说了。”

“请你别这样。这部电影我也喜欢，只是见你讲得兴高采烈，我也禁不住想插上几句，你难道没有感觉到吗？我这个人不声不响地光听别人讲，不容易办到，你知道吗？眼下突然让我一声不吭，只听你讲上几个小时，这怎么办得到呢？”

“我原来以为这样做会让你高兴高兴，让你早入梦乡。”

“说得对，非常正确，完全符合事实。真是两全其美：既能使我感到愉快，也能催我入梦。”

“那我接下去该怎么办？”

“如果你不反对的话，我认为可以这样：你继续讲，我们边讲边议。这样一来，我心里有话也可以讲出来。这样比较合适，你觉得怎么样？”

“要是仅仅为了让你拿我喜欢的电影寻开心，那我认为不合适。”

“不是这个意思。你听我说，我们可以进行简单的评议。比如说，我很想问问你对小伙子的母亲是怎样想的。”

“如果你不再讥笑我，那可以。”

“我向你保证不这样做。”

“那好吧…… 说起他母亲的为人，我也不知该怎么说好，反正她是个很好的女人，是个能让她丈夫和子女感到非常幸福的贤妻良母。另外，她也很注重自己的仪表。”

“眼下你可能想象她正在打扫房间吧？”

“不，我想象她正穿着一件高领上衣，领子遮住了她脖子上的皱纹，模样儿无可挑剔。像某些贵妇人那样，她既显得雍容华贵，又不失风韵；虽说已上了点年纪，但还像年轻女子那样讨人欢喜。”

“没有错，她的模样儿总是无可挑剔、完美无缺的。她有仆人们侍候，她剥削那些走投无路、为了赚取几文钱而不得不服侍她的人。当然，她和丈夫在一起很幸福。她丈夫同时也在剥削她，让她干他要她干的种种事情，将她像一个女奴一样关在家里，等候他回来……”

“你听我说……”

“…… 每天夜里，她在家里等他回来。他从律师事务所回来，也可能从医务所回来。对这样的生活方式，她表示完全同意，从来没有表示异议。她又将这套乌七八糟的东西传给了她的儿子。眼下儿子遇到了个金钱豹女人。但愿他对她能克制点儿。”

“可你难道真的不喜欢有这样的一位母亲吗？她慈祥、体贴，又很注重自己的仪表……得了吧，别对我撒谎了……”

“我没有撒谎。如果你不明白我的意思，我来对你进行解释。”

“算了，我有些困了。你说出这样的话来，我很生气。你说这番话之前，我还觉得挺得意的。和你讲讲电影故事，我忘记了这肮脏的牢房，忘记了一切。”

“我也把一切都抛到脑后去了。”

“那你为什么要扫我的兴？为什么也要扫你自己的兴呢？你这算什么了不起的行为？”

“我感到我有必要对你把问题说得更清楚一点，光对你进行暗示，你不明白我的意思。”

“在黑暗中给我做手势[1]，实在太妙了。”

“我来对你把问题说清楚。”

“可以，但要到明天，因为眼下实在太困了，明天你继续讲吧……为什么要让你而不让那金钱豹女人的未婚夫来做我同室的难友呢？”

[1] 原文为西班牙语 Seña 一词，既有“暗示”的意思，也有“手势”之意。

“唉，这是另一回事了，我对此不感兴趣。”

“你害怕谈这方面的事情？”

“不，我不怕，我只是不感兴趣。关于你的情况，尽管你什么也没有对我讲过，我却已了解得一清二楚。”

“得了吧，那是因为我已对你说过，我坐牢的原因是我腐蚀了未成年人。这么一说不等于全都告诉你了吗？你别在我面前冒充心理学家了。”

“这就不多说了。那么，你老实告诉我，你喜欢他的原因是不是他爱吸烟斗？”

“不是的，因为他是个和和气气、善解人意的人。”

“是他母亲将他管教得老老实实的，原因就在这里。”

“我喜欢他，就这么回事。而你呢，你喜欢他的女同事建筑设计师。她身上有什么英雄的气质吗？”

“反正我喜欢她，她比金钱豹女人强。”

“不谈了，你明天给我说明原因吧，现在让我睡觉。”

“明天再谈吧。”

“昨天你讲到她要和那个吸烟斗的小伙子结婚了。现在我听你说。”

“你为什么要用这种讥讽的口气和我说话？”

“没有这么回事。莫利纳，你快往下讲吧。”

“我不讲了，还是由你来对我讲讲那个吸烟斗的人的情况吧，既然你比我这个看过那部电影的人还了解他。”

“那个吸烟斗的小伙子对你不合适。”

“为什么？”

“因为你喜欢的男人不应该完全缺乏男子汉气概的，对不对？你老老实实告诉我。”

“当然如此。”

“那好。他喜欢伊雷娜的原因是她对男人很冷漠，他用不着像饿虎扑食一样扑到她身上去。因此，他庇护她，将她带到自己家里，带到体现了他母亲存在的家里。他母亲虽死犹存，在房子里所有的家具、帘子和其他杂物中体现了她的存在。你自己不是也这样说的吗？”

“说下去。”

“如果说他将母亲的东西全都原封不动地保留着，那是因为他总是想在母亲的家中自己永远只是个孩子；他带回家来的不是个女人，而是可以和他一起玩耍的女孩。”

“可是，这一切全都是你想象出来的。我可不知道这个家是不是他母亲的。我昨天对你这样说是因为我非常喜欢这套房子。由于房内的陈设古色古香，我就说这房子可能是他母亲的，仅此而已。也许这套房子是他连同家具一起租来的呢。”

“这么说，有一半的电影故事是你编造的。”

“没有，我没有编造，我向你起誓。不过，有些事情，为了让你了解得和我亲眼看见那样清清楚楚，我对你做了一些发挥。有些事情，比如说房子吧，我要对你解释清楚。”

“你说真话，你准喜欢居住在这样的房子里。”

“那当然了。看来我也得耐着性子听你对我说大伙儿常常说的那套老调了。”

“你以为……我会对你说些什么呢？”

“大伙儿说的都一样，千篇一律，老生常谈！”

“到底说的什么？”

“说从小对我太娇宠了，所以，变成了眼下这个样子；说我太依赖我母亲了，以致落到现在这个地步。不过，浪子总会回头，人们说我需要讨个老婆，因为女人是最美好的。”

“这是大伙儿对你说的？”

“是的，而我是这样回答他们的……太好了！我同意！既然你们认为女人是最美好的……那我愿意当女人。这样一来，我就不必去听人们对我的劝说了，因为我对自己的事了解得一清二楚，我做的一切心里明白得很呢。”

“可我还不十分明白，至少根据你刚才说的。”

“算了吧，反正我不需要你来对我说清楚什么。你要是愿意听，我对你继续讲电影故事。你如果不想听，那就别着急，我轻轻地自己对自己讲吧。Saluti tanti，arrivederci，[1] 斯巴拉夫齐勒。”

“这斯巴拉夫齐勒是什么人？”

“看来你对歌剧一无所知。他是《弄臣》[2] 中的一个负心汉。”

“给我讲电影故事吧，要不我们就再见了。我现在倒想听听下面究竟发生了什么。”

“上次我们讲到哪儿了？”

“讲到新婚之夜了，小伙子没有对姑娘碰一碰。”

“是这么回事。他就睡在客厅里的长沙发上。哦，我忘了对你说一件事：他俩已事先商量好，已取得一致，她去找精神分析专家看看病。她去了。第一次去时，给她看病的医生是个非常年轻标致的小伙子，长得帅极了。”

“在你的眼中，一个小帅哥应该是什么模样？我倒想知道一下。”

[1] 意大利文：热烈向你致意，再见。

[2] 《弄臣》（*Rigoletto*），意大利作曲家威尔第（Giuseppe Verdi，1813—1901）的三幕歌剧。

“那好。这年轻人身材高大，皮肤黝黑，嘴上留着八字胡，前额宽阔。他那八字胡非常引人注意，看起来有点像他妈的小瘪三。我也不知怎么说才能说清楚，反正有点像赛马场上的小老板。不过，实在话，扮演精神分析专家的那位演员并非我意想中的人。”

“演这个角色的演员是谁?”

“我记不得了，也就是个普普通通的演员吧。不过，这小伙子长得确实挺俊，但照我的标准就是太瘦了。假如你想知道他有多瘦，那我告诉你，这号人穿紧身西服非常合适。如果让他们穿标准的西装，那里面还得穿一件背心。不过，这样的人倒能讨取女人们的欢心。从这位老弟身上也可以看出，我也不知为什么，他非常自信，认为自己准能博取女人们的青睐，尽管他一出场就……引起人们的反感，伊雷娜也讨厌他。她坐在一张长沙发上，开始对他讲述自己的病情，可是，总感到非常不自在，觉得自己不是坐在医生的身旁，而是坐在小痞子的身边。她感到害怕了。”

“这部电影非常引人注目。”

“什么地方引人注目？是不是非常荒唐?”

“不，我说它非常连贯，是一部很好的电影。继续往下讲吧，别老是对我不信任。”

“姑娘对那医生说，她生怕自己当不了好妻子。接着，他们俩约定，下次她给他讲讲自己做的梦，也或许是噩梦，谈谈有一次她梦见自己成了一只金钱豹。一切显得很平静，他们俩告别了。到了下次约定看病的时间，她没有去，她对丈夫撒了谎，没有去看医生，她上动物园去看那黑豹了。她身上依旧穿着那件黑色长毛绒大衣，在阳光下闪着光。她站在豹子前看得入了神。豹子的毛皮也是黑的，黑得闪闪发亮。它在巨大的兽笼里来回踱步，目光一刻也没有离开过那姑娘。这当儿，动物管理员来了。他打开了兽笼的一扇边门。他一打开门，将一块肉投向豹子，便迅即又关上了门。由于他一门心思想着别忘了带走那把用来叉肉的铁钩子，却将钥匙忘在兽笼的锁眼上了。伊雷娜将这一切全看在眼里，但没有吭声。动物管理员拿起一把扫帚，开始打扫起散落在兽笼边上的纸片和烟蒂来。伊雷娜偷偷地朝兽笼的锁眼走近几步，取出钥匙，看了看。这是一把锈迹斑斑的大钥匙。她在思考着什么，几秒钟时间过去了。”

“她要干什么呢？”

“她还是走到动物管理员身边，将钥匙还给了他。动物管理员是个脾气很好的老头儿，他向她表示感谢。伊雷娜回到家里，等候丈夫回来，因为这时他也该从工作室回来了。说到这儿，我又有一件事忘了告诉你。每天早晨，她总是满怀爱心地给那只金丝雀喂蔄草籽，又给它换上净水，它便啾啾地鸣叫起来。她丈夫终于回来了，她拥抱他，几乎要亲他，她实在非常想吻吻他，亲他的嘴。他见状一愣，心想精神分析疗法对她产生了疗效，他们间真正成为夫妇的时刻即将来临。可是，他犯了一个错误，不该问她当天下午医生看病效果如何。她因为没有去看病，心里觉得很难过，认为自己犯了错误，便慢慢从他怀里挣脱身来。她又撒了谎，说自己去看医生了，效果很好。她已从他怀里挣脱，他已无所作为，只好强忍自己的欲望。次日，他和几个建筑设计师正在上班时，那位女同事由于仍然爱着他，对他的一举一动总是十分关切。这时见他忧心忡忡，便对他说，请他到外面的一家酒店喝杯酒，好提提神。他不想去，说工作太忙，做不完事，还得留下来加班。她由于一直对他一片深情，便对他说，她也可以留下来帮他干活。”

“这小妞儿我倒异常同情她。说来也奇怪，你没有跟我谈起她的任何情况，我却对她挺喜欢。这都是凭想象的稀罕事。”

“她真的和他一起留下来加班了。不过，她这时已和往常不一样了。他结婚后，她认了命不再追他，这会儿她是作为朋友留下来帮他忙的。他们俩就这样下了班还在工作着。工作室很大，室内有几张办公桌和设计用的桌子，每个设计师都有一张。眼下别的设计师都下班走了，灯也关了，工作室内一片黑暗，只有小伙子的设计桌上还有亮光。设计桌的桌面是一块玻璃，灯光来自玻璃的下面，照亮了他们俩的脸庞，在墙上投下了他俩巨大的身影。他或者他的女同事拿来画图的那把尺子在墙上的投影很像一把剑。他们俩默默无言地干着活儿。她不时地偷偷看他一眼，尽管非常想知道什么事情使他这般忧虑，但仍没有向他提任何问题。”

“这样做非常对。她为人稳重，可敬可亲，兴许因为这一点使我喜欢。”

“这期间，伊雷娜在家中一直等他回去。后来等急了，决定给他的工作室打电话。接电话的是那位女同事，她将话筒交给了小伙子。伊雷娜吃醋了，但竭力装作若无其事的样子。小伙子在电话里对她说，他早已给她打过电话，将自己留下加班的事情告诉她，但当时她不在家。当然，那时她又上动物园了。由于给他抓住了把柄，她只好不再吭声，不敢说他的不是了。之后，他便常常很晚回家，因为有某种原因使他延迟了回家的时间。”

“这一切是最自然不过的了，他也不是个等闲之辈。”

“于是……我们讲到哪儿了？你瞧，他不是很正常的吗？他是想和她同床的。”

“不对吧，你听我说。以往他愿意回家，是因为他知道她不会跟自己上床。现在经过治疗后，有这个可能了，这就使他感到不安。如果她还像开始时那样是个小女孩儿，那么，他们之间的关系只是孩子在一起那样玩玩而已。不过，就这么玩玩说不定也会干起男欢女爱的事儿来的。”

“跟孩子那样玩玩，唉，这多没有劲儿!”

“从你那个建筑师的角度看，我认为这也不坏。我跟你唱起反调来了，真不好意思。”

“你为什么认为这不坏?”

“从玩玩开始，不大吹大擂，不是更自然嘛。”

“不谈这个啦，我再讲电影故事吧。不过，这里又有一个问题：小伙子眼下为什么这么乐意和女同事待在一起呢?”

“因为一般人以为他反正已经结了婚，不会出什么事，女同事不可能和他发生性关系，从表面上看，他已经受他妻子的管束。”

“这完全是你的想象。”

“既然你在讲故事时，也常常任意发挥，我为什么不可以这样做呢?”

“我接下去讲。一天晚上，伊雷娜已经做好晚饭，小伙子还没有回家。饭菜已经端到了桌上，还点亮了蜡烛。有件事她不知道。那天是他们俩结婚一周年，他在下午就早早地到精神分析医生诊所门口去找她了。自然没有见到她，因为她一直没有去。他在诊所获悉，她已多日没上那儿去了。他便给伊雷娜打电话，发现她也不在家里。当然，和往常一样，那天下午她也情不自禁地上动物园去了。他失魂落魄地来到了工作室，很想将事情的经过一五一十全讲给他的女同事听。他们一起来到工作室附近的一家酒吧喝酒，当然他俩此时醉翁之意不在酒，目的只是想离开工作室，找个清静的地方说说话。伊雷娜见天已这么晚，他还没有回家，便像一只关在笼里的野兽一样在房子里来回走着，并给工作室打了电话。没有人接。她异常心烦意乱，想做点儿什么，好让自己分分心。她走到金丝雀鸟笼边，发现鸟儿见到她走过去，便绝望地拍击着翅膀，从笼子的一端飞到另一端，乱飞乱撞，撞得翅膀淌出血来。她见状一时兴起，打开鸟笼门，将一只手伸了进去。鸟儿见她的手伸进鸟笼，便像遭雷击一般立即倒下毙命。伊雷娜感到绝望了，以往的种种幻觉全都出现了。她离开家飞跑着去寻找自己的丈夫，认为只有他才能帮助自己，才能理解自己。可是，她去他的工作室，必须路过那家酒吧。她见到了他们，立即定在原地不动了，连一步也走不动了。她醋劲大发，气得全身抖动起来。酒吧内的这一对男女站起来准备离开，伊雷娜躲在一棵大树的后面，见到他们相互问候后分手走了。”

“他们分手时是怎样问候致意的？”

“小伙子在女同事的脸颊上吻了一下。她戴着一顶窄檐帽子。伊雷娜没有戴帽子，头上的鬈发在空无一人的街道的路灯照耀下闪闪发亮。她在跟踪着女建筑设计师。后者径直朝自己家里走去。在回家的路上，她须穿过她工作室对面的中央公园。这条路有时得穿过地道，因为公园里有几座小山，路是直的，所以，得在小山下的地道里通行。这是一条马路，是一条捷径，有车辆通过，但不多，有一路公共汽车在这条路上通行。女同事有时为了避免走这么多路，坐公共汽车回家；有时则步行，因为公共汽车的班次不多。女建筑师这次打算步行回家，目的是让自己的头脑清醒一些，因为她刚才与小伙子交谈后，头脑有点乱糟糟的。他把情况对她和盘托出，说伊雷娜和他从来没有同过床，还和她讲了伊雷娜在梦中见到金钱豹女人的情况。这个从心底里还爱着小伙子的姑娘听了这样的话，不免心潮起伏。原本她对他早已死了这条心，这会儿又产生了一丝希望。一方面她感到高兴，因为事情还有挽救的余地；另一方面又有些害怕，怕空欢喜一场，最终落得两手空空，一无所获，带来更大的痛苦。心里想着这些事情，她慢慢地加快了步伐。因为天气很冷，路上连个人影儿也没有，道路的两旁是黑洞洞的公园。这天没有刮风，树叶纹丝不动，唯一能听到的声音是她身后传来的脚步声，是女人高跟鞋踩地发出的声音。女建筑师回过头去，见到一个黑影，离她还有一段距离，因为路灯光线暗淡，她看不清是谁。脚步声听起来越来越急促了，她开始感到害怕，这种情景你一定也经历过的。当你听人说起鬼神或凶杀之类的令人毛骨悚然的事情时，心里不免会草木皆兵，而女建筑师此时正在回忆起金钱豹女人的故事之类的事情，心里自然会慌乱起来，便加快了步伐。然而，这时她才走了一半的路，要走出公园，到达民房所在地，大约还有四个街区这样的路程。在这样的情况下，如果她开始奔跑起来，那情况会更糟。"

"我能打断你一下吗，莫利纳？"

"可以。不过，我快讲完了，我是说今天晚上可以讲完。"

"只有一个问题，我有些困惑难解。"

"什么问题？"

"你不会生气吧？"

"这得看什么问题了。"

"我很想了解这个问题的答案。你回答后，如果想问我，你也可以这么做。"

"你问吧。"

“你与谁认同？和伊雷娜，还是和女建筑设计师？”

“与伊雷娜，你认为怎样？她是女主人公嘛，你这傻瓜。我总是和女主角认同的。”

“你接着往下讲吧。”

“那你呢，瓦伦丁，你和谁认同？你不知该怎么办了，因为你认为那小伙子是个不中用的废人。”

“让你讥笑去吧，我和精神分析医生认同。我不开玩笑，也尊重你的选择，不加评论。讲下去吧。”

“如果你愿意的话，我们等一会儿议论议论，或者明天。”

“好的。你再往下讲一点吧。”

“只讲一点儿。我喜欢在你听到兴头上突然停下来，这样，你会更喜欢这部电影。对听众就应该这么做，否则，会感到难以满足。过去电台就是这么干的，现在的电视连续剧也是这么干的。”

“行。”

“那我接着讲。刚才讲到那女建筑师不知是撒开腿奔跑好呢，还是不跑好。这当儿她身后的脚步声几乎听不到了，我是指另一个女人高跟鞋踩地发出的声音，因为她这时听到的声音不一样，轻得几乎听不到，就像猫或更凶残的动物的脚步声。她又回过头来，已见不到跟着她的那个女人了。她怎么会突然消失呢？可是，这时她认为见到了另一个黑影，它在地上爬行，并且也在一瞬间消逝了。接着，她听到了某种动物在公园的灌木丛中走动时发出的脚步声。这声音越来越近了。”

“于是?”

“明天我们再讲吧。再会，祝你睡个好觉。”

“你会受到我的报复的。”

“明天再会。”

“再会。”

第二章

“你饭菜烧得不错。”

“谢谢，瓦伦丁。”

“可是，你这样会把我惯坏的。这对我反而有害。”

“你真傻！今日有酒今日醉嘛。能享受就要享受。你老是想到明天的事，吃起东西来不会感到苦吗？”

“我不同意今日有酒今日醉的说法，莫利纳。谁也无法享受人生。那是人间天堂里的事。”

“你也相信天堂和地狱？”

“请等一等，莫利纳。你真想和我讨论问题，那态度一定要严肃认真。如果我们在枝节问题上争论不休，那只能是小孩子吵架，是中学生式的争吵。”

“我不想在枝节问题上和你争论。”

“那太好了。那么，请你先让我谈谈自己的想法，让我先把问题提出来。”

“我听着。”

“我不能光图享受，因为我在从事政治斗争，或者说，参加了政治活动，你懂吗？我在这牢房里受的罪不算少……可是，你要是想到了酷刑，那就算不了什么……你还不知道这酷刑是什么滋味儿。”

“可我能想象得起来。”

“不，你无法想象……不过，这一切我都能忍受……因为我们有斗争计划。最重要的是社会革命，其次才是感官的享受。只要存在着斗争——它也许会耗去我一生的时间——我就不应该培养自己的享乐思想，你明白了吗？因为对我来说，享受的的确确是次要的。我最大的快乐不是享受，当我知道自己在为最崇高的事业效劳时，心里才感到无比的欣慰。归根到底，这就是……我的全部想法……”

“什么是你的全部想法？”

“是我的理想……是马克思主义，如果你希望我用一个词将这一切加以概括的话。这种快慰我在任何地方都能领略到，包括在这个囚牢里，甚至在遭受严刑拷打时。这便是我力量的源泉。”

“那你的那个小妞儿呢？”

“这些事对我来说也是次要的。同样，我对她来说，也是第二位的，因为她也明白什么是最主要的。”

“这些想法是你灌输给她的吗？”

“不是的，我以为这是我们俩一起慢慢地感悟到的。你明白我对你说的意思吗？”

“明白……”

“看样子你还不太相信，莫利纳。”

“不必了，请你别管这些了。我要睡觉了。”

“你别犯神经病啊！那金钱豹的故事呢？你从昨天晚上起就没有往下讲了。”

“明天讲吧。”

“你怎么啦？”

“没有什么……”

“有事就说……”

“没有什么事，反正我是个笨蛋，别的没有什么可说了。”

“请你把话说得清楚些。”

“告诉你吧，我之所以这样，是因为有些事儿伤了我的心。我拿自己的东西给你做好吃的，千不该，万不该，还不该将自己最爱吃的鳄梨分给你一半。我要是不给你，还可以留一半在明天吃。这一切为了什么？就为了让你教训我，说我把你给惯坏了。”

“你不要这样嘛，你也太敏感了……”

“这有什么办法呢？我就是这样的人，多愁善感。”

“你也太多愁善感了，这有点像……”

“为什么不说下去了？”

“没有什么好说的。”

“说吧，我知道你刚才想说什么，瓦伦丁。”

“别发傻了。”

“你说出来吧。你是想说我像个女人。”

“是这样。”

“一个人心肠像女人那样软，这有什么不好？为什么一个男人，或者别的什么人，甚至一只公狗或一个搞同性恋的男人，想这么做时就不能多愁善感呢？”

“我也说不清其中的道理。不过，男人要是过于伤感就会有所妨碍……”

“妨碍什么？妨碍实施酷刑？”

“不，妨碍消灭那些实施酷刑的人。”

“不过，如果男人都像女人一样，那就不会有施刑的人了。”

“没有男人，你能做什么呢？”

“你说得也对。他们都是一些畜生，但我还是喜欢他们。”

“莫利纳……刚才你不是说，如果男人都像女人一样，就不会有施刑的人了吗？你倒是提出了一个问题，虽说这是不现实的，但是终究也算是个问题。”

“你说话的方法怎么是这样的！”

“什么说话方法？”

“瞧你刚才说话那个瞧不起人的模样：‘倒是提出了一个问题。’”

“得了吧。如果我刚才的话使你不高兴，那就请多包涵了。”

“其实也没有什么可以原谅的。”

“好啊，那你就高兴点儿吧，别惩罚我了。”

“惩罚你什么呀？别说疯话了。”

“那就请你像什么也没有发生过那样对待我。”

“你希望我继续给你讲电影故事吗？”

“当然希望啦，老兄[1]。”

“什么男人？男人在哪儿？快告诉我他在哪儿？我不会让他跑了。”

“好了，别开玩笑了，快讲故事吧。”

“我们上次已经讲到……”

“讲到我的女朋友建筑设计师已听不到人的脚步声了。”

“我接着讲吧。她当时害怕得浑身颤抖，不知所措，

[1] 原文在这里用了hombre一词，作为称呼语，可译作“伙计”“老兄”等，但其本义是“男人”。

不敢回过头去，生怕见到金钱豹，只好停下脚步，站一会儿，看看还能不能再次听到人的脚步声。结果，什么也没有听到，周围一片宁静，就连微风吹动或由别的什么引起的灌木丛发出的嗞嗞声也一无所闻。于是，她绝望地大叫一声，声音似泣似诉。正好在这个时候开来了一辆公共汽车，停在了她的身旁，自动车门的声音盖过了她的惊叫声。这种液压开关的车门声听起来就像呼呼的风声，她得救了。汽车驾驶员见她站立在那儿，便开了门，问她发生了什么事。她说没有发生什么，只是感到有些不舒服，便上了车……再回头说说伊雷娜，她回家时披头散发，鞋子上沾满了污泥。那小伙子这时已惘然若失，对这个已经与他结了婚的古怪女人不知该说些什么，也不知该怎么办。她走进家门，见他神色有异，便走进盥洗室，脱下满是污泥的鞋子。她听见他在和自己说话。他是鼓起勇气和她说话的，因为她没有瞧他一眼。他告诉她，自己上医生的诊所去找她了，结果获悉她压根儿没有再去过诊所。她听了哇哇地哭起来，说一切都已完蛋了，她一直害怕的事情终于发生了：她是个充满幻觉的疯女人，或者说，比疯女人更糟……是个金钱豹女人。这么一来，小伙子反倒心软了，他将她搂在怀里。你的看法是对的，在他看来，她只是个小女孩儿，因为每当他见到她这样无助，这样自暴自弃，便又一心一意地爱她了。他让她的脑袋枕在自己的肩膀上，也就是他的肩膀上，轻轻地抚摸着她的头发，对她说，要有信心，一切会安排好的。”

“这电影真不错。”

“还有呢，电影还没有结束。”

“这我知道，我想电影不会就此结束。不过，你知道我喜欢什么吗？这里面有个隐喻，而且一目了然，那就是女人害怕将自己的身子交给男人，因为一和男人发生性关系，自己就沾染上了某种兽性，你发现这点了吗？”

“你说得清楚一点……”

“有这么一种女人，她们特别敏感，太超凡脱俗了，从小就受这样的教育：两性关系是肮脏的，是一种罪孽。这种女人很倒霉，非常非常倒霉。她们结婚后，很可能对性生活采取冷淡的态度，因为她们内心有一道屏障，是人们在她们身上筑起了一道围墙，也可能是一道城墙，连子弹都难以穿透它。”

“如此说来，别的东西就更难穿透了。”

“这会儿我可是一本正经地在和你说话，是你在和我开玩笑。你瞧，你自己不也是这样吗？”

“说下去，智慧之声。”

“我要说的就这些了，没有啦。继续讲金钱豹的故事吧。”

“那好。小伙子说服了伊雷娜，让她产生了信心，又去看精神分析医生了。”

“来找我看病了。”

“对。但伊雷娜对丈夫说，医生身上有某种东西她不喜欢。”

“当然啦，如果医生将她的病治好了，她就要过夫妻生活，发生性关系。”

“于是，丈夫劝她去看病。她去是去了，但心里挺害怕。”

“你知道，她首先害怕什么吗？”

“害怕什么？”

“那医生是个色眯眯的家伙，这是你自己对我说的。”

“没有错。”

“问题就在这里，因为医生会使她感情冲动，所以，她拒绝接受治疗。”

“是这么回事吧。她上诊所去了。她非常坦率地对医生说，她最害怕的一件事是男人和自己接吻，怕自己会变成金钱豹。这时，医生犯了一个错误。他为了消除她的恐惧心理，试图向她表明，他本人就不害怕她，他确信她是个迷人的可爱的女性，完全是这样。这就是说，这小子选择了一种不太光彩的治疗方法。原来他自己由于情欲的冲动，想找个机会吻她一下，这是他寻求的目的。但是，她并没有就范，不过心里却想医生说得也有道理，自己是个正常的女人。她离开了诊所，心情非常好，径直朝建筑师的工作室走去。她心里也暗暗下了决心，当天夜里一定要和丈夫同房。她心里一高兴，便跑了起来，到目的地时连气也喘不过来。然而，跑到工作室的门口后，她便愣住了，因为天已不早，所有的人都下班走了，只剩下她丈夫和那位女同事还没有离开，正在说话。他们手拉着手，不知这是一种友好的表示，还是意味着别的什么。他说话时低着脑袋，那位女同事露出表示理解的神情听他说话。他们都没有发现有人走进工作室。接下去的事我就记不清了。”

“等一会儿，你会想起来的。”

“我记起来了。下面是发生在游泳池里的一个场面，接着是发生在建筑师工作室的一个场面，还有一个，那是最后一个场面，和心理分析医生有关。”

“你可不能说，这金钱豹女人最后跟我有什么关系。”

“不会的，你别着急。好吧，最后这一部分你如果想听，我只能将我能回忆起来的讲给你听，断断续续的，不很连贯。”

“可以。”

“这时，小伙子和他的女同事正在工作室里说着什么。忽然停止了说话，因为他们听见工作室的门吱吱作响。他们朝门看了一眼，没有见到什么人。工作室内黑洞洞的，只有他们工作台玻璃板下的那盏半明半暗的灯开着，自下而上射出一缕光亮。他们听到了动物的脚步声，像是踩到纸上的声音。哦，现在我想起来了。在工作室的一个黑洞洞的角落里有一只废纸篓，它给踢翻了，踩在上面，纸张便发出吱吱的声音。女建筑师大叫一声，躲到了小伙子的后面。他大喝一声：'谁？你是什么人？'这时，他们第一次听到动物的喘气声，像是从牙缝里发出的吼叫声。'你见到了吗？'他一时不知拿什么东西进行自卫，便随手拿起一根划线用的大尺子。也许他是无意识地这样做，也可能他回想起了伊雷娜对他讲过的故事，认为十字架可以吓跑魔鬼和金钱豹女人。工作台下面的那盏灯投射到墙上的人影硕大无比，有他的影子，还有紧紧地抓住他的女同事的身影。在几米远的地方，还有一只长尾巴野兽的影子。看起来他手上好像拿了一个十字架，其实他只是将两根划线的尺子摆成十字架状。突然，听到了一阵惊心动魄的吼叫声和在暗处野兽惊恐地逃跑的脚步声。接下去发生的事我已记不清是不是就在当天夜里，我认为就在当天夜里。女建筑师回到家里，她住在一家规模相当大的女子旅社，也可以说是居住在旅社的那些女人的俱乐部。在旅社的地下部分，建有一座很大的游泳池。女建筑师由于经历了刚才发生的这些事情还心有余悸。这天夜里她回到了男子不得入内的旅社后，心想与其让神经那么紧绷着，倒不如下游泳池去游一会儿水。夜已经相当深了，游泳池内已根本没有人了。地下室里有个更衣室，里面有放衣服的柜子，她放好衣服，穿上游泳衣，走出淋浴间。与此同时，旅社临街的大门打开了，伊雷娜走了进来。她问看门的女人女建筑师在哪儿，看门女人对她一点也没有产生疑心，回答说女建筑师刚下游泳池去了。伊雷娜是个女人，自然可以毫无阻拦地走进旅社，也可以去地下室。游泳池里漆黑一团，女建筑师走出更衣室后，拧亮了电灯。这是游泳池里的电灯，是装在池水下的。正当她梳理着头发，准备戴上游泳帽时，听到了脚步声。她有点儿惊慌地问来人是不是看门女人。对方没有作答。她害怕了，匆匆走出浴室，一个猛子扎到了水底。她在水中朝游泳池边看去，那儿漆黑一片，只听到一只黑色的野兽怒不可遏地在池边走来走去，发出阵阵吼声，但几乎看不见它的形状，只见一团黑影在游泳池边时隐时现。野兽的叫声像是从牙缝里挤出来似的听不太清楚，但它两只碧绿的眼睛却闪烁着光亮，瞪视着游泳池内的女建筑师。于是，她像疯了一样呼叫起来。看门女人闻声走下地下室，拧亮了游泳池内的全部灯光，问她出了什么事，周围杳无人迹，为什么这样大呼大叫。女建筑师似乎感到有些不好意思，她一时难以说清为什么会这样恐惧。请你想一想，她怎么能说游泳池里钻进来一个金钱豹女人呢？她只好对看门女人说，她刚才以为池边有人，也许躲着一只动物。看门女人对她看了一眼，仿佛在自言自语地说，这个傻女人在说什么呀，大概她的女友来看她，她听到了脚步声，害怕起来。正在这时，她们都看到浴室门口的地上留下了野兽的爪印，是在水里踩过后留下的……你在听我讲吗？”

“我在听你讲，不过，我也不知什么原因心里老是想别的事情。”

“想什么呀？”

“也没有想什么，只是注意力集中不起来……”

“既然这样，你把心里想的事跟我谈谈。”

“我在想自己的女朋友。”

“她叫什么名字？”

“这无关紧要。告诉你吧，在你面前我从来没有说起过她，但却老是记挂着她。”

“她为什么不给你写信呢？”

“你怎么知道她没有给我写信？我可以对你说，我收到了别人的信，实际上是她写的。你是不是趁我去上厕所的时候，翻看了我的东西？”

“别说疯话了。不过，你可从来没有向我出示过她的来信。”

“这是因为我从来不想谈这方面的事情。不过，我也不知为什么，现在倒很想告诉你一件事：刚才你讲到金钱豹跟踪女建筑师时，我心里很害怕。”

“是什么东西使你害怕？”

“我不是为自己害怕，是替女朋友害怕。”

“啊……”

“我真是疯了，怎么跟你说这方面的事呢。”

“为什么不能说呢？你想说就说吧。”

“刚才你讲到金钱豹跟踪那姑娘时，我突然想起了处于危险中的女朋友。我现在待在这里，连告诉她让她小心点儿，别过于冒险也无能为力。”

“我理解你的心情。”

“你一定能想象得出来，她之所以是我的女友，正是因为现在还在进行斗争，尽管这方面的事情我是不应该告诉你的，莫利纳。”

“你放心好了。”

“我不想把自己的情况告诉你，这是因为我希望你最好不要知道我的事，这会增加你的负担。你自己的事也够你烦的了。”

“你知道吗？我也有同感。我在牢房里也是对她帮不了什么忙。不过，我这里指的不是女孩子，我指的是我母亲。”

“你母亲不是孤身一人在家，是不是？”

“她跟我的一个姑妈住在一起。可是，她身体不好，血压高，心脏也不太好。”

“可你该知道，这方面的病一年半载出不了事，能活不少年呢……”

“但要注意，不能让有这方面病的人遇到不愉快的事，瓦伦丁。”

“你为她能做些什么……”

“是啊，我已经给她干了坏事，更坏的事我不会再干了。”

“你为什么要这样说呢？”

“请你设想一下，她有一个坐牢的儿子，这有多难为情。再说，我坐牢的原因……”

“不要再想这些了，最糟糕的时期不是已经过去了？眼下我们只好听之任之，别无他法了。”

“可就是想念得很，我们母子俩的关系挺不错。”

“别再想了。要不，你就想她并不像我喜爱的那个人一样，处于危险中。这样，你就该感到满足了。”

“可是，她的危险在内部，她的敌人就在自己身体里面，是她的心脏太脆弱了。”

“她会等着你的，她知道你会出狱的。八年时间很快会过去，再说，她还会希望你有良好的表现。这一切都会给她力量，让她等着你。你应该这样来思考问题。”

“对，你说得很对。”

“否则，你会急疯的。”

“再给我讲一点有关你女朋友的情况，如果你愿意的话……”

“我能给你说些什么呢？其实，她和那位女建筑设计师毫不相干，我自己也不知为什么要将她和女建筑师联系在一起。”

“她长相不错吧？”

“那当然。”

“她也可能长得不好看嘛。你笑什么，瓦伦丁？”

“没有笑什么，我自己也不知道为什么要笑。”

“可是，究竟什么原因使你发笑？”

“我不知道……”

“总有原因的……你准在笑什么。”

“我笑你，也笑我自己。”

“为什么？”

“我不知道，让我想一想吧，因为我无法对你做出解释。”

“那就算了吧，不过，你不要再笑了吧。”

“最好等我弄清为什么笑的原因，再告诉你吧。”

“我把电影讲完好吗？”

“好的，请讲下去吧。”

“我讲到哪儿了？”

“讲到女建筑师在游泳池得救了。”

“哦，下面是怎么回事……接下去是金钱豹女人和心理分析医生会面的场面。”

“请原谅……你别生气了。”

“怎么啦？”

“我们最好明天再讲吧，莫利纳。”

“差一点就讲完了。”

“请原谅，我不能集中注意力听你讲。”

“你听腻了？”

“没有，没有听腻。眼下我头脑有点乱，不想说话。刚才我发笑是有点儿歇斯底里，现在不知会不会很快过去。”

“随你的便吧。”

“我想考虑一下我女朋友的情况，有件事我不明白，我得想一想。我不知你有没有遇到过这样的情况，有时你感悟到了什么，得赶紧抓住这团乱麻的一端，并往自己身上拉，否则，会很快溜走的。”

“好吧，那我们明天再讲吧。”

“明天再讲。”

“明天这部电影就可以讲完了。”

“你不知道我心里有多遗憾。”

“你也感到遗憾?”

“是的，我真想这部电影再拖长一点。更糟糕的是它的结局不好，莫利纳。”

“可你真的喜欢这部电影?”

“怎么说呢，听你讲电影，时间不是过得很快了吗?”

“但是，要说喜欢，你还是不喜欢。”

“我喜欢。我感到遗憾的是它快结束了。”

“你真傻，我可以再给你讲一部嘛。”

“真的吗?”

“真的。我有好多部电影，都记得一清二楚。”

“那太好了。眼下你可以回想一下你最喜爱的一部电影，我再考虑一下我该考虑的问题，你同意吗?”

“你得将那团乱麻的头抓住。”

“完全正确。”

“瓦伦第娜姑娘，如果你将这团乱麻越弄越乱的话，我就给你打零分。”

“你用不到为我操心。”

“那好，我不再干预你的私事了。”

“你不要叫我瓦伦第娜嘛，我又不是女人。”

“我不相信。”

“我感到遗憾，莫利纳，可我不想对你提供证据。”

“别操这份心，我没有要求你提供证据。”

“明天再会吧。好好休息。”

“明天再会。你也好好休息。”

“我在听着呢。”

“那好。昨天我已对你说过，电影的最后部分我已记不太清楚，大概是这样吧：小伙子那天晚上打电话给精神分析医生，让他到家里去。他们在家里等候伊雷娜，她不在家。”

“不在谁的家？”

“不在建筑设计师的家。这时，女建筑师打电话给小伙子，请他去女子旅社，然后，他们一起去报警，因为刚刚在游泳池内发生了那个情况。小伙子便离开家，让精神分析医生单独在家里待了一会儿，只是一会儿。糟了！伊雷娜这时回来了，与精神分析医生面对面地碰到一块儿了。显然，已是深夜，房间里只点着一盏台灯。精神分析医生正在看书，他摘下眼镜，看了她一眼。伊雷娜这时两种感情混杂在一起：她又喜欢他，又讨厌他。我已对你说过，他很迷人，很性感。这时，发生了稀罕的事：伊雷娜扑到了他的怀里，因为她已无依无靠，感到谁也不爱自己，丈夫已将她抛弃。精神分析医生以为她想和自己发生性关系。另外，他又认为他如果吻了她，甚至完全占有了她，那么，他便可以从她的头脑中消除认为自己是个金钱豹女人的怪念头。他亲吻她，两人紧紧地拥抱着，又是抱，又是吻，一直到她……慢慢地从他怀里挣开，一双半开半闭的眼睛注视着他，绿眼珠发出闪光，露出了既想和他亲近，又仇恨他的眼神。她离开了他，走到那间摆着十九世纪末式样、非常漂亮的家具的客厅一端。客厅内摆着天鹅绒面的沙发和铺有针织台布的桌子。她走到了客厅的一角，因为台灯的亮光到不了那里。她躺到地上，精神分析医生试图进行自卫，但已经来不及了，因为借着这黑暗的一角什么也看不清的机会，她已变成了一只金钱豹。他赶紧拿起壁炉边的那根拨火棍想进行抵挡，但金钱豹已朝他扑了过来。他想拿拨火棍打它，但它已用利爪撕开了他的脖子。他立即倒在地上，血似泉涌。金钱豹怒吼着，嘴里露出雪白完整的獠牙，利爪又一次扎到他的身上，撕烂了他的脸和不久前还吻过它的嘴。与此同时，女建筑师则和伊雷娜的丈夫在一起，因为他去找她了。他们在旅社的接待室给精神分析医生打了电话，想告诉他，他已处于危险中，因为他们只好对他直说了，伊雷娜真的是个金钱豹女人，这不仅仅是她的想象。”

“不对，她只不过是个行凶杀人的精神变态者。”

“就算是吧。电话铃响了一次又一次，但没有人接，因为精神分析医生已倒地毙命了，他血流得太多了。于是，伊雷娜的丈夫和他的女同事，还有他们打电话叫来的警察一起来到家中，慢慢地走上了楼梯，看到房门敞开着，里面躺着死者，而她，伊雷娜，已不知去向。”

“下面呢？”

“丈夫知道在什么地方能找到她，那是她常去的唯一的地方。有时，就是到了半夜三更她也会去公园，更确切地说，是去动物园。啊，我忘了跟你讲一件事。”

“什么事？”

“那天下午，伊雷娜跟以往的每天下午一样，去动物园看那只豹子，它对她像施行了催眠术一样。就在她在那儿的时候，动物管理员来了，手里拿着一串钥匙，准备给动物喂肉。这个管理员就是我上次给你讲过的那个健忘的老头儿。伊雷娜和他有一定的距离，但看得一清二楚。他拿着钥匙走到兽笼边，打开笼锁，拉开铁闩，开了笼门，将几大块肉投进兽笼。随后，他又拉上笼门的铁闩，却将钥匙忘在了笼锁上。伊雷娜趁他没有见到自己之机，走近笼子，将钥匙取下，藏在自己身上。上面说到的这一切都发生在下午，但我们已讲到夜里发生的事了，还讲到精神分析医生已经死去，丈夫和他的女同事和警察一起去离他家只有几个街区的动物园。这时，伊雷娜已快要走到黑豹的笼子边了。她走起路来像梦游症患者，手里拿着一串钥匙。那黑豹已经睡着了，但闻到了伊雷娜的气味，它醒来了。伊雷娜站在铁栅栏的外面望着它。她慢悠悠地走到了笼门边，将钥匙插进锁眼里，打开了笼门。这时，警察他们一行人也快赶到了，外面传来了警车为了在众多的车辆中开道的鸣叫声，尽管这个时候那一带已几乎空无一人。伊雷娜拉开铁闩，打开笼门，将豹子放了出来。她这时仿佛已进入了另一个世界，脸部的表情异常，既有点悲，又有点喜，眼眶湿漉漉的。那黑豹一蹿，便从笼子里跳出来。它在腾空的一瞬间，眼前只见到伊雷娜，便顺势一撞，将她撞倒在地。汽车已越来越近了。那黑豹跑出公园，横穿马路时，正好撞上了高速奔驰而来的警车中的一辆。汽车从豹子身上轧了过去。警察等人下车一看，豹子已经死了。小伙子朝兽笼奔去，见伊雷娜躺卧在一堆石头上，正是他当初认识她的那个地方。伊雷娜的脸已被那黑豹的利爪抓了一下而变了形，她已经死了。小伙子的女同事来到他的身边，他们俩拥抱着离开现场，力图忘却刚才见到的这个可怕的场面。电影就结束了。”

“……”

“你喜欢吗？”

“喜欢。”

“很喜欢还是不太喜欢？”

“我感到遗憾的是电影就这么结束了。”

“我们一起度过了一段美好的时光，对不对？”

“对，确实如此。”

“我很高兴。”

“我却要发疯了。”

“你怎么啦？”

“电影这么结束，我很遗憾。”

“那好，我给你再讲一部。”

“不讲了，我不是这个意思。这件事我讲出来，你一定会感到好笑。”

“讲吧。”

“我感到遗憾是因为自己喜欢上了电影中的这些人物。电影一结束，仿佛他们都死了。”

“这么说，瓦伦丁，你到头来也有恻隐之心喽。”

“每个人在某一方面都会表露出……我是说会露出他的弱点。”

“嘿，这不是弱点。”

“奇怪的是每个人必有所爱……人的头脑仿佛每时每刻都在产生某种感情……”

“你这样认为？”

“……就像胃部分泌出用来进行消化的胃液一样。”

“你认为是这样？”

“是这样的，就像没有拧紧的水龙头，水滴得到处都是，你不让滴也不行。”

“为什么？”

“谁知道呢……也许因为盛水的池子已积满了水。”

“你不想念你女朋友了吧。”

“可这似乎是避免不了的……因为与她有关系的任何东西我都喜爱。”

“你跟我说一说她的情况吧。”

“为了能拥抱她，即使只一会儿，我都愿意献出自己的一切。”

“这一天会到来的。”

“但有时我想这一天不会到来。”

“你并没有判无期徒刑嘛。”

“问题是她可能会出什么事。”

“你给她写信，告诉她，叫她别冒险行事，说你需要她。”

“我永远也不会这样做的。你如果这样想，便永远也不可能改变这个世界。”

“你以为自己能改变这个世界吗？”

“能，你讥笑我也不在乎…… 说出来也好笑，不过，我做的一切，其首要的目的…… 是改变这个世界。”

“可是，你不可能一下子就改变它；再说，你单枪匹马也不可能这样做。”

“不过，我并不是单枪匹马，这是真的！你听到了吗…… 真理在我这一边，这是最重要的！…… 在这个时候，我并不是孤身一人，我和她在一起，跟所有的和她、和我一样思考的人在一起，这是真的！…… 我不应该忘记这一点。这是问题的关键，我有时抓不住它。幸好我现在将它抓住了。我再也不会放松了…… 我没有远离我所有的伙伴，我和他们在一起！在眼下，就在这个时候！…… 尽管我见不到他们，但这不打紧。”

“你如果这样就感到满足，那也太离奇了。”

“瞧你真是个呆子！”

“这是什么话……”

“先别激动嘛…… 你不要那样说，仿佛我是个随随便便可以受人欺骗的人似的。你要知道，事实并非如此！我不是在酒吧内奢谈政治的夸夸其谈的人，是不是？证据就是我现在在坐牢，而不是在喝酒！”

“请原谅。”

“算了吧……”

“你不是准备谈谈女朋友的情况吗？可到现在还什

么也没有谈。”

“不说了，我们还是将这件事忘掉吧。”

“随你的便吧。”

“尽管并不存在不能谈她的理由。其实谈谈她的情况对我也不会有什么危害。”

“如果对你有不利之处，那就别……”

“对我不会有什么不利的……只是有一点，我最好别告诉你她的名字。”

“现在我倒记起了那个扮演女建筑师的演员的名字了。”

“她叫什么？”

“叫简·兰托夫。”

“我从来没有听见过她的名字。”

“是早年的，大概是四十年代的。我们就将你女朋友叫简·兰托夫吧。”

“简·兰托夫。”

“简·兰托夫在……《7号囚室的秘密》中。”

“她名字的几个首字母中的一个对她来说……”

“哪一个？”

“你希望我谈谈她哪一方面的情况？”

“随你谈什么，就谈谈她是什么样的一个女孩吧。”

“她今年二十四岁，莫利纳，比我小两岁。”

“比我小十三岁。”

“她一直从事革命。起先，她热衷于……好吧，对你我也用不着顾忌什么……她热衷于性的革命。”

“请告诉我这是怎么回事。”

“她出身于资产阶级家庭，家境虽不十分殷富，倒也相当宽裕，在卡瓦依托有一幢三层楼的住宅。然而，她的童年和青年时期日子过得相当糟，因为她眼睁睁地瞧着自己的父母亲相互毁了对方。她父亲欺骗了母亲，不过，你明白我说这话的意思……”

“不明白，你的意思是什么？”

“他欺骗她是因为没有告诉她，他需要与别的女人保持关系。母亲当着女儿的面训斥他，说自己成了牺牲品。我不相信婚姻制度，特别不信一夫一妻制。”

“可是，如果夫妻双双白头到老，那该多好。”

“你喜欢这样？”

“这是我的梦想。”

“那你为什么喜欢男人？”

“这有什么相干……我真希望和一个男人结婚，和他白头到老。”

“这么说，从你内心深处看，是个资产阶级先生了。”

“应该是资产阶级太太。”

“可是，你难道没有发现，这一切都是一种欺骗。

假如你真的是个女人，就不喜欢这一套了。”

“我爱上了一个非常出色的男人。我唯一的愿望是一辈子生活在他的身边。”

“这是办不到的，因为他假使是个男人，就会爱上一个女人。算了，看来你这辈子是不会醒悟过来了。”

“还是接着谈谈你女朋友的事吧，我不想我自己的事了。”

“那好。我刚才已对你说了……她叫什么来着？”

“简，简·兰托夫。”

“她父母亲试图将简·兰托夫培养成为与她家的门第相适应的太太。他们让她上钢琴课、法文课和绘画课，还念完了天主教大学附属中学的课程。”

“她是学建筑的！因此，你刚才将女建筑师和她联系了起来。”

“不，她学的是社会学。附中的课程念完后，家里就出现矛盾了。她自己想去上国立大学，但她父母亲却让她上天主教大学。在那里，她认识了一个男孩子，两人相爱了，并发生了两性关系。小伙子也和父母住在一起，但后来他搬了出来，当上了夜间话务员，还租了一套面积不大的公寓房，他们俩便成天待在那里了。”

“他们不再上学了？”

“那一年开始时他们俩是没有读什么书，但后来她学的东西很多。”

“可是，他没有学什么。”

“没有错，因为他得工作。一年后，简便正式和他同居。她家里开始时吵得很厉害，后来她父母也只好听之任之了。他们认为，既然这一对年轻人这么相爱，就该结婚。男孩子倒挺想结婚，可是简却不愿意重复老一套的做法。再说，她也有点儿疑虑。”

“她流产了？”

“对，流产了一次。这不但没有使她垂头丧气，反使她更振作了精神。她心里明白，假如有了孩子，她便不能使自己变得更成熟一些，不能继续革命了，她的自由会受到限制。她进了一家杂志社当了编辑，说得确切一些，是当了提供情报的人。”

“当了情报员？”

“对。”

“这种名称太难听了。”

“干这活儿比当编辑要容易一些。一般地说，你主要是去外面收集情况，供写文章的人使用。在那儿，她认识了一个杂志社政治版的小伙子，便立即感到自己需要他，而她和原来那个小伙子的关系却已停滞不前了。”

“为什么会停滞不前呢？”

“因为他们已经互相给予了能给的一切。他们间虽然十分依恋，但他们还很年轻，不满足于这种现状，他们俩谁也不清楚自己想从这种关系中得到什么。因此，简向男孩子提出两性关系要开放，他同意了，她便开始和杂志社的那个朋友有来往。”

“那她还睡在原来的那个男孩子的家里吧？”

“是这样的，但有时不这样。后来她就完全和杂志社的那个编辑同居了。”

“这编辑的政治倾向是什么？”

“是左派。”

“她的思想都是他灌输的吧。”

“不，她一直认为需要进行变革。咳，天不早了，是不是？”

“已经是凌晨两点了。”

“明天我再对你讲吧，莫利纳。”

“你这个人喜欢报复。”

“不，傻瓜。我是累了。”

“我倒不累，我一点儿也不困。”

“明天会吧。”

“明天会。”

“你睡着了吗？”

“没有。我已对你说了，我不困。”

“我有点儿失眠了。”

“你不是说困了吗？”

“我是说过的，但后来我又想了些事情，因为我让你失望了。”

“你让我失望了？”

“是的，因为我没有继续对你讲下去。”

“别把这件事放在心上吧。”

“你身体好吗？”

“好。”

“那你为什么不睡觉？”

“我也不知道为什么，瓦伦丁。”

“听我说，这会儿我倒有点儿困了，我马上要睡了。我告诉你一个办法，让你也能入睡。”

“什么办法？”

“你就想准备给我讲的电影。”

“这太离奇了。”

“不过，下一部电影得像金钱豹的故事那样是部优秀影片。你好好选一部吧。”

“那你再和我谈谈简的情况。”

“不啦，这事儿我自己也说不准……我们这么办吧：等我感到我可以和你讲时，我会高高兴兴地跟你讲的。不过，你不能要求我这样做，我自己会和你讲的，你同意吗？”

“同意。”

“那你现在就想想你要讲的电影吧。”

“好的。”

“再会。”

“再会。”

第三章

“我讲的这个故事发生地是巴黎。几个月前，德国人已占领了这座城市。纳粹军队大模大样走过了凯旋门。无论在杜伊勒里[1]，还是在别的有名地方，到处都飘扬着纳粹旗帜。士兵们在街上列队通过，他们全都是金黄色头发，十分俊美。法国姑娘们见他们过来了，都鼓起掌来。有一小队士兵路过一条典型的小巷走进一家肉铺。肉铺老板是个鹰钩鼻子的老头儿，尖尖的秃脑袋顶上扣着一顶小帽。”

“活像个犹太教教士。”

“但长着一张坏人的脸。他见到士兵们走进肉铺，翻箱倒柜进行搜查，害怕极了。”

“士兵们在他那里搜查什么呢？”

[1] 古时巴黎王宫，1871 年被焚，原址现为花园。

“什么都搜查。他们发现他有个秘密地下室，里面堆满了囤积的商品，自然全都是从黑市上搞来的。肉铺门口聚集着一群普通百姓，其中多数是家庭主妇，也有头戴工作帽或工人装束的法国男人。他们正在七嘴八舌地议论着这个游手好闲的老头儿被捕的事情，都说从此欧洲不会出现饥饿了，因为德国人将把人民的剥削者统统消灭干净。纳粹士兵从肉铺里走出来时，一个身材瘦小的老妇人对领头的那个长着一张非常和善面孔的年轻中尉拥抱了一下，说，谢谢，孩子，或说了几句诸如此类的话。正在这个时候，小巷子里开进一辆轻型卡车，坐在驾驶座旁的那个人见到了那些士兵，也或许见到了肉铺门口聚集着那么多人，便对司机说停车。司机长着一张凶神恶煞般的脸，斜眼，模样儿既像白痴，又像凶犯。坐在司机身旁的那个人显然是个头儿，他转脸朝后看了一眼，将用来遮盖车上那一袋袋囤积粮食袋子的帆布盖严实。司机倒了车，离开了小巷子。行驶了一阵后，那头儿便从卡车上下来，走进巴黎一间典型的酒吧。他因臀部受伤，成了跛子，一只鞋的鞋底非常厚，鞋钉非常奇特，是银质的。他在电话里通知有关的人说，那投机倒把的人已被逮捕了。挂上电话前，作为问候，他说了声‘马基斯[1]万

[1] 马基斯（maquis），第二次世界大战期间法国抵抗运动的游击队。

岁'，因为他们都属于这个组织。"

"你是在什么地方看到这部电影的？"

"就在布宜诺斯艾利斯，在贝尔格拉诺区一家电影院。"

"那儿过去常放纳粹电影吗？"

"放，那是在我小的时候。战争期间则放宣传电影。不过，那些电影是我后来看的，因为后来还在放映。"

"在什么电影院？"

"在贝尔格拉诺区德国人聚居的那个地方的一家很小的电影院，就是有许多带花园的豪宅的那个地区，不是在贝尔格拉诺区通向河的那个方向，是在另一边，在乌尔基萨村那一边。你想起来了吗？几年前，这家电影院给拆毁了。我家就在那附近，不过，是靠近普通老百姓住宅区那一边。"

"你继续讲下去吧。"

"好的。突然，在银幕上出现了巴黎一家豪华的大剧院，墙上都挂着黑色天鹅绒帘子，包厢的栏杆都是镀了铬的，楼梯和楼梯的扶手也都是镀铬的。这是一家音乐厅，有一个音乐节目，只有合唱，没有独唱，那些女合唱队员都来自一个非常优秀的剧团。那场面我永远难忘，因为从一侧看，她们都是黑色的，原因是她们叉着腰婆娑起舞时，摄像机拍下来后呈黑色，只有她们的短裙是草绿色的；尔后，一声钹响后，显露了另一侧，她们个个都成了金发女郎，短裙也不是草绿色的了，变成像阿拉伯图案那样用假钻石拼镶起来的细条纹的了。”

“假钻石是什么玩意儿？”

“我不相信你不知道。”

“我确实不知道。”

“这玩意儿现在又时兴起来了，它形状像钻石，只是一文不值，是一小片闪闪发光的玻璃，既可以用它们在服装上拼镶条纹，也可以制成各种假首饰。”

“别浪费时间了，继续讲电影吧。”

“这个节目演完后，舞台上出现一片黑暗。之后，舞台顶部的灯光慢慢亮起来，舞台上像是笼罩着一层薄雾。接着，渐次显露出一个仙女般女人的身影，高高的身材，十分完美，只是轮廓不十分清楚。不一会儿，轮廓逐渐分明起来，因为镜头推得越来越近了，透过罩在她身上的那层薄纱，她的身影看得更清楚了。她身上穿一件用银丝织成的衣衫，像剑插进剑鞘里一样合身。这是一位你难以想象的非常非常神圣的女士。她先用法文唱了一首歌曲，随后又用德文演唱。她站立在舞台的高处，霎时间在她的脚下像闪电般亮起了一束笔直的灯光，她从舞台的高处走了下来。她每走一步，‘啪’地亮起一束灯光，到后来舞台上整个儿都是灯光。实际上，她走下来的每一级台阶都有一束灯光，这样一来，在人们不知不觉中组成了一座灯光阶梯。在音乐厅的一间包厢里坐着一位年轻的德国军官，他虽不像开始时讲到的那位中尉那样年轻，但也是一个好小伙子。”

“也是个金发男子。”

“没有错。而她的头发是黑褐色的。她皮肤十分洁白，只是头发有点儿发黑。”

“她的身段怎么样？很瘦还是非常匀称？”

“不瘦，高高的个儿，非常匀称，只是胸脯挺得不是很高，因为那个时候流行平胸。她在谢幕时，目光和德国军官的目光相遇。她走向化装室里。发现一束美丽的鲜花，却没有夹着名片。这时，那些金黄色头发的合唱队员中的一位——她完全是个法国女郎——敲了敲化装室的门。对了，我忘了告诉你她刚才唱的那首歌，相当奇特。每当我回忆起她唱的那首歌，心里就感到恐惧，因为她唱歌时，目光空虚缥缈，没有露出幸福的眼神。你别以为她很幸福，不，她露出惊恐的神情；同时，又显出无力自卫、屈从于命运的样子。”

“那她唱的什么歌？”

“对此我一无所知，不过，我可以肯定，这是一首情歌，对此我印象很深。言归正传。在化装室里，那个金发女合唱队员眉飞色舞地向她叙述了自己遭遇到的事情，因为合唱队员希望她这位自己最钦佩的艺术家首先知道她的事。原来她快有孩子了。这位女歌唱家叫雷妮，她的名字我永远也忘不了。她听了非常吃惊，因为她知道这姑娘还未结婚。女合唱队员对她说，这不用担心，因为孩子的父亲是个德国军官，是个年轻小伙子，他非常爱她，他们正筹备着结婚。说到这里，女合唱队员脸上露出了一丝愁容。她对雷妮说，只怕一件事。雷妮问她，是不是怕那年轻小伙子将来会抛弃她。她说不是这件事，她怕另一件事。当雷妮问她究竟害怕什么时，她却又说不怕什么，这只是她的胡思乱想，说完便离开了。化装室内只剩下雷妮一个人，她想，她自己会不会爱上一个侵略祖国的人呢，她沉思起来……这时，她看见了人们给她送来的那束鲜花。她便问自己的女仆，这是什么鲜花。原来这是从德国阿尔卑斯山专门运到巴黎来的鲜花，价格十分昂贵。与此同时，刚才那名金发女合唱队员走在巴黎的街上，战争期间晚上街道一片漆黑。然而，她抬眼往上一看，见到一幢老式公寓房的最上面一层有灯光，她脸上露出了微笑。她有一只旧式怀表，像一件装饰品一样挂在胸前。她看了看表，正好是午夜十二时。这时，有灯光的那个房间的一扇窗子推开了，我们一开始就讲到过的那个年轻小伙子——德军中尉的脑袋伸出窗外。这个痴情地爱着她的年轻人脸上露出微笑，给她丢下了钥匙，落到了街心。她准备过去捡起来。这时，在这条街的一端好像出现了一个黑影。不，是一辆停在附近的汽车，在黑暗中很难看出里面有没有人。不对，现在我想起来了！当那个女合唱队员朝这个住宅区走来时，她仿佛觉得有人跟踪她。此人的脚步声听起来很怪，先是往前踩一步，接着，另一只脚往前拖一下。”

“是个跛子。”

“跛子出现后，她又见到开来了一辆汽车，司机就是那个一脸凶相的斜眼。跛子上车后，给那个一脸凶相的人做了一个手势，汽车迅速发动了。正当那个女合唱队员在街心准备弯腰捡起那串钥匙时，汽车全速冲了过来，将她轧伤了。汽车继续朝前驶去，消失在黑暗的没有车辆行驶的街道中。那小伙子目睹了刚才这一幕，他绝望地从楼上下来。姑娘已奄奄一息，他将她抱了起来。她想对他说什么，但话已非常难懂。她是想对他说，不用害怕，孩子将健康地生下来，他将成为父亲的骄傲。说完，张大着两只眼睛，目光已失去神采，她死了。你喜欢这部电影吗？”

“我还不知道。还是请你再往下讲吧。”

“好。第二天早晨，有关方面给雷妮打来了电话，要她将自己知道的全部情况向德国警察局进行报告，因为他们知道她是死者的知心朋友。可是，雷妮并不知情，除了知道那女孩爱着一名德军中尉外，别的情况一无所知。但是，有关方面不信她的话，几小时后，便将她逮捕。由于她是一位名噪一时的歌唱家，电话里传来命令，将她释放，但要有人监视，好让她在当天晚上和往常一样参加演出。雷妮感到非常惊恐，但那天晚上她还是演唱了歌曲。回到化装室时，她又见到了一束阿尔卑斯山的鲜花。她在花束中寻找名片时，一个男人的声音对她说，不要找了，这次是他亲自拿来的。她惊慌地回转身来，见到他是一位高级军官，但年纪还相当轻，是个风度异常优雅的男子。她问他，他是谁。当然，她心里明白，他就是前天夜里坐在包厢里拼命给她鼓掌的那个人。他对她说，他供职于设在巴黎的德国反间谍机构，他是亲自来为当天上午给她制造的麻烦向她道歉的。她问他，这鲜花是不是他国家的。他说，这是上普法尔茨所产，他自己便出生于该地，就在一个被白雪覆盖山顶的群山间的奇妙的湖畔。讲到这儿，我又忘了告诉你一个细节。他此时没有穿军装，只穿一件普通的礼服。他邀请她演出结束后，上巴黎一家最神奇的面积很小的餐馆用餐。餐馆内有一个由黑人演奏家组成的乐队，里面黑乎乎的，人们几乎看不清脸。乐队的上头射下一缕淡淡的光束，可以看见空气中弥漫着烟雾。乐队正在演奏一支古老的爵士乐曲，颇有黑人的特色。他问她为什么取了一个德国人的名字雷妮，却带着一个法国人的姓。她姓什么，我已记不清了。她对他说，她生于德法边境的阿尔萨斯，那儿有时飘扬着德国旗[1]。但同时她又对他说，她从小受到热爱法国的教育，总希望自己的国家繁荣昌盛。她不知道外国占领者会不会对她的国家进行帮助。他告诉她，她不应该对此有丝毫的怀疑，因为德国的义务便是将欧洲从人民的真正敌人手中解放出来，这些人民的敌人有时戴着爱国者的面具隐藏着。他要了一种德国产的白酒。这时，她仿佛有意要扫一扫他的兴，要了一瓶苏格兰威士忌。实际上，她也没有喝惯这种酒，所以，只是稍稍喝了一点，便佯称已经劳累。他便送她回家。他们坐在一辆豪华的轿车里，有司机为他们开车。汽车在她家——一家精致的小旅社前停下来。她语含讥讽地问他，明天是不是还要对她进行审问。他对她说，没有这么一回事，往后也不会再有了。她下了汽车，他吻了吻她戴手套的手。她表情严肃，冷若冰霜。他问她，是不是单人独居，害怕不害怕。她回答说，在花园的后面住着一对老年夫妇，是旅社的仆役。当她回转身准备进门的时候，她见到楼上

[1] 阿尔萨斯曾几度被德国占领。

的一个窗口有个黑影，转眼间便不见了。她吓得全身发抖，没奈何只好将这情况告诉他。他已被她的美丽照花了眼，什么也没有看到。她别无他法，只得对他说，今天晚上自己是不敢一个人待在家里了，请他带她离开此地。他们径直来到他的寓所，豪华之极，却也非常奇特。洁白耀眼的墙上没有挂任何绘画，天花板很高，家具稀少，颜色都是像包装箱一样，黑色的，但看得出来，它们都是一些精品。房间里没有什么装饰，只有薄纱白窗帘和几尊白色大理石雕像，具有极浓的现代气息，它们不是希腊雕像。雕像的人物宛若来自梦中。德国军官命管家收拾好给客人住的那个房间，管家好奇地朝女歌唱家看了一眼。在这之前，他曾问她，要不要来一杯香槟酒，那是她的法国最好的香槟，仿佛从这个国家的土地上冒出来的鲜血。房间内响着优美的音乐，她对他说，她对他的国家唯一喜欢的东西就是这音乐。从高高的窗口吹进一丝微风，窗子边挂的白纱窗帘像幽灵一般迎风飘动。房间内唯一的照明物——几支蜡烛熄灭了，只有从窗子射进来的一缕月光照在她身上。她的模样也像一尊雕像，高高的身材，穿着一件十分得体的白色外衣，活像一只希腊式的圣油瓶。当然，她的臀部两侧并不过于宽阔。一条长得几乎拖到脚跟的白纱巾裹着她的头部，但没有压着头发，只是将头发包了起来。

他对她说，她是个奇妙的女人，美貌世所罕见，一定前程似锦。他的话使她微微震惊，心里充满着预感，清楚地感到自己一生中最重要的事情即将发生，其结局几乎可以肯定是悲惨的。她的手一抖，酒杯便落到地上，打得粉碎。她既像一位女神，同时，又是一个感情脆弱的女人，这时吓得全身发抖。他握住她的手，问她是不是感到冷，她回答说不冷。这时，乐曲中出现了强音，提琴奏出高音。她问他这曲调有什么含意。他说，这是他最喜爱的乐曲，这波澜起伏的提琴声象征着德国一条河流的流水，一位半人半仙的人曾在这条河上航行。其实他只是个普通的人，但他对祖国的热爱使他消除了一切恐惧，这就是他的奥秘所在，为祖国而战的愿望使他战无不胜，使他成为像神一样的人，因为他什么也不怕。乐曲听起来越来越感人，他禁不住热泪满眶。这是那场戏中最美好的场面，因为她见到他如此激动，心里便明白他也具有一般人所共有的感情，尽管从表面看，他像神一样不可战胜。他力图掩饰自己的感情，便朝窗口走去。这时，在巴黎城的上空悬着一轮明月，在如洗的满月月光下，家庭花园成了一片银色世界。在灰色的——不是蓝色的，因为这部电影是黑白片——天空映衬下，黑色的树木凸显出自己的轮廓。白色的喷泉边种着茉莉花树，开着银白色的花朵。这时，银幕上出现了她脸部特写镜头，灰暗的色彩显示了她脸上慢慢落下的一串泪珠，黑白的光线非常协调。泪水才流出眼眶时，并不怎么发亮，但当它慢慢地流到高高的颧骨上时，便像项链上的钻石一般发出耀眼的光芒。接着，摄影镜头又转向了银白色的花园。你若是在电影院，你就会感到，你像一只鸟儿一样凌空升起，从高空往下看，花园变得越来越小，那白色的喷泉犹如……一只蛋白酥，那些落地窗也是如此，整座白色的别墅就像童话中讲的那样全都是由蛋白酥制成的。这样一来，房子也可以吃了。遗憾的是，这时已见不到刚才讲到的那两个人了，因为他们已变得非常小了。你喜欢这部电影吗？”

“我还说不清。你为什么这般喜爱它？你都入迷了。”

“如果让我选一部电影再看一次，我一定会选它。”

“为什么？这只是一堆纳粹垃圾，你没有发现吗？”

“你听我说……算了，还是不说好。”

“别把话闷在肚子里，把你想说的话说出来吧，莫利纳。”

“不说了，我要睡觉了。”

“你怎么啦？”

“幸好眼下没有灯光，我看不到你的脸。”

“这就是你刚才想对我说的话吗？”

“不，我是说你才是垃圾，这部电影不是垃圾。你不要再对我说话了。”

“对不起了。”

“……”

“真的对不起了。我没有想到会使你生这么大的气。”

“我生气的原因是……你，你以为我没……没有看出来这是纳粹分子搞的宣传。可我喜欢它的原因是它拍得非常好……如果不考虑那一套纳粹宣传，这是一部杰作。你不知道，因……因为你没有看过。”

“可是，你为此而淌眼泪，难道你发疯了？”

“我心里想哭，我……我就哭。”

“悉听尊便吧，不过，我真感到遗憾。”

“你不要以为是你使我淌眼泪的。我是因为想……想起了他，想到和他在一起，跟他而不是跟你谈谈我喜欢的各种各样的事情，那情况又会怎样。今天，我整天都在思念着他。三年前的今天，我认识了他。因……因此，我哭了……”

“我跟你再说一遍，我并非有意让你不高兴的。你为什么不和我谈谈你朋友的情况呢？说说心里想说的话，对你也有好处。”

“干吗要说呢？就为了让你说，他也是垃圾？”

“说吧，跟我说说吧，他是干什么的？”

“他是侍者，在一个饭馆里……”

“是个好人吗？”

“是的，可也有他自己的个性，你别自以为是。”

“你为什么这样喜爱他？”

“这有很多原因。”

“举例说吧……”

“我跟你说说心里话吧。首先是因为他长相英俊；其次，我认为他脑子很好使，可是，在现实生活中他却英雄无用武之地，只好干那种倒霉的差事，尽管他可以干更重要的事情。我很想助他一臂之力。”

“他愿意你帮助他吗？”

“你说这话是什么意思？”

“我是说他肯不肯让别人帮助他。”

“你真像个巫师。你为什么要问这个问题呢？”

“我也不知道。”

“给你击中要害啦。”

“他不喜欢你帮助他。”

“过去他不愿意。现在我不知道，谁知道他眼下在干什么……”

“上次你跟我说起过的那个来看望你的朋友，是不是他？”

“不是，上次来的是个女朋友，不过，像我一样，也是个男人。那个当侍者的朋友来不了，因为这儿探监的时间他要干活。”

“他从来没有来看过你吗？”

“没有。”

“这可怜的人得工作啊。”

“你听我说，瓦伦丁，他难道不可以和他的某个同事换换班吗？你认为怎样？”

“兴许人们不同意他这么做吧。”

“你们倒好，互相包庇。”

“你说的‘你们’是谁？”

“男人呗，个个都是……”

“都是什么？”

“婊子养的，不过得请你妈妈原谅，她可没有责任。”

“你听我说，你和我一样都是男人，别开玩笑了……别为此和我疏远了。”

“你愿意我和你亲近吗？”

“你既不要和我疏远，也不要和我亲近。”

“告诉你吧，瓦伦丁，有一次，他为了和他妻子去看戏，跟他同事换了班，这点我记得很清楚。”

“他已结婚了？”

“没有错，他是个正常的男人。这一切都是我开的头，他没有任何过错。是我干预了他的生活，不过，我的愿望是想帮助他。”

"这事是怎么开始的？"

"有一天我去饭馆吃饭，见到了他，我立即让他给迷住了。不过，此事说来话长，下次对你讲吧。最好是什么也不要对你说，谁知道你会怎样对待我呢？"

"别着急，莫利纳，你完全错了。我之所以问你，是因为我有点儿……我怎么对你说清楚呢？"

"是因为你有点儿好奇，我估计你有这种心态。"

"这不是真的。我以为，为了能理解你，我需要了解你过去的事。我俩既然同居一囚室，最好能做到相互理解，而我对有你这种癖好的人了解得很少。" *

---

* 英国研究者 D.J. 威士特认为，关于同性恋的生理原因的学说主要有三种，他对这三种学说都做了批驳。

上面说的三种学说的第一种试图表明，不正常的性行为是由于存在于男女两性血液中的雄性激素和雌性激素的比例失调所致，但在同性恋者身上进行的直接检验却没有得到肯定这种理论的任何结果。也就是说，并没有表明在他们身上存在着激素分配失衡的现象。根据斯耶博士在他的题为《同性恋的内分泌状况》的论文中证实，在同性恋者和异性恋者的身上检测到的激素数值并无差异。此外，倘使同性恋与激素——激素由内分泌腺分泌——有关，那么，可以通过注射激素使内分泌恢复平衡而得以治愈，但这是不可能的。在题为《男同性恋者的睾丸素》一文中，研究者巴拉赫解释道："对男同性恋者注射雄性激素，其结果只会增强他对用已习惯的方式进行性行为的欲望。"至于对女性所进行的检验，福斯博士在他的《雄性尿激素对女子性的影响》一文中说，让妇女服用大剂量的雄性激素的确会使女性朝男性方向发生明显的变化，但这只是关系到一些表面的生理特征：诸如嗓音变沉了，长了胡须，乳房变小，阴蒂增大，等等。性欲虽有增强，但仍属正常的女性，也就是说，满足性欲的对象仍为男人。自然，这只是指没有同性恋习惯的女人而言。另一方面，在异性恋男人身上注入一定剂量的雌性激素，也不会产生同性

“那我就对你说说当时的情况。不过，为了使你不感到厌倦，我三言两语很快讲完。”

“他叫什么名字？”

（接上页注）恋的欲望，却只会减弱性欲。这一切均表明，对女人使用雄性激素和对男人使用雌性激素都不能揭示在血液中雌雄性激素的比率和男性女性的性欲有相应的联系。因此，可以断言，对性爱对象性的选择与内分泌的活动，即激素的分泌没有明显的联系。

D.J. 威士特认为，第二种关于同性恋可能与生理因素有关的重要理论与两性人的理论有关。由于难以在同性恋者身上证实其激素分布异常，人们又试图将目光转向另一种不为人们所知的不正常生理状态。某些研究人员便将同性恋看成是两性人的一种表现形式。所谓两性人或者雌雄同体者是指那些生理上不完全属于男女两性中的任何一性的人，尽管在生理上具有两性的某些特征。一个人属于哪一性在受孕期间便已确定下来了，这取决于使卵子受孕的精子的遗传基因类别。两性人的生理原因目前尚无定见，一般认为，系胎儿发育期间内分泌紊乱造成的。两性人的表现形式多种多样，有的表现在内部性器官（卵巢或睾丸）上，出现互相矛盾的生理特征；有的两性人既有卵巢，又有睾丸，内部性器官混杂在一起；也有些两性人的外部生殖器官呈现出男性和女性之间的中间阶段的各种特征，甚至同时拥有阴茎和子宫。在《同性恋的遗传基因的决定研究》一文中，研究者 T. 朗举证说明，那些躯体完全遭到朝男性方向性扭曲的女人有可能成为扮演男性角色的同性恋者。为了证实自己的假设，他进行了调查，得出了如下结论：在那些兄弟过多姐妹稀缺的家庭里有可能产生扮演男性角色的同性恋者，因为这样一来，同性恋者便成了“中间产品”，成了一种没有得到的补偿。尽管这个论据很有意思，但朗提出的理论却因未能对同性恋者中占百分之九十九的绝大多数人在生理特征上是正常的这一点做出解释而大大削弱了其含义。研究者 C.M.B. 帕雷的论文《同性恋和染色体的性别》正是在上面说到的这一点的基础上对朗的理论进行了驳斥。帕雷认为，通过现代显微镜的观察，从生物学的角度看，在长时间的研究过程中受到考察的所有的同性恋男人——其中也有一些异性恋的男人——都一律认同为男性。另外，朗的理论也遭到了 J. 莫纳的反驳。他在《性作用的建立》一文中说，两性人尽管具有两性的表象，但在选择满足性欲的对象时却不是两性的了。莫纳的文章说，这些人的性冲动不以其内部的性器官（有的有卵巢，

“不行，他的名字我不能告诉你，这只能我自己知道。”

“那就请便吧。”

“他的名字是我要保存在心里的唯一的东西，它就在我喉咙口里，我不讲出来，我自己保存着……”

“你认识他已有许多时日了吗？”

“就在三年前的今天，九月十二日。这天我去饭馆吃饭。可我不知怎么对你说。”

“不要紧。你什么时候想对我说就说。不想说就别说。”

“我有点儿不好意思。”

“是啊……每当人们谈到内心深处的感情时，都会发生这种情景。”

“和我一起去的还有两个朋友，是两个年纪很轻的

（接上页注）有的有睾丸，有的有混合型性器官）为准。两性人的性冲动与他们所受的性教育相一致。性教育属某一性则为某一性，尽管他们的染色体和内外部性器官的主要特征是属于另一性的。根据所有这一切可以做出结论，对于任何一个生理结构正常的人或不正常的人来说，无论是异性恋还是同性恋都是通过心理制约而形成的活动，不取决于内分泌的成分。

威士特关注的关于同性恋生理原因的第三种，也是最后一种理论认为，它和遗传因素有关。威士特指出，尽管科学家们在这方面进行了认真的研究——他特别指明了 F.J. 卡尔曼的论文《男性同性恋遗传学方面的孪生比较研究》——但提出的论据含糊不清，未能表明同性恋具有遗传方面的特性。

讨厌的疯丫头。不过，长得倒挺俊，也非常活泼。”

“是两个女孩子吗？”

“不是。我说疯女人，意思是搞同性恋的男人。这两个疯女人中的一个正和那个侍者，也就是他纠缠不清。开始时，我只觉得他是个英俊的小伙子，仅此而已。可是，那个小丫头老是和他无理取闹，而他仍然镇定若素地回答他该回答的话，这使我十分敬佩。因为一般地说，侍者都很穷，总以为自己是侍候他人的奴仆，要他们回答对方的胡言乱语而不显露出自己受辱的样子是不容易的。你明白我的意思吗？而这位老兄却丝毫也没有露出那种神情。他向对方解释为什么饭菜没有规定的那么好，心平气和，说得对方有口难辩。你也不要以为他会过于殷勤，低三下四，完全不是这样，他完全能够左右局势。我立即从他身上闻到了什么，觉得他是个真正的男子汉。一个星期后，小女子我就一个人去了。”

“小女子。”

“对，请原谅。每次我讲到他时，我不能以男人的身份说话，因为我不觉得自己是男人。”

“讲下去吧。”

“第二次见到他时，我觉得他的模样更俊俏了，他穿一件非常得体的白色外套，衣领像毛式服装。他完全是个电影中的翩翩美男子。他的一切，无论是他举步的姿态，还是略带沙哑却显得异常温柔的嗓音，都堪称完美无缺。我真不知怎么对你说才好！还有他上菜的样子！瞧，那才富有诗意呢。一次，我见他上一道沙拉，真把我看呆了。他先安顿好那位顾客，是个女顾客，特别难对付！然后，在餐桌边又放了一张小桌，在小桌上放上沙拉的盘子，问她要不要放点油，要不要加点醋，要不要放这个，要不要放那个。最后，他拿起拌沙拉的刀叉，我真不知怎样才能向你说清楚他的动作。他好像在抚摸盘子里的生菜和西红柿，轻轻地抚摸着。他的动作……我怎么对你说好呢？他的动作是那么稳健，那么高雅，那么轻柔，同时却又那么富有男子汉气概。”

“在你看来，男子汉气概意味着什么？”

“这有许多方面的含义，但对我来说，一个男人最主要的应该是：长得帅，身强力壮，同时，又不能吹嘘自己，要脚踏实地，一步一个脚印。就像我那个侍者那样，行动充满信心，言谈毫不支吾，心里明白自己想干什么，该朝哪儿走，对一切都无所畏惧。”

“这太理想化了，这样的男人是不存在的。”

“有这样的人，他就是这样的人。”

“得了吧，这也许是他给人们的印象吧。可是，从实质上来说，没有权势，在这样的社会里谁也不能像你刚才说的那样行动充满信心。”

“你别忌妒，自己不行，可不要说别人也不行。在这方面，你们男人和女人一样。”

“别说傻话了。”

“你瞧，你不但不喜欢他，还骂起我来了。你们也像女人一样，太爱竞争了。”

“我请求你，我们得在一定的水平上交谈，否则，就什么也别谈了。”

“什么水平不水平的。”

“跟你在一起如果不让你讲电影，就没有什么可谈的了。”

“为什么不能和我交谈，说说你的理由。”

“因为你讨论问题时态度不严肃，说话没有一个原则，常常胡言乱语。”

“这不是真的，瓦伦丁。”

“你不承认就算了。”

“你也太爱卖弄自己了。”

“你爱怎么看，就怎么看吧。”

“请你举例说明，我怎么会缺乏跟你说话的水平。”

“我没有说跟我说话，我是说在讨论问题时你没有一个标准。”

“那你将会看到，我会有标准的。”

“我们为什么还要这样讲下去呢，莫利纳？”

“继续讲吧，这样，你就会看到，我要向你表明，我的行动和你讲的正好相反。”

“我们谈什么呢？”

“这样吧……你对我说说，在你眼中，什么是男子气概。”

“你刚才不是嘲笑我说的话了吗？”

“说吧……请你回答我，你认为，男子气概是什么意思？”

“这个嘛……不做孬种……在任何人面前，在强权面前更不能做孬种……不，这还不够。不做孬种是另一回事，还不是最重要的。做个男子汉还有更多的含义，不在任何人面前轻易降低自己身份，无论在权势面前，还是在小费面前都不这样做。还有……不允许任何人在你身边觉得自己低人一等，觉得不自在。”

“这是当圣徒的条件了。”

“不，我讲的这些并不像你想象的那样完全办不到。”

“我不太明白你的意思……请你再给我解释一下。”

“不行，眼下这个问题我自己也没有想明白。我没有思想准备。你来了个突然袭击，我一时找不到合适的词语。过几天等我想清楚了再来跟你谈这个问题。现在请你再对我谈谈那位饭店侍者的情况。”

“刚才我们谈到哪儿了？”

“谈到拌沙拉的问题。”

“谁知道他现在在干什么……这可怜虫老是待在那个地方……真叫人痛心……”

“可是，我们待的这个地方比那儿要糟得多呢，莫利纳。”

“但是，我们总不会一辈子待在这里吧。可是他却今生今世永无出头之日了。他的命运不会改变了。我对你说过，他的个性很强，什么也不怕，但你很难想象，在他的脸上有时也能见到一丝愁云。”

“你是从什么地方见到的？”

“从他的两只眼睛中。他长着一双明亮的眼睛，眼珠是浅绿色的，也就是说，绿色中略带一点棕褐色。两只眼睛大极了，大得脸盘看起来小了，只是他的眼神暴露了内心的真情。从他的眼神中可以看出他有时心情不佳，悲哀。这也是他吸引我的原因，使我越来越想和他交谈。尤其是活儿不多的时候，更能看出他内心的凄楚。这时，他总会到餐厅的后面，那儿有一张桌子，侍者们都坐在桌边。他总是沉默寡言，点燃一支香烟，目光黯然，眼神显得越来越怪异。我越来越频繁地去看他。他呢，开始时，只对我应酬几句。我每次总点一个冷盘，一个汤，一盘主食，还有甜点和咖啡。目的是让他来我餐桌边好多次。就这样我们慢慢地开始交谈，话也多了一些。当然，他很快就注意上我了，因为我容易引起人们注意。”

“什么东西使你引起人们注意？”

“我的真名叫卡门，是比才[1]歌剧中女主角的名字。”

“因此，他就开始跟你交谈得多了。”

“嘿！你这个人才一窍不通呢。他知道我是个疯女人以后，便不想和我混了，因为他是个非常正常的人。后来通过海阔天空的神侃后，他慢慢地发现我对他十分尊重，便开始对我述说自己的身世。”

“这一切都在他给你端菜端饭的过程中进行的，是吧？”

“这一过程经历了好几个星期。一天，我终于让他和我在一起喝咖啡。那天他正好上白班，他最讨厌上白班了。”

“他的作息时间是怎样的？”

“是这样的。有时他上午七时上班，下午四时左右下班；有时下午六点上班，凌晨三点前后下班，大体上是这样。他对我说喜欢上夜班的那天，引起了我的好奇心，因为他对我说过，他已结过婚，尽管他没有戴结婚

[1] 乔治·比才（Georges Bizet，1838—1875），法国作曲家，《卡门》《采珠人》等歌剧的作者。

戒指。还有一个细节，他妻子在办公室工作，作息时间是正常的。如此说来，他和妻子之间究竟出了什么问题？难道他喜欢上夜班的目的是他不愿意见到他妻子？你不能想象我费了多大的劲儿才让他过来和我一起喝杯咖啡。每次邀请他，他总会找到借口，一会儿说事儿多，一会儿说活儿忙，到后来他才松了口，答应来了。”

“结果，发生了应该发生的事情。”

“别说疯话。你对这方面的事情一无所知。我已经对你说过，他是个十分正常的人。从来没有发生过那种事情！”

“那你们在酒吧里说些什么呢？”

“现在我已记不得了，因为后来我们又见了许多次面。不过，我当时想问他的第一件事是像他这样一个聪明能干的年轻人，为什么会干这样的活儿。下面你会知道他可怕的身世，他的身世也是无数家境贫寒、无力上学的年轻人的身世。有的人也认为上学没有什么用处。”

“我以为想上学的人还是可以上学的，因为……在阿根廷读书不是个大问题，因为大学是免费的。”

“对，不过……”

“上学有没有用处，那是另一回事了。这个问题我同意这样的看法：出身于社会底层的人情况比较复杂，社会又使他们产生了偏见……”

“请你等一等，我给你继续往下讲，你会看到他是怎样的人，他是个很优秀的人！他自己也承认，有一段时间比较懒散，他眼下正为此付出代价。他说，他十七岁左右，对了，我忘了告诉你，他从小就开始干活了，就像在布宜诺斯艾利斯一个住宅区的那些贫困家庭的孩子那样，从小学就开始干活了。上完小学，他在一个车间当机械工人，学到了这一门技术。刚才我已对你说了，十七岁正好是青春年华，他开始和小妞们相好，博得了姑娘们的青睐。后来，他又迷上了足球。从小他就会踢球，踢得很好。十八岁左右他就进入了职业足球队。这儿出现了一个关系到他一生的关键问题。为什么他不想以足球为自己的职业呢？据他自己说，他进了足球队，才发现那里面简直是乌七八糟，脏乱不堪，整个气氛不对头：任人唯亲，赏罚不明。这时，问题的关键，关键的关键出现了，这决定了他的未来：他无法做到缄口不言，见到什么不对的地方，这小子便要说话。他不是个狡诈的人，有话总要说出来，因为他是个正直的人。这一点我从一开头便从他身上感受到了，你知道吗？”

“他从来没有和政治打过交道吗？”

“没有，在这方面他的想法非常奇特，非常杂乱无章，连工会的事也没有人和他谈过。”

“讲下去吧。”

"几年后，也就是两三年后吧，他不再踢足球了。"

"那么，那些姑娘呢？"

"有时你真像个巫师。"

"为什么？"

"因为他离开足球队，也为了那些姑娘。爱他的姑娘很多，他却忙于训练。最后，姑娘们的吸引力超过了足球的训练。"

"这么说，他也很守纪律嘛，起码有这方面的问题。"

"是这么回事吧。不过，还有一件事我没有对你说，他有个正儿八经的未婚妻，后来，他就和这女孩子结婚了。她也不喜欢他待在足球队里。他进工厂当了一名机械工人，工作相当舒服，因为是他未婚妻给他搞到的。后来他们就结婚了。在工厂里干了几年，他很快被提升为监工，也许是工段长。他有两个孩子，他特别喜欢那女孩子，她是老大。六岁时，她死了。在工厂里，他常与厂方争吵，因为工厂开始开除工人，或者是重用那些被推荐来的人。"

"就像他那样。"

"是的。糟糕的事就从这时开始了，我向你承认。不过，使我觉得他了不起的事也出现了，他做什么事我都会原谅的。当时他站出来替几个干计件工的老工人说话，老板火了，便对他说，他要么滚出工厂，要么听从命令。他辞职不干了。你知道，如果你自愿离职的话，那么，你连一分钱的补偿金都拿不到，连个屁都拿不到。他在工厂里干了十多年后，被撵出厂门了。”

“那个时候，他大概有三十多岁了吧。”

“是啊，已有三十多岁了。你想一想，这个年龄的人开始找工作，多不容易。开始时，他有些挑肥拣瘦，到后来找到饭店侍者这活儿，他也只好干了。”

“这一切都是他对你讲的吧。”

“没有错，但都是一点一点告诉我的。在我看来，有个人可以谈谈这些事情，发泄一下怨气，他也可以轻松许多。正因为这样，他与我亲近起来。”

“那你呢？”

“我越来越喜爱他了，可是，他不允许我替他做任何事情。”

“你准备替他干点什么呢？”

“我想让他相信，他还可以学点儿什么，获得某一方面的知识。这儿还有一件事我忘了对你说：他老婆钱挣得比他多。她早已是一家带有行政职能的企业的秘书。这对他是不利的。”

“你连他的妻子也认识了？”

“不认识。他想将她介绍给我认识，但我在心底里恨得咬牙切齿。我只要想一想他每天夜里都睡在她身边，便总恨得要死。”

“现在不忌恨了吧？”

“说来也奇怪，现在不忌恨……”

“真的？”

“真的，你听我说，我也不知……她与他在一起，我现在反而觉得高兴了，这样，他就不孤单了。由于我不能去和他聊天了，像眼下这样的时间，饭店已无事可做，他一定感到很无聊，只好抽烟解闷了。”

“他知道你对他的感情吗？”

“当然知道，我把该说的全对他说了，那时节我还抱着说服他，让我俩之间干那个的希望……不过，我们之间从来没有，从来没有发生过那种事情，因为我无法使他同意。我请求过他，哪怕这一辈子只干那么一回……他从来没有这样的愿望。以后我也不好意思再老是向他提出这样的要求啦，拥有他的友谊也就心满意足了。”

“不过，根据你刚才的说法，他和他老婆关系不太融洽。”

“有一段时间他们常常争吵，然而，他在内心深处还是爱她的。更糟糕的是他对她还有些钦佩，因为她比他挣得多。一天，他跟我说了一件事，忌恨得我差一点将他给宰了。那天是父亲节，我想送给他一件礼物，因为他是他儿子的好父亲。我认为利用这个机会给他送点东西是个好主意。我便问他要不要睡衣，灾难便接着发生了……”

“别停下来嘛，不要让我等着。”

“他说他不用睡衣，他总是光着膀子睡觉。他和他妻子睡在一张大床上。这差一点要了我的命。但后来有一段时间他们似乎要分手了。这时，我又有了幻想。我产生了多么大的幻想，你都想象不到……”

“你产生了什么幻想？”

“我想他去我家和我生活在一起，和我妈和我住在一起。我再帮助他，让他去读书。我幻想我能全力以赴地为他操劳，整天不为别的，只为了他，让他应有尽有，给他买衣服，买书籍，替他注册入学，慢慢地使他相信，他只须干一件事：不用干活儿了。同时，我给他妻子提供他应该承担的最低限度的子女抚养费，让他只想一件事：想他自己的事。最后，让他做到自己想要什么，便会得到什么，以此来消除他的忧伤。这一切你不觉得非常美好吗？”

“美好是美好，但不切实际。我告诉你一个情况：他可以继续当他的侍者，却不必自以为低人一等或产生与此类似的想法。尽管他的工作比较低贱，但他总会有出路的，他可以参加工会的斗争嘛。”

“你认为这样可以？”

“当然可以啦。你有什么疑问？”

“可他在这方面却一无所知。”

“他对政治有所了解吗？”

“不了解，他非常无知。不过，他和我谈了不少工会的丑事，也许他是对的。”

“对什么呀，如果工会有错误，应该进行斗争，将它改组，使它变好。”

“我有点儿困了，你呢？”

“不困，我一点儿也不困。你不给我再讲点儿电影吗？”

“我不知想不想……可你不明白，对我来说，只要想一想能为他干点什么，那有多美好！你知道一位橱窗设计师干完了一天活，尽管心里很高兴，可是，常常会有这样的感觉，自己干的一切为了什么，于是，心里不免有空虚的感觉。而我只要能为他干点什么，心里就很快慰……这样不是也可以给他一点欢乐吗？对这一切你有什么想法？”

“不知道。这个问题我似乎得分析一下，现在我什么也不能对你说。你不想对我讲点儿电影了？明天我再对你谈谈我对那侍者的看法。”

“行……”

“我们的灯这么早就熄了。这些蜡烛气味很大，还会毁了一个人的视力。”

“还会夺走氧气呢，瓦伦丁。”

“可我不看一会儿书是睡不着觉的。”

“你如果愿意，我再给你讲一会儿电影。不过，这么一来，我就会睡不着了。”

“只讲一会儿吧，莫利纳。”

“那好吧，我们讲……到哪儿了？”

“别这么打呵欠嘛，你这条瞌睡虫。”

“我困了，不打呵欠又该怎么办。”

“现……在……我也打起……呵欠来了。”

“你大概也困了。”

“你以为我……这样能睡着了？”

“能。如果还睡不着，你就想想加夫列尔的事。”

“加夫列尔是谁？”

“就是那个侍者，我说漏嘴了。”

“好吧，我们明天再会吧。”

“明天再会。”

“你瞧，生活就是这样。我今晚一定会失眠，脑子里就想着你那个男朋友。”

“明天你跟我说说对他的看法。”

“明天再会。”

“明天再会。”

第四章

“这就是雷妮和德国军官之间传奇故事的开端。他们俩开始似醉如痴般地相爱。每天夜晚，她将自己在舞台上唱的歌献给他，尤其值得一提的是一首舞曲，叫哈瓦那舞曲。幕布拉开后，舞台上出现了用锡纸——就是这种包香烟的锡纸，你见到了吗？——做的棕榈树，棕榈树的后面出现一轮明月，它的四周镶满锡箔片。在用丝绸般光滑的布匹做成的大海里出现了月亮的倒影，倒影的四周也镶了锡箔片。那是个热带地区的码头，也是一座岛上的码头。周围静悄悄的，只听到海浪拍击海岸的声音，那是乐队拍击沙球模仿的。海上有一艘帆船，十分精致，那是用硬纸片制成的，但看起来像真的一样。船上有个两鬓花白的男人，是个操舵好手，他头戴船长帽，吸着烟斗。这时，一束强烈的灯光照亮了他身边通向船舱的洞开的小门。她在那里出现了，神情十分严肃，目光注视着天空。男人抚摸了她一下，她闪开了。她发髻蓬松，头发从中间分开，往两边梳。她身穿一件镶黑色不透明花边的无袖长外衣，两条薄薄的袖套，下穿薄纱裙。这时，乐队奏起了序曲，她见到岛上一个年轻人在沙滩上采了朵野生兰花，微笑着，还向那位朝他走过来的海岛上的小姑娘挤了挤眼睛。他将鲜花插在她的发髻上，吻了她一下，然后，两人拥抱，走向黑压压的原始丛林中，鲜花从她的头发上掉下来，也没有发觉。银幕上出现了这朵野生的但非常精美的兰花的特写镜头，它掉在沙滩上，在它上面慢慢地出现了雷妮模糊不清的脸，犹如兰花变成了女人。这时，刮起了一阵狂风，但海员们却大声地说，这对航行有利，帆船可以扬帆出海了。她从码头走到沙滩上，拾起那朵由天鹅绒制成的美丽的鲜花，随后，唱了起来。”

“歌词是怎么说的？”

“谁知道呢……因为歌词没有翻译。不过，听起来相当悲凉，仿佛是某一个失去了伟大的爱情，想安于现状却又办不到，最后只好屈从于命运的人发出的心声。对，应该是这么一回事，因为刚才有人对她说这是顺风时，她只是苦笑了一下，因为风将她送到不管什么地方，她都不在乎了。她便这样边唱歌，边朝帆船走去。帆船从舞台的一侧慢吞吞地驶了出来。她站立在船尾，两眼茫然地注视着棕榈树的后面，那儿便是黑压压的原始森林。”

“她最后总是流露出茫然的眼神。”

“可是，你不知道这女人的那双眼睛，眼珠漆黑，而她的皮肤十分白皙。我忘了对你讲最精彩的一点：当她最后在帆船的船尾上出现时，在发髻的一边又插上了那朵天鹅绒制的花。她的皮肤和制作兰花的天鹅绒相比，谁也说不清哪个更细腻。她的皮肤看起来像花瓣，我想就像玉兰的花瓣。接下去便是一阵掌声。之后，银幕上出现了他们俩幸福相处的短促场面。下午，他们俩纵马疾驰。她全身穿着白色衣衫，头上戴一顶透明的软帽；他戴着礼帽。嗣后，他们又在行驶在塞纳河上的一艘游艇里举杯祝酒。接下去，他身穿无尾长礼服，在俄式舞厅的一个单间里他吹灭了枝形烛台上的蜡烛，在黑暗中他打开了一只首饰盒，取出了一条珍珠项链。人们虽看不清它的形状，但在黑暗中通过电影的特技，它发出耀眼的光芒。后来呢，出现了她在床上用早餐的镜头。这时，女仆来禀报，说有一位刚从阿尔萨斯来的亲戚在楼下等候她，与那位亲戚一起来的还有一位先生。她穿着一件黑白条子的棉缎晨衣，走下楼去，那场景是在她自己的家中。来客是个年轻人，是她的表弟，衣着相当简朴。和他一起来的那个人是……跛子。”

“哪一个跛子？”

“就是那个开汽车将女合唱队员轧死的人。他们俩开始与她说话。表弟对她说，有关方面想请他帮个大忙，也就是说，要他和她谈谈，让她作为一个法国人帮助有关方面完成一项使命。她问是什么样的使命。他们回答说，就是那位金发女合唱队员开始执行后来却又拒绝完成的使命，因为他们都是‘马基斯’的成员。她听了心里害怕得要命，但表面上装作若无其事。他们要她去探听一个巨大的秘密，要她去打听德国人在法国的一处巨大的军火库的所在地，以便让纳粹分子的敌人将它炸毁。那位金发女合唱队员正在执行这项使命，因为她也是‘马基斯’中的一员。但她和那位德军中尉拉上关系后，却堕入了情网，无法完成这项使命。为此，他们将她轧死了，免得她向巴黎的占领者当局告发他们。这时，跛子说话了，他对她说，她应该帮助他们。她回答说，这件事她得考虑一下，因为她对这方面的事情一无所知。跛子对她说：‘这是在说谎。’因为德国反间谍机构的首脑正在与她热恋中，她从他身上获取一点这方面的情报不费吹灰之力。于是，她鼓起勇气对跛子说，不行，肯定不行，因为她不是干这一行的料。跛子听她这么一说，便对她说，假如她不肯帮忙……他们只好将她扣押起来。这时，她看见她表弟低头不语，颌部颤抖不止，额头上布满汗珠。原来有关方面是将他作为人质带到那儿去的！跛子见状，向她说明真情：这小伙子什么事也没有干，他唯一的‘罪行’就是是她的亲戚。原来那些不要脸的家伙来到了这可怜的年轻人所在的阿尔萨斯小镇，谁知道他们制造了什么样的借口将他带到了那里。现在的问题是，假如她不帮他们的忙，那些‘马基斯’的成员便会杀害这个完全无辜的小青年。于是，她只好答应自己将尽力而为。情况也确实如此。下次她与德国军官在他家相聚时，她便开始翻他的抽屉。但干这一切时，她心里非常害怕，因为德国军官家有个管家。他从一开始时便对她没有好印象，看来他一直在注意她。后来有这样一个场面：她和那个德国军官，还有几个军官一起在花园里用午餐。那管家也是个德国人，他奉了军官的命令，去储藏室里寻找一种十分稀罕的葡萄酒。哦，我忘了对你说，是她向德国军官要这种酒的，只有管家知道它放在哪儿。管家走后，她便坐在钢琴边，这是一架白色三角钢琴，安放在我对你讲过的那种大客厅里。她这时坐在镶着白花边的一块窗帘的后面，正在自弹自唱，因为那位德国军官要她给他的同事们唱支歌。就在这时她要了个花招：她将自己灌制的一张用钢琴伴唱的唱片在留声机上放唱，她自己则一头钻进德国军官储藏贵重物品的房间里，寻找起文件来。可是，管家到了位于地下室的储藏室门口时，发现自己忘了带开门的钥匙，便又折回身来寻找钥匙。他走到花园边的围栏旁，对着客厅的窗子朝里看了一眼。因窗口拉上了镶白花边的窗帘，他未能看清她是不是坐在钢琴边。这整个过程中那个德国军官还在花园里和他的同事们聊天。这是一座法式花园，花坛上没有鲜花，只有一些修剪得样子十分奇特的像石碑一样的欧洲女贞。"

"这是一座德式花园，更确切地说，是一座萨克森式花园。"

"你怎么会知道的？"

"因为法式花园都有花，线条呈几何图形，装饰过分，反有点儿俗气。电影里那座是德式花园。看来这部电影是在德国摄制的。"

"你怎么会知道这些东西呢？这都是女人的事……"

"拍电影的那些人学过建筑。"

"你也学过建筑？"

"学过。"

"你取得学位了吗？"

"对。"

"那为什么才对我说？"

"没有机会说嘛。"

"你不是学政治学的吗？"

“对，我也学过政治学。你还是继续讲电影吧，我的事改天再对你讲。艺术并非女人的事。”

“几天之内人们便会发现，你也是个疯女人，而且，比我还疯。”

“也有这个可能吧。不过，现在你还是接着讲吧。”

“行。这时，管家只听到她在唱歌，却又不在钢琴边，便进去看看她究竟在哪里。她正好在放贵重物品的房间里，翻腾着各种各样的文件。噢，我得说明一下，写字台的钥匙她事先已经弄到了，是她从德国军官那儿偷偷取来的。在抽屉里她找到了一张当地的平面图，上面标明了各种隐蔽的武器的位置，其中也包括那座德军的武器库。这时，她听到了脚步声，便赶紧躲到了那房间的阳台上，但却暴露在聚集在花园里的那些军官的视野里了。她已处在进退维谷的境地，因为花园里的军官只要一抬头，便会看到她。管家走进那房间，朝四周看了一眼。她屏住呼吸，心里极度紧张，因为她知道那张唱片很快就要放完。你知道，那时候的唱片每片只有一首歌，没有现在这么多的歌曲。幸好管家走出了房间，她也立即出去，唱片正好快放完了。军官们兴致勃勃地在听她唱歌。唱片结束后，他们都站起来为她鼓掌，而她此时已坐在钢琴边。人们都认为唱歌的是她本人，而不是唱片。接着，她便与跛子和小青年再次相见，想将德国人的几张平面图交给他们。会面的地点在一座博物馆里。它规模宏大，里面陈列着远古时代的动物化石。博物馆的外墙均由若干块巨大的玻璃镶成，对面便是塞纳河。他们会晤后，她便对跛子说，她已取得了情报。跛子心想已打响了第一炮，便对她说，这只是她为‘马基斯’的人干的第一件事，因为她一旦当了间谍，便不能退出不干。她一听此言，便打算不把情报告诉他，但见自己的表弟在发抖，便只好把情报对他说了。她说的是法国一个地区的名称，即德国军火库所在的一个村庄。跛子是个虐待狂，他对她说，德国军官知道她背叛自己，一定会恨她入骨。他还对她说了一些别的与此相似的话，只是我记不清楚了。表弟对雷妮看了一眼，她气得脸色发紫，露出绝望的神色。她对窗口看了一眼。这时，他们就站在窗边，在那座巨大的博物馆的六楼或七楼上。表弟双手抓住了跛子，在后者尚未弄清这是怎么回事之前，便用力往前推去，想让他砸破窗玻璃，跌到楼下。但跛子奋力反抗，于是，那小伙子做出自我牺牲，和跛子一起跌到楼下，献出了自己的生命。她混杂在跑去看发生了什么事的人群中。由于她戴着带面纱的帽子，谁也没有认出她。多好的一个年轻人啊，是不是？”

“对她来说是很好，但却背叛了自己的祖国。”

“可是，小伙子已经发现，‘马基斯’的成员都是一些秘密犯罪团伙分子。你得了解电影后来发生的事才能看清事情的真相。”

“你知道‘马基斯’的成员都是一些什么人吗？”

“知道，我早知道他们都是爱国者，但在那部电影里他们可不是这样的人。请你让我讲下去。可是……接下去发生了什么呢？”

“我不明白你的意思。”

“我是说电影是神圣的，它对我来说非常重要，因为说白了，我被囚禁在这里，不想一些愉快的事情，我能做些什么呢？我这样，就是不让自己发疯，对吗？请回答我。”

“你要我怎么回答你？”

“你应该允许我逃避现实。我为什么还要使自己更加感到绝望呢？你想我成为疯子吗？我现在已经是一个疯女人了啊。”

“我没有这个意思。说正经的，你这样做也是对的。你这样待在这里确实会发疯的。不过，你不光是因感到绝望而发疯……而且，像你这样下去也会精神失常的。像你刚才说的那样，光想些好事，你这种方式也是相当危险的。”

“为什么？这不是真的。”

“用这种方法来逃避现实就像吸毒一样，会上瘾的。原因你听我说，你的现实，你的现实不光是这间牢房。你如果能看点书，学习点东西，你就会走出这个囚室，你懂得我的意思吗？正因为这样，我要整天看书学习。”

“政治……这个世界就是随着搞政治的人走的……”

“你别像以前的太太一样说话，因为你既不是太太……也不是从前的人。再给我讲一点那部电影吧，还差好多吧？”

“为什么要问这个？你听腻了？”

“我不喜欢这部电影，不过，我有些好奇。”

“如果你不喜欢，我就不往下讲了。”

“请便吧，莫利纳。”

“今天晚上当然讲不完了，还差好多呢，几乎还有一半没有讲。”

“这部电影只是作为一种宣传资料使我感兴趣，就只有这一点。它也是某种形式的文件。”

“说干脆一点吧，我对你接着讲，还是不讲？”

“再讲一点吧。”

“现在好像你在对我恩赐似的。别忘了刚才是你求我的，你说睡不着，要我对你讲点什么。”

“我非常感谢你，莫利纳。”

“现在该我睡不着觉了，你玩笑开得真不错。”

“那就给我再讲一点吧。上帝如果愿意的话，会让我俩睡着的。”

“无神论者倒喜欢成天提上帝的名字。”

“这只是一种说法而已。别东拉西扯了，快讲吧。”

“我讲。女歌唱家在德国军官面前对刚才发生的事只字未提。她只是请求他让自己留在他家过夜，因为她对‘马基斯’的成员非常恐惧。下面这个场面非常感人。我忘了对你说，德国军官也会弹钢琴。这时，他身穿一件花缎衬衣，显得潇洒清逸，服装非常合身。脖子上围着一条白绸围巾。在枝形烛台的烛光照耀下他正在演奏一首略带忧伤的乐曲。因为我忘了告诉你，女歌唱家那晚赴约迟到了，而他却以为她不会再去和他相会了。哦，我还忘了告诉你，她趁人们没有见到自己之机走出博物馆，开始像发了疯似的在巴黎的大街小巷走来走去，因为她由于那可怜的年轻人——她非常喜爱的小表弟——的去世已难以控制自己的情绪。天已慢慢地黑下来，她仍在巴黎四处游荡着。她走过了埃菲尔铁塔，走过了吉卜赛人居住区一条条崎岖不平的道路。在街边作画的画家们瞧着她，在塞纳河畔路灯下偎依着的一对对恋人注视着她，因为她走路的模样像个可怜的疯女人，也像个梦游症患者，帽子下面的面纱已经撩起，因为她已不怕人们认出她来了。与此同时，那个年轻的德国军官已命仆人准备两个人的晚餐，还点燃枝形烛台上的蜡烛。眼看蜡烛已燃去了一半，他还在弹奏着钢琴，是一首节奏缓慢、异常伤感的华尔兹舞曲。这时，她进来了。他并没有站起身来向她致意，仍然坐在那儿弹琴，但他演奏的这支奇妙的华尔兹舞曲由伤感变成了越来越大的欢乐，变得越来越充满浪漫主义色彩。这首舞曲的浪漫色彩已到了极点，但基调是非常非常的欢快。这个场面就这样结束了，他一句话也没有说，人们只是见他脸上露出了幸福的微笑，还听到他演奏的音乐。告诉你吧……你很难想象起这是怎么样的一个场面。”

“后来呢？”

“她一觉醒来，发现自己睡在一张非常漂亮的床上，床上用品都是缎子的，色彩淡雅，想必是那种老式的玫瑰色或是淡绿色，床单用的是棉缎。像这样的一些电影不是彩色的，实在是太遗憾了，是不是？门帘的两边还挂着薄纱帘子。你听懂了吗？她满怀爱意地从床上起来，朝窗外看了一眼，天在下着毛毛雨。她走到电话机旁，拿起话筒，无意中听到他在和人通话。他们是在讨论对那些囤积居奇者和秘密犯罪团伙进行怎样惩处的问题。当她听到他说应该对这些人判处死刑时，她简直不能相信自己的耳朵。等他们通完话，挂上了电话，她自己也把电话挂了，免得让他们发现自己在偷听。这时，他在卧室中出现了，对她说，他们去共进早餐。她这时极为漂亮，那被毛毛雨完全打湿的窗玻璃映照着她的身影。她问他是不是真的如他对她说过的那样，作为英雄，作为新德意志的士兵对谁也无所畏惧。他回答她说，若是为了祖国，他敢于接受任何挑战。于是，她便问他，是不是由于恐惧，才去杀死一个已丧失自卫能力的敌人；也是不是由于害怕有朝一日乾坤倒转，角色对换，他不得不与这一类敌人进行徒手格斗。他回答她说，他不明白她话中的含意。于是，她改变了话题。然而，就在这一天，当房子里只剩下她一个人时，她拨通了跛子留给她的电话，她想和'马基斯'的人进行联系，将军火库所在地这个机密告诉他们。因为在她听到德国军官同意将人们判处死刑时，在她的心目中他这个男子汉的形象便轰然倒地了。她与'马基斯'的一个成员会面，地点就在她演出的那个剧院。剧院在进行彩排，这样不易被人发现。她见到那人朝自己走过来，向她做了事先约定的手势。就在这个时候，空无一人的剧院的走廊上走过来一个人，他是来叫雷妮女士的。原来柏林方面拍来一份电报，她已被邀请去德国最优秀的电影制片厂拍摄一部巨片。拿邀请电报来的这个人是占领军政府的一名军官。这么一来，她不能和'马基斯'的人说什么了，而且得做好去柏林的准备。你喜欢吗？”

“不喜欢，我倦了，明天我们继续讲，好吗？”

“不啦，瓦伦丁，如果你不爱听，我就不往下讲了。”

“不过，我很想知道这部电影是如何结束的。”

“不必了吧。要是你不喜欢这部电影，干吗还要……这样不就行了？明天再会吧。”

“明天我们再讲吧。”

“那得讲点别的事儿。”

“随你便吧，莫利纳。”

“明天再聊吧。”

“明天再聊。” *

---

* 柏林托比斯电影制片厂关于该厂摄制的超级片《命运》的情况向它在各国的发行人通报如下 [中心内容]：

外国女明星的到来，并没有和往常一样大事张扬。相反，有关方面主张，雷妮·拉梅松这次应悄然地来到帝国的首都。只是在试了镜头后，才向媒体公开。今天下午，法国歌坛的头号女歌星终于要和国际报业界最杰出的代表们相见了，地点在柏林大旅社。位于大旅社楼层中间的帝国大客厅已被预定为这次会见的具体场所。“茶的花园”乐队演奏的乐曲将在那里发出悦耳的回响。人们往往将雷妮和巴黎流行歌坛上那种轻浮的演唱混为一谈，流行歌坛利用她的美色来表现自己的浮华。因而，众人盼着见到的将是一个满头烫成细螺蛳状鬈发，两颊用胭脂涂得绯红，脸部用白粉搽得雪白的女模特般的人。人们还以为由于她的眼皮涂得过黑，假睫毛过于沉重，她的眼睛也许张不开了。人们的好奇心更集中在她的服饰上，因为素以设计非驴非马的女士服装著称的超级莱茵服装公司那些陈腐的时装设计师一定会毫无意义地在她身上下大功夫。然而，在与会的人们一片深深的赞叹声中，出现的是个完全不同的女人。她一出现，人们便迅速给她让出一条通道来。她那纤细的腰部、浑

“为什么晚饭这么晚还不送来？我认为旁边的牢房已经送去了。”

“对，我也听到了。你不学习了？”

“不了，几点钟了？”

（接上页注）圆的臀部和笔直的上半身并没有紧裹着设计师们那矫揉造作、光怪陆离的破玩意儿。恰恰相反，这位人们会说来自斯巴达的姑娘身上只穿着一件非常普通的白色长袍，展现了她极其匀称完美的体形。她那未经化妆的脸庞表明，她的身体像山区女子那么健壮。她的秀发从中间分开，梳成辫子，盘在头的四周。两条像体操队员一般健美的手臂裸露在外，但肩上披着一条与长袍同样布料做成的白色披肩。我们的元首曾经说过：“我们美的理想就是健康。”对女性来说，更应该是这样，“她的使命就是成为美人，给世界带来子孙。一个生了五个孩子的女人比世界上最显赫的法学家所做的贡献还要大。在国家社会主义的思想领域中没有政治女人的地位，因为将女人带到她不值得待在那里的议会中去，等于是夺去了她的尊严。德意志的复兴是男人的事业，但拥有8000万子民的第三帝国在一个世纪后，即到了它光荣的2040年，需要拥有2亿5000万爱国者掌握整个世界，包括父国和无数的海外殖民地的命运。这将是女人的事业。这是吸取了别的民族的教训后得出的结论。一个民族解体这样严重的问题只有通过本民族的民众自觉地实行民族主义后才能得到解决。这就是国家和民族的结合”。就在这间名叫帝国的大客厅里，与她签订了合同的柏林电影制片厂的代表将上面这段话对这位漂亮的外国女人复述了一遍。这些话对雷妮印象很深，就像她清纯的美貌对应邀与会的媒体代表印象至深一样。

翌日，自由世界各大报纸的头版都刊登了她的相片，但她并没有将时间浪费在阅读有关她美色的赞歌上。她克服了强烈的疑惧心，拿起电话，与魏纳通了话。她请他在自己回巴黎前将在柏林度过的这短短几天里，帮助她了解神奇莫测的德国新世界。魏纳先将她送到一座非凡的体育场内，那里正在举行德国青年大规模的集会。他不想坐那辆舒适的官方轿车，却和雷妮坐进了自己那辆白色的四轮马车。他的目的是让她感到自己仅仅是

"八点多啦，幸好我今天不怎么饿。"

"今天你有些异常，莫利纳。你病了？"

"没有，是神经有些紧张。"

"我觉得好像给我们送饭来了。"

（接上页注）这沸腾的人群中众多女人的一员，并能真正达到这个目的。所有走过她身边的人都对她十分仰慕，这倒不是因为她是古怪、靓丽的女歌星，而是她具有没有妆扮的健康女人的丰姿。的确，雷妮只穿一套看起来像军装那样简单的衣衫。服装的布料是阿尔卑斯山地区典型的呢子，像山里人那样显得十分粗犷，却又显示了女性的特征。只是为了凸出她躯体的线条的硬硬的垫肩却反而和身体曲线不协调了。魏纳痴迷地注视着雷妮，尽管面对体育场正面的那座纪念碑，她的迷人之处已有所减色。她也确实被这座纪念碑吸引住了，便问魏纳他的国家怎么能创造出这么纯正、这么富有灵感的杰作，而在欧洲的其他国家，无论在绘画、雕塑，还是建筑方面，流行的都只是一种轻浮的、昙花一现的艺术风格。那是一种只用来装饰的抽象艺术，就像超级莱茵服装公司所推崇的遭人摒弃的女式服装那样，注定很快会消逝的。他清楚地知道应该怎样回答她，但没有立即这样做，却请她再等一会儿。这时，他们面前展现了由德国年轻人展示的令人难以忘怀的场面：先是在绿色的田径场上出现了一条条直线；直线消失后，又重复出现，随即又变成了一条条略呈波浪形的曲线；与此同时，又组成了一条象征男子气概的直线。原来这是身穿黑白运动衣的男女青年运动员在进行体操表演。于是，魏纳像是对雷妮目不转睛地注视着的这个奥林匹克式的体育场面进行评论般地说："是的，英雄主义作为政治命运将来的塑造者矗立着，而艺术则名副其实地成为我们时代的这种精神的表现。共产主义艺术和未来派艺术是一种倒退的无政府主义运动。我们的艺术是北方文化，和蒙古人和共产党人的犯罪企图对立，也和由于亚述人的腐败而造成的天主教闹剧相对立。我们要以荣誉来反对博爱。基督将是一个用拳头将商人们从殿堂里赶走的田径运动员。"接着，青年们——国家社会主义真正富有人性的火炬——齐唱起了洋溢着爱国主义的军歌："……我国古代的旗帜重又飘扬，革命的青年应该热情奔放，燃起怒火，冷静而正确地引导人们将疑虑和仇恨化为力量，广大民众因此而情绪激昂。"这首歌是对我们宣传部门的首脑戈培尔元帅的一句口号的诠释。雷妮尽管那天听到魏纳

“不是的，瓦伦丁，这是那一端囚室的人上厕所回来。”

“你还没有告诉我监狱的头儿对你说了些什么？”

“没有说什么，只是让我在新换的律师写的文件上签字。”

（接上页注）在电话中讲到宣判死刑的事后，精神上一直有些反感，但这会儿也兴高采烈起来。魏纳乘机握住她的手，将她一把拉了过来，但还不敢吻，生怕她的嘴唇太冷。当天晚上，他们默默地吃着晚饭。魏纳一点儿也猜不透这是怎么一回事，只觉得她距自己远了，在一个劲儿地思索着内心的隐秘。他们俩几乎都没有吃一口晚饭。雷妮只喝了杯醇和的莫塞拉葡萄酒。喝完最后一口酒后，便用力地将酒杯朝着烧得噼啪作响的壁炉扔去，玻璃杯被砸得粉碎。雷妮直截了当地提出了一直在自己心里翻腾着的那个问题：“像你这样高尚的人怎么会下令杀人呢？”魏纳感到松了一口气，他立即反问道：“难道是这件事使你和我总是保持着距离？”雷妮做了肯定的回答后，魏纳没有再说什么，只是叫她随自己去政务部走一趟，雷妮同意了。夜虽已很深，政府机构的各个办公室里的人们仍在忙碌个不停，因为新德意志是日夜不休息的。身穿显赫军服的魏纳在各处均畅行无阻。几分钟后，他们来到一个地下室，里面有一间小型的电影放映室。魏纳命令立即放映电影，银幕上出现了各种残酷的场面。这是一部有关饥饿的长纪录片，全球发生了饥荒，其中有发生在北非的，也有发生在西班牙、达尔马提亚、长江流域和安纳托利亚高原的。在每次饥荒发生后，总有两三个生性残忍的人来到上述每一个地区，他们是满世界跑着带来死亡的犹太人。他们的活动全都被摄影机拍摄了下来。是啊，这些秃鹰一样凶残的商人来到了发生旱涝和其他自然灾害的地区，安排魔鬼的晚宴：囤积粮食，从事投机倒把。紧随着他们来的是他们的一些党羽，都是亚伯拉罕的可恨的子孙，他们也进行了完全一样的活动。这么一来，小麦在市场上消失了，别的谷物也慢慢地不见了，最后，连作为牲口饲料的粗粮也不见了。嗣后，肉类、食糖、食用油、水果和干鲜蔬菜也在市场上消失了。于是，城市蔓延着饥荒，市民们蜂拥到乡村。那里也是满目疮痍，就像耶和华所降的蝗虫造成的一样。于是，银幕上人们都低垂着脑袋，谁也不再昂首挺胸。田野上焚烧着牲口的死尸，那些饥肠辘辘的人迈着一生中最后的步子，伸出手想要去拿一片永远也不可触及的幻想中的硬面包。

“是委托书？”

“是的，因为我换了律师，就得签字。”

“他们对你怎么样？”

“和平常一样，像对待同性恋者一样对待我。”

“你听，我认为送饭的真的来了。”

（接上页注）雷妮异常镇静地看着电影，心里却希望电影快点放完，以便解开她心里的疑团。她确实想通过魏纳弄明白这两个声名狼藉的人中间的一个人是谁。雷妮说的这两个人是指那个专事杀戮的组织的两个头儿。魏纳听了，满心欢喜，因为他想，雷妮终于承认这两个人中间的一人是罪犯，而此人正是他亲自下令处决，而他的情人却感到痛心的人。但是，实际情况并非如此，雷妮指的是另一个人。魏纳感到更加激动了。难道雷妮办成了整个情报机构的成员都认为不可能的事了？因为那个名叫雅各波·莱维的人正是当今人们竭力寻找的反纳粹分子。尽管雷妮无法做出明确的回答。但她确实在什么地方见到过这个长着一张凶神恶煞的脸、油光光的秃脑袋和留着高利贷者的大胡子的人。人们将电影倒回去重放，当那个罪犯的形象出现时，便将他定格在银幕上。雷妮竭力开动脑筋，挖空心思进行回忆，但仍然无法确定在何时何地以什么方式见到过这个魔鬼。最后，他俩离开了放映室，在两旁种着椴树的街道上散了一会儿步。雷妮仍然在自己杂乱无章的记忆中搜寻着这个人物。她相信自己确实见到过雅各波·莱维，只是怕这是梦里见到的。魏纳一直没有说话。他原来放电影的意图是让雷妮看看他下令处决的他们在瑞士边境一个村庄抓到的这条蠹虫是何等卑劣。这时，雷妮一个简单的动作驱散了笼罩在魏纳心头上的有关爱情的乌云：她握住了他的右手，随后又用她两只柔软洁白的手捧着魏纳那强壮有力的手掌，然后，将它贴到自己的胸口。事情全都昭然若揭了，雷妮已经懂得，处决那个叫莫洛克的犹太人等于拯救了成百万无辜者的生命。这时，帝国的首都下起了毛毛雨。雷妮请魏纳搂住自己，让她在他的怀中避雨、休息。借助翌日的阳光，他们将开始捕捉另一只逍遥法外的野兽。可是，这时人们听不到从丛林中传过来的野兽吼叫声，因为他们正身处被神灵们选中用来建造黄金屋的地方。在那里，英雄们的道德在与投机商进行的战斗中取得了第一次胜利。

那是一个阳光灿烂的星期天早晨。雷妮请魏纳在他回巴黎前的最后

“对，他们来了。快把杂志收起来，别让他们看见，否则，会将它们抢走的。”

“我都快饿死了。”

“瓦伦丁，请你不要对看守发牢骚。”

（接上页注）一个周末一起游览上普法尔茨景色迷人的谷地。在这些风景如画的山上，元首修建了自己的休闲别墅。就在这里，在他进行地下活动期间，一家贫苦的农户曾收留过他。绿草如茵，香花遍地，阳光和煦。轻拂的微风从终年积聚在像哨兵一样矗立着的座座山峰上的冰雪中带来了清凉。他们在草地上铺了一块农家用的普通台布，台布上摆着用来进行野餐的普通食物。这时，雷妮怀着无限的求知欲向魏纳询问了有关元首的全部情况。开始时，姑娘难以理解他话中的含意：“……各个自由民主国家的社会经济问题已是一条死胡同，只有通过建立完全植根于民众而不是基于强大的国际集团的非独裁的政府，这个问题才能轻而易举地解决，并让人们都感到满意……”于是，她便请求他稍微谈谈元首个人的情况，可能的话，说说他是如何上台的。魏纳说：“……马克思主义和犹太人的报刊不只是报道了社会动乱和德国人遭奴役的情况，它们也常常报道阿道夫·希特勒被捕的假新闻。但这是不可能的，因为谁也认不出他，他从不允许人们给他拍照。他从各个方向穿越我国的领土参加各种秘密会议。有时，我与他同行，陪着他坐在不太安全的小飞机里。有一次，我还记得很清楚，飞机发动机发出吼声，我们在天将黑下来时迅速离地，升上天空。有时，飞机在暴风雨中飞行。他对雷电交加的天气毫不在乎，只是一面和我说话，一面沉浸在目睹人民遭到疯狂的马克思主义的践踏，遭到和平主义的毒害和各种外来思潮的影响而感到的痛苦中……我们曾经乘汽车多少次走过我们昨天走过的、今晚还要走的……从柏林到阿尔卑斯山的这条道路！这儿的每一条公路，他都非常熟悉，是他通向民众心脏的大动脉。我们每次都如你见到的那样在这儿休息一会儿……我们在草地上铺一块台布，坐在树荫下一起用简单的早餐。那只是一小块面包、一只煮鸡蛋和一点儿水果，这便是元首吃的全部食物。在下雨的日子里，这顿简便的午餐就在汽车内吃。最后，我们到了目的地。在民众的集会上，这个简朴的人变得高大了，他那具有说服力的声音由起义者的电台通过太空中的无线电波传到各地。他一次又一次地冒着危险行动，因为大街小巷到处弥漫着血腥恐怖……”雷妮

“我不是……”

“……”

“……”

“给你。”

“是玉米粥……”

“对。”

（接上页注）入神地聆听着，但是，作为一个女人，她想知道得更多，特别想了解元首人格力量的奥秘。对此，魏纳回答说：“……元首在他说的每一句话里都表明自己是什么样的人。他相信自己，也相信自己说的每一句话。他便是今天很难遇到的一种品德——真实可靠——的化身。民众相信并确认真实的东西，并予以坚持。至于元首真正的人格力量何在，这个问题对甚至连我们这些他最亲近的人也永远是个谜。只有相信奇迹才能对此做出解释。上帝赐福于此人，信仰的力量能移山：元首的信仰和对元首的信仰……”

雷妮斜靠在草地上，盯着魏纳那两只明净的蓝眼睛。这是一双安详、自信的眼睛，因为它们在注视着真理。雷妮用双臂抱住他的脖子，十分激动地说：“……现在，我明白了你是怎样领会学说的。你深刻地把握住了国家社会主义的含义……”

接着，雷妮又在柏林电影制片厂精疲力竭地工作了好几个星期。拍好了最后一个镜头后，她急急地奔到电话机旁，跟她那已在巴黎忙于自己事务的情人通话。他对她说，他要给她一个惊喜，在他们相逢巴黎前，他还有几天假期，他们俩可以一起在这个国家——她现在为之欢呼的国家社会主义共和国——的某一名胜度假。然而，雷妮告诉他一个更加惊奇的消息：打从放映纪录片的那一天起，她一直在回忆着这个尚未缉拿归案的罪犯的脸。她越来越确信，她曾经在巴黎见到过此人。因此，她想回到巴黎寻找他。

魏纳同意了，尽管心里对雷妮参加间谍活动感到担心。可是，雷妮对自己的使命满怀信心地下了火车，尽管见到自己的法国又使她伤心，是啊，已看惯了国家社会主义祖国那些人神采奕奕的脸庞，再见到由于种族污染而如此低劣的法国，心里真不太高兴。在她看来，她的法国已无可否认地成为黑暗的、犹太化的国家。[待续]

“谢谢。”

“哼，这么一点……”

“就这样了，别发牢骚。”

“好吧，可这盆子为什么特别小？”

“这盆子从那儿拿来就这个样子。抱怨有什么用，老弟……”

“……”

“……”

“我看在你的面上，没有搭理他，莫利纳。要不，我就会将这盆子朝他脸上摔过去，妈的，这玩意儿真像石膏。”

“发牢骚有什么用？”

“这盆饭菜几乎只有那盆的一半，这看守真是疯了，婊子养的。”

“瓦伦丁，那小盆的给我吧。”

“不，你平时爱吃玉米粥，你拿大盆吧。”

“不，我已对你说过，我不饿，你拿大盆子吧。”

“拿去吧，别客气了。”

“不，我说不拿就不拿，为什么我要拿大盆？”

“因为我知道你爱吃玉米粥。”

“我不饿嘛，瓦伦丁。”

“吃吧，吃一点对你有好处。”

“我不吃。”

“你瞧，今天的玉米粥还行。”

“我不想吃，我不饿。”

“你怕发胖？”

“不是的……”

“那就吃吧，莫利纳，今天像石膏一样的玉米粥倒还挺香。我只吃一小盆就足够了。”

“哎呀……哎呀……”

“……”

“哎呀……”

“你怎么啦？”

“没有什么，这女人今天可倒霉了。”

“什么女人？”

“就是我呗，傻瓜。”

“你为什么呻吟？”

“我肚子痛……”

“想吐吗？”

“不……”

“我还是把塑料袋子拿出来吧。”

“不，别拿……不是胃疼，在下面，是肠子痛。”

“想拉肚子吗？”

“不……痛得很厉害，但部位在更上面一点儿。”

“那我去叫看守……”

“不必了，瓦伦丁，看样子一会儿就会过去……”

“怎么个痛法？”

“像刀绞一样……痛得非常厉害。”

“在哪一边？”

“在整个肚脐眼……”

“不会是阑尾炎吧？”

“不会的，阑尾我已经切除了。”

“我吃下这玉米粥倒没有什么事……”

“可能是神经性的，今天神经非常紧张……不过，好像不那么痛了……”

“你得放松，尽量放松，让双臂和双腿都放得松松的。”

“说得对，好像好一点儿了。”

“早已开始肚痛了吗？”

“是的，是有好一会儿了。对不起，我把你给吵醒了。”

“不……其实你早给我弄醒更好，莫利纳。”

“我并不想作弄你……哎哟……”

“很痛吗？”

“刚才像刀绞一样痛了一阵……这会儿又觉得好一些了。”

“你想睡一会儿吗？你能睡着吗？”

“不知道……哎哟，真痛……”

“你要是愿意，我们聊聊天也许对你有好处，你就不会老想着肚痛了。”

“不啦，你睡你的觉吧，不要为我醒着。”

“不睡了，我早就醒了。”

“真对不起。”

“别客气。和过去一样，是我自己醒来的，醒来就睡不着了。”

“似乎好了一点。啊，不，哎哟，痛死我了……”

“我去叫看守吧？”

“不要，很快会过去的……”

“有件事你知道吗？”

“什么事？”

“我对那部电影，就是那部纳粹电影的结局很感兴趣。”

“你不是不喜欢它吗？”

“我是不喜欢。不过，我同样喜欢知道它是怎么结尾的，我想了解一下摄制这部影片的人的思想方法和他们想做怎样的宣传。”

“你不能想象，亲眼看到它该有多美。”

“要是能帮你分分心，为什么不给我再讲一点。快讲吧，只讲结尾部分。”

“哎哟……”

“又痛得厉害了？”

“不，快过去了。不过，有时像刀扎一样痛一下，也够厉害的。痛过就没有什么了。”

“那部电影是怎么结的尾？”

“我们已讲到哪儿？”

“讲到女歌唱家刚刚要替‘马基斯’的成员们效劳时，突然接到了去德国拍电影的合同。”

“这电影对你来说印象很深，是吗？”

“这可不是一部普普通通的电影。你很快给我讲一下，这样，就可以快一点把结尾部分讲清楚。”

“可以。接下去的情节是怎么样的呢？啊……哎呀，真痛，痛极了……”

“你给我讲电影，就不会去想肚子痛了。分了心，肚子也就不会那么痛了。”

“你难道怕我来不及给你讲述电影的最后部分就死了？”

“不是这么回事。我这样说也是为你好。”

“那好，我继续讲。女歌唱家去德国拍电影了。她非常喜欢德国和从事体育活动的青年一代。她原谅了德国军官，因为她明白，他命令处决的那个人是个极其凶恶的犯罪分子，谁也不知他干了多少坏事。她还见到了另一个尚未缉拿归案的犯罪分子的照片，他是德国青年军官下令枪决的那个人的同伙……哎哟，肚子还是有点儿痛……”

“那就别讲了，尽量让自己睡着。”

“不行，别想得那么美，能睡着该多好……还有些痛。”

“是持续不断地疼痛吗？”

“真是见鬼了！我还从来没有这么刀扎般疼痛过……你瞧，现在又不痛了……”

“我倒想睡个回笼觉。”

“别睡了，等一等我再讲。”

“我一睡着，你也可以睡着了。”

“不睡，我睡不着，我给你接下去讲电影吧。”

“那太好了。”

“讲到哪儿啦？对了，她好像已经从照片上认出那个犯罪分子了，但就是记不起在什么地方见到过他。于是，她回到了巴黎，她认为是在巴黎见到过这个罪犯。她一到巴黎，便与‘马基斯’的成员进行了联系，目的是想亲自见见里面都是从事黑市交易和囤积粮食的人的这个组织的头目。这一切均以她将向他们报告德国人的军火库所在地作为诱饵。这是当初跛子对她提出的要求，你还记得吗？”

“记得。不过，你一定知道，‘马基斯’的成员都是一些真正的英雄，可不是吗？”

“哼，你也把小女子我看得太无知了。”

“你自称小女子，是因为疼痛已经过去了吧。”

“也可以这么理解吧。不过，你该明白，这部电影在爱情描写方面是非常精彩的，是真正理想化了的。至于政治的东西，那也许是政府人士强加给导演的。难道你不知道这方面的事吗？”

“如果导演拍了这部电影，那他也有责任，他是政府的帮凶。”

“算了，我一口气把电影讲完吧。哎哟，你刚才和我这么一争论，我肚子又痛了……啊……”

“讲吧，这样可以分散你的注意力。”

“接下去的问题是，她为了告诉他们军火库的所在地，要求与‘马基斯’的最高领导层会晤。一天，人们用车子将她送到巴黎城外的一个城堡。她事先已让那个青年军官带领士兵尾随其后。这样，他们便可以出其不意地将那些从事黑市交易的‘马基斯’分子捕获。可是，给她开车的汽车司机就是那个一直和跛子在一起的杀人凶手。他已发现有人在跟踪，便使了一个花招，摆脱了以青年军官为首的那些德国军人对他的追踪。雷妮他们俩就这样到了城堡，人们让雷妮进入城堡，当她准备和‘马基斯’的头儿进行会晤时，却发现他就是那个一直在监视她的管家！”

“谁？”

“就是青年军官家的那个管家。于是，她细细地端详了他一番，发现他就是那个长一脸络腮胡子的凶相毕露的人，也就是她在柏林看的那部纪录片中见到的那些犯罪分子中间的一个。她告诉他军火库的地址，因为她确信青年军官会带领士兵很快赶到，并将她解救出来。然而，由于他们在路上已失去了跟踪的目标，过了好一会儿也没有到达。这时，她发现那个令人厌恶的司机与头儿在秘密交谈，说他怀疑来城堡时有人跟踪。可这当儿她又回想起管家在青年军官家里时老是暗中窥视她，想看她裸体时的模样。于是，她决定打出最后一张牌：引诱他。话分两头。那青年军官和他率领的巡逻队试图跟着汽车在雨中留下的车轮印子前进。我现在已记不清不知通过什么办法，反正花了九牛二虎之力，才找到了通向城堡的那条路。这时，她已与那个杀人凶手在一起，他也就是那个管家，实际上是个总头目，是国际级的罪犯。他们单独待在一个小房间里。他命人准备了一桌供他们俩享用的晚餐。正当他向她扑过去要拥抱她时，她突然抓起一把餐叉，将他刺死。这时，青年军官和他率领的士兵们已赶到。她打开窗门，准备逃跑，但就在窗子下面站着那个正在值勤的杀人凶犯似的司机。青年军官眼明手快，立即给了他一枪。但这个跛子，不对，对不起，我是说这个司机，因为跛子已在博物馆里死了。这司机虽说已奄奄一息，但还是举枪击中了雷妮。她拼命抓住了窗帘，没有跌倒在地。青年军官赶到时，她还站立着。他将她用双臂托了起来。她已只剩下最后一点力气，对他说，她爱他，他们很快又会一起去柏林的。这时，他才发现，她已受了伤，因为他的双手已浸染了她的鲜血。刚才这一枪击中了她的背部，也可能是她的胸部，这我已记不太清楚了。他吻她，当他的嘴离开她的嘴唇时，她已经死了。最后一个场面是在柏林一座英雄墓地前。这是一座像希腊神庙一般异常漂亮的纪念建筑，每位英雄都有一座巨大的雕像。雷妮的雕像也在其中，它很大，说得确切一点，它的大小和她原来的模样完全一样，非常美。她仍穿着那件希腊式长袍。我认为，这雕像就是她本人装扮的，脸上涂了白粉。青年军官将一束鲜花放在她伸展开的像要拥抱他的双臂里。他慢慢地离开，这时，出现了一束仿佛来自天空的光亮，照见他双眼热泪满眶地走了，只留下了她伸展着双臂的雕像，孤单单地待着。在墓地上还有一行题字，大意是祖国永远不会忘记他们。他独自一人走着，但他走的道路阳光灿烂。剧终。”

第五章

“你刚才应该吃点儿午饭。”

“我实在是一点也不想吃。”

“你为什么不请求他们让你去诊所看看呢？也许会给你开点药吃，病会好一些。”

“我很快就会好的。”

“可你别这样瞧着我，莫利纳，好像是我的过错似的。”

“你怎么说我在瞧着你呢？”

“你就在眼珠子一动不动地瞧着我嘛。”

“你是在说疯话。我瞧你，但我并没有说你有什么过错。你有什么过错？你疯啦？”

“那好。你会吵架，表明你好一些了。”

“不，没有好，我觉得自己一点儿劲也没有。”

“也许你血压太低了吧。不说了，我得看一会儿书。”

“跟我聊一会儿天吧，瓦伦丁，聊吧。”

“不行，这是学习时间。我得完成自己的读书计划，这你是知道的。”

“只差这么一天，又有什么关系……”

“不行，一天不学习，就会养成坏习惯。”

“我妈妈常常对我说，你与懒散交朋友，自己也成了懒人。”

“一会儿再聊吧，莫利纳。”

“我真想见一见妈妈，尤其是今天。只要能见她一面，我什么都愿给。”

“好了，别说了，我还有许多书要看呢。”

“你真够呛。”

“你这儿有杂志吗？”

“没有，我不能看书，一看那些字儿我就头晕，我身体不行，别谈这些。”

“请原谅。不过，你要是真的不舒服，就得上诊所去看看。”

“好的，瓦伦丁。你看书吧，算你说得对。”

“你别不讲理，请你不要用这种口气和我说话。”

“对不起，那你就静心地看书吧。”

“今天夜里我们再聊吧，莫利纳。”

“你给我讲个电影吧。”

“我一个也记不得了，还是你给我讲吧。”

“我真喜欢你给我讲个电影，就在现在，讲一个我没有看过的。”*

---

* 将同性恋的生理原因的学说分成了三类，然后对它们逐一驳斥后，上面提到的那位英国研究者 D.J. 威士特在他的《心理学与同性恋的心理分析》一书中还认为，对于同性恋的原因，民间还有三种十分流行的说法。在该书的前言中，威士特指出，那些将同性恋的倾向说成是反自然的行为，并将这种倾向在未能充分证实的情况下，说成是与腺体或遗传有关的学者是缺乏前景的。奇怪的是，威士特认为教会对这个问题的看法是进步的，并用来反驳上面说到的那些学者。教会只是将同性恋的行为看成是众多冲击人类的“邪恶”行为中的一种而已，但它在性质上是自然的。

相反，现代精神病学却一致认为，同性恋的起因属于心理学范畴。尽管如此，正如威士特指出的那样，在民间依然流传着种种完全缺乏科学依据的说法。这种说法中的第一种是腐化堕落论。根据这种论调，搞同性恋只是一种普普通通的恶习而已。然而，这种说法的根本错误在于，有恶习的人会自己有意选择喜欢的某种不正当行为，而同性恋者却不能发生正常的性行为，尽管人们规劝他这样做，因为即使他已有过正常的性行为，却也难以消除根深蒂固的同性恋的欲望。

民间流行的第二种说法是引诱论。在《青年罪犯的性表现》一文中，T. 吉蓬斯对这个问题进行了探讨。他同意威士特和别的一些研究人员的见解，认为尽管在准备进行诱惑的同性的唆使下，有人会产生与同性发生性行为的欲望，但这种几乎总发生在年轻人身上的诱惑只能说明开始了同性恋的行为，相反，却不能证明已在持续的异性恋欲望便从此停止。用这种偶然的孤立行动难以解释长时期的同性恋行为。同性恋者多数只发生同性间的性行为，或者说，他们和异性恋的活动是不相容的。

民间流传的第三种说法是隔离论。根据这种说法，那些从小只和男性接触，没有和女性有任何来往的小伙子，或者相反，那些从小只和女性接触，没有和男性有任何来往的女孩子，有可能在他们之间开始同性的行为，这会影响他们一辈子。在他的《为快感所惊》一文中，S. 刘易斯说，孤儿院里的男孩子也许会和别的男孩开始第一次性行为，但寄宿学校的学生却经常在同性中进行性行为，这和他们迫切需要发泄性欲有

“首先，我一个电影也记不得了；其次，我还得学习呢。”

“可这回该轮到你讲了，你不讲我就……不，我是跟你开玩笑的。你知道我准备做什么吗？”

“做什么？”

“我准备回顾一部你不喜欢的但极具浪漫主义色彩的电影。这样，我可以自得其乐。”

“这倒确实是个好主意。”

“那今天晚上你对我讲点儿什么，就讲讲你书中看到的。”

“这倒是件稀罕的事。”

“因为我都快不行了，我不知道能不能回忆起准备

（接上页注）更紧密的联系，而不是自由地选择性行为的对象。威士特补充说，一个寄宿学校的学生由于完全与外界隔绝，或只是与某些家庭精神上的隔绝，而与女性缺乏心理上的接触，这种情况对同性恋的形成比学校的寄宿男生间进行的戏耍性的性行为更为重要。

以探测人们的记忆，唤醒对童年的回忆为主要特征的精神分析学恰恰认为，性的特征在童年时期便已开始形成。在《梦的解析》一书中，弗洛伊德认为，性和爱情的冲突是所有神经机能病症的基础。解决了吃饭问题和抵御恶劣的气候问题——即有房住，有衣穿——后，对每个人来说，性和爱情的满足便显得十分迫切了。对这种结合在一起的欲望，弗洛伊德称为“力比多”，而它在童年时期也许就被感受到了。弗洛伊德和他的追随者们认为，“力比多”的表现形式有多种多样，但社会的习俗和道德规范都时时在限制着它，监视着它，主要的目的就是为了保护社会的最小的单位——家庭。因此，乱伦和同性恋也许就是“力比多”的两种最不合理的表现形式。

讲给你听的某一部电影的细节。”

“想一部好的电影。”

“你学习吧，别东拉西扯了……你别忘了，与懒散交朋友，自己也会成懒人。”

“说得对。”

“一座森林，用石块砌成的漂亮的小房子，屋顶是不是用茅草盖的？是用茅草盖的。冬天的薄雾，如果没有雪，那应该是秋天，只有一层薄雾，客人们坐着舒适的轿车来了，车灯照亮了满是碎石的道路。高雅的木栅栏。窗子如果全是敞的，那就是夏天。那是当地最俏丽的别墅中的一座，空气中弥漫着松树的香气。客厅内灯烛辉煌。因为是夏天的夜晚，壁炉内没有生火，壁炉的四周摆着英式家具。单人沙发没有对着火炉，却转过来对着木质大钢琴。钢琴是松木的、桃花心木的还是檀香木的？钢琴家是个盲人，他的四周都是来宾。几乎见不到眼珠的眼睛看不到面前的东西，也就是说，见不到表象，但能看到别的东西，看到实际存在的事物。盲人刚刚安排好的当天晚上准备给朋友们演出的音乐会的第一个成果是，女宾们都穿了漂亮的长礼服，虽算不上十分豪华，却与乡间聚餐的气氛十分融洽。也许陈设有点简陋，是普罗旺斯式的家具，房间内点亮了煤气灯。年轻的正正经经的幸福的情侣们，其中还有几位老人，注视着已做好准备进行演奏的盲人。一片寂静，盲人将自己创作乐曲的灵感来源进行了说明。这是个真实的故事，是发生在这座森林内的一段罗曼史。为了让来宾能深入地理解乐曲，在演奏前先讲讲这个故事。‘这一切都开始于秋天的早晨，我在森林内走着。’他拄着一根拐杖，狗在前面引路。落下了许多树叶，在地上像地毯一般厚厚地铺了一层，人走在树叶上，树叶往两边分开，发出咔嚓咔嚓很好听的声音，像是在欢笑。是树林在欢笑吧？在一座陈旧的别墅附近，走过了木栅栏边，盲人用拐杖探路，发现自己的面前有一个奇异的现象。是一座房子，它被某种奇怪的东西包裹着。被什么东西包裹着？由于是盲人，什么也看不见。房子是被某种奇怪的东西包裹着，房子的四壁是隔音的。石砌的墙，还有木梁都粗糙地抹了灰浆。常春藤沿着石墙往上爬，石墙在搏动，它们活着。盲人一动不动地站立了一会儿，搏动停止，从森林那边朝房子的方向传来缓慢的胆怯的脚步声。是一个姑娘。‘我不知道先生您和您的狗是别墅的主人，还是你们迷了路。’这姑娘的嗓音是如此甜美，她又是如此彬彬有礼，她的容貌一定像早晨的太阳一样好看。虽说我看不清她的面容，但我可以脱下帽子，向她敬礼。可怜的瞎子，他不知我只是个可怜的女仆，竟摘下帽子。他是见到我长得这般丑陋而不掩饰惊讶的唯一的一个人。‘先生您住在这座小楼里吗？’‘不，我是路过这儿，想休息一会儿。’‘您可能是迷路了吧？我来给您指路，我生长在这个山寨里。’山寨是不是也叫村庄？山寨和村庄都是古代的称呼，阿根廷现在都叫集镇。我不知道在美国那些优雅的森林边上的居民集中点称作什么。我母亲和我一样，也是个女仆，从小就将我带到波士顿。她已经去世，在这个世界上我已孑然一身，回到了森林里。我正在寻找一个单身女人的家，因为有人对我说，她正在寻找女仆。门咯吱咯吱地响了，然后是老处女不悦的声音：‘你们有什么事吗？’给人的印象是他们打扰了她。和盲人道别后，丑女孩便走进房子里。她拿出推荐信给老处女看，说了不少客气话，想留下来当女仆。老处女对她做了一番说明后宣称，不久就要来房客了。‘看起来这不是真的，但是，这个世界上确实有人非常幸福，尽管这很难使人相信。他们到这儿后，你就会见到，这是一对多么漂亮的新郎新娘。我为什么要住这么大的房子？我只要在一楼占一间好一点的房间就行了，你住在后面那间用人住的房间里。’客厅的风格粗犷，但很美观。地板上了油漆，石砌的墙，木柴在炉子内火花四溅，窗口爬满了常春藤。窗门没有装大块玻璃，只是在一个个小方格上配上了小块玻璃，显得小家子气，土气。一条黑色发亮的木梯通向双人房间和小伙子的工作室。他是建筑设计师吗？为了把房间收拾好，花了多大的力气啊。老处女对清洁卫生工作进行监督。她一脸凶相，由于年轻女仆在打扫卫生时弄得不干净，她大发怒火。嗣后又后悔了。‘请原谅，我容易冲动，不会自我控制。’可是，用骂骂咧咧的腔调去请求原谅，还不如不去请求为好。眼下我只差老处女的那只花瓶还没有洗，洗好后，还得替她放上鲜花。汽车来了！从汽车上下来那一对男女。姑娘是金发女郎，衣着入时，毛皮大衣，是水貂皮的？女仆从窗口看着他们。小伙子背着脸，他的身躯挡住了汽车。女仆慌里慌张地将鲜花往花瓶上插。花瓶跌落，花瓶里的水都洒到了地板上。我赶紧用粗糙的双手将花瓶接住，使它没有跌碎。女仆好奇地瞧着走进来的这对年轻人，然后，弯下身去擦干地板上的水。老处女说着话，让房客们看房子。小伙子的声音表露出他内心难以抑制的喜悦，新娘的话里却流露出对房子不太满意，因为这个林区太偏僻。我敢抬起头来看他们吗？作为一个女仆，该不该去向他们问好？新娘的话音相当不友好，十分挑剔。女仆迅速地朝小伙子投以一瞥，他是个最好不过的年轻人，但连招呼也没有对她打。新娘抱怨房子在森林里，太孤单了；夜晚来临，她会感到伤心。但是，这一切没有使他放弃原来的念头，最后同意租下这间房子。他们信誓旦旦地答应撰写并邮寄来合同和支票，在婚礼后几天之内寄达。小伙子命女仆离开房间，他想和新娘单独待在一起。女仆此时正在花瓶上插鲜花。‘请允许我只待一分钟，将花插好。’‘这样就可以了，快走吧，我已对您说了。’他想和新娘一起坐在窗边，握着她那双长指甲上涂着指甲油的从未干过家务事的柔软的手，眼睛注视着窗外的森林。有人在一块厚厚的窗玻璃上胡乱地刻写了几个字，那是一对夫妇的名字，下面是年代：1914年。小伙子请她摘下手上的结婚戒指，将它交给他。戒指上镶有一枚刻成菱形的很大的宝石。他也想用戒指在窗玻璃上刻上他俩的名字。但当他刻写新娘的名字时，宝石从镶嵌处脱开，跌落在地。两人默然，心里都害怕这是不祥之兆。传来了具有预兆性的音乐。在光秃秃的花园里出现了老处女的身影。不久，这对男女青年在‘很快我们会相见’的告别声中离开了，心里怀着难以忘却的对不祥之兆的越来越大的恐惧。有时，秋天是多么凄凉！下午阳光灿烂，但时间短促，接着便是漫长的黄昏，老处女对女仆述说着往事：‘有一回，我也差点儿成了新娘。’1914年爆发了战争，未婚夫在前线战死。婚事全都准备就绪：森林中一幢石砌的小楼，一套漂亮的家具和服装，还有台布、床单和她亲手绣成的帘子。‘我在那块那么精致的窗帘布上绣上的每一针都倾注了我的一片深情。’几乎三十年过去了，她仍情长意深，她与未婚夫告别时在窗玻璃上刻上的名字也还保留着。‘我仍然像当年一般对他异常钟情，甚至我还像他离我而去，让我一个人孤单单地留在这儿的那个下午一样记挂着他。’真伤心呀，那个秋天的下午显得比任何时候更凄惶。电台不幸地宣告，国家进入另一次战争，这是第二次无用的世界战争。今日犹如昨天，老处女在卧室内悲戚地哭泣着，女仆冻得浑身发抖，壁炉内只燃着几块将熄灭的炭火。在起居室里只有她这个孤苦伶仃地活在世上的女人，也无心在炉子里增添柴火。她手拿一根棍子，小心地拨弄着壁炉内的灰烬。过了几天后，她收到了一封信，是那位有意租用这间房屋——说得确切一点，是实际上已成了此房的房客——的年轻人写来的。信中宣称，他已应征当了空军，因此，婚礼延期，同时，还对中断租房合同表示歉意。历史在重演吗？没有房客便没有家务事可干，家中不需要女仆了。她整天从窗口看着雨丝，无事可做，一个人自言自语……”

“你看书不觉得厌倦吗？”

“不，你感觉怎么样？”

“我觉得自己一点劲也没有。”

“别这样，朋友，不要这样懒洋洋的。”

“你在这么暗淡的灯光下看书不觉得累吗？”

“不累，我已经习惯了。你肚子怎么样，还痛吗?”

“好一点儿了。你在看什么书，请告诉我好吗?”

“我怎么对你说呢?是一本哲学书，一本和政权有关的书。”

“可书里总讲点什么吧。”

“它说，一个诚实的人是执掌不了政权的，因为他的社会责任感不允许他这样做。”

“说得对，所以，所有搞政治的人都是骗子和小偷。”

“在我看来，正好相反。不搞政治的男人是因为他对社会责任存在着虚假的看法。我的社会责任首先是不让人们继续饿死，因此，我要进行斗争。”

“炮灰，你是炮灰。”

“你若是一无所知，请别信口雌黄。”

“你不喜欢人们对你说真心话……”

“你真无知！如果不知道，就别说。”

“你这么生气，内中必有原因……”

“别说了，请让我看书。”

“那好。哪一天你若是感到不舒服，我也会这样对待你。”

“莫利纳，请你不要再说了!”

“那好，有些事下次再对你说吧。”

“我同意。再见。”

“再见。”

“老处女做了解释，她同意如果女仆无处安身，让她继续留在家中。老处女感到忧伤，女仆也很悲哀，她们俩在一起会悲上加悲，倒不如不待在一起为好，但有时她们俩同喝一罐汤比分成两份要好。寒冬来临，积雪遍地，周围显得十分宁静。在白雪皑皑的地面上行驶的一辆汽车只发出轻微的声音，在家门口停下来。从里面看，窗玻璃显得模糊不清，外面又被积雪遮挡起来。女仆捏着拳头在窗玻璃上擦了擦，像是画了一个圆圈。背着脸的年轻人遮挡着汽车。女仆高兴了。为什么？她大步朝门口走去。我飞快地去给那位小伙子开了门。他是个好青年，生性活泼愉快，他带着那个不好的新娘上这儿来……‘啊，对不起！’女仆感到非常不好意思，因为她见到了可怜的小伙子那凶狠的目光，禁不住露出了厌恶的神情。这位勇敢的飞行员的脸上有一道可怕的长长的伤疤。小伙子与老处女进行了交谈，叙述了自己受伤的经过，并说目前自己精神已崩溃，已不能重返前线。他要求租一间单间。老处女见他这个模样，心里很难过。小伙子内心非常痛苦，他对女仆说话很不客气，每句话都是在下命令：‘快将我跟您要的东西拿来，然后，您快离开这儿，别弄出声音来，我心里很烦。’小伙子那张漂亮而愉快的脸还留在女仆的记忆中。我对自己说，是什么东西使他的脸蛋如此好看？为什么总想抚摸一下这么一张漂亮的脸蛋？我为什么总希望这张漂亮的脸就在自己身边，希望爱抚它，亲吻它？一张英俊的脸应该配上一个小巧的鼻子，不过，有时大鼻子也挺有意思，还有大眼睛。小眼睛也行，只要在微笑着，是一双善良人的眼睛……一条从前额的一端开始的伤疤，穿过一边的眉毛和眼睑，划过鼻梁，一直延伸到另一边的脸颊。脸上被长长地划了一道杠子，眼神变得凶恶了，像坏人的眼神。他正在读一本哲学书。我给他提了个问题，他便恶狠狠地看了我一眼。有人恶狠狠地瞪你一眼，这太不舒服了。有人恶狠狠地瞪你一眼，有人从来不看你一眼，这两者谁最坏？妈妈可没有恶狠狠地瞪过我。我被判了八年徒刑，理由是我和一个小男孩胡搞，但妈妈没有恶狠狠地瞪过我。由于我的过错，妈妈可能会死去。一个受了那么多苦的女人已感身心疲惫，她这颗心是由于容忍那么多而感到疲乏了吧？是因为她一生中待在一个不理解自己的丈夫身边，不愉快的事情太多了。后来，我这个沾染上了恶习的儿子又给她带来了不愉快。法官连一天也没有少判我。他当着母亲的面，说我这个人什么坏事都干，更糟糕的是说我是个叫人恶心的同性恋者。法官依法对我进行判决，一天也没有少判，这么一来，就不会有任何小男孩和我接近了。法官说这一番话的时候，妈妈一直目不转睛地盯视着他，眼睛里噙着泪水，仿佛死了什么亲人一般。但她回转身来看我时，脸上又绽露了笑容。‘八年时间很快会过去的。要是上帝能保佑，我还会活着的。’一切都会和往常一样，她的心脏也每时每刻在跳动。她的心脏会越来越微弱吗？她的心脏疲乏了，不能再跳了，这有多可怕！不过，我对这个婊子养的一句话也没有说，有关我妈妈的事我一句话也没有对他说。他如果胆敢说一句傻话，我就宰了他这个婊子养的。他对人的感情懂什么呢？他知道难过得要死的含义吗？我母亲的病越来越严重，我感到自己对此负有责任，他能理解吗？我母亲病得严重吗？她会死吗？她难道等不到七年，等不到我出狱的那一天了吗？监狱的领导人会信守自己的承诺吗？他向我做出的承诺是真实可信的吗？会赦免我，会减我的刑吗？一天，受伤的飞行员的父母亲来访。飞行员将自己关在楼上的那房间里。‘请告诉我父母亲，我不想见到他们。’老两口是一对生性高傲、冷若冰霜的富豪，经坚持仍见不到自己的儿子便离开了。未婚妻来了。‘请告诉我的未婚妻，我不想见她。’未婚妻站在楼梯口请求他：‘请让我上来见你一面吧，亲爱的，我向你起誓，我不在乎你的伤疤。’未婚妻说话的腔调连同她说的那些话全是虚假的。她突然地走了。时间在一天天地消逝，小伙子将自己关在画室里作画。透过窗口，遥望山上的积雪。初春显露了种种迹象，枝叶绽露出绿色的嫩芽。小伙子在野外作了几幅树木和云彩的画。女仆带了热气腾腾的咖啡和面包来到了森林。她对放在画架上的那张画说了些什么。受伤的年轻人吃了一惊。女仆就那幅画对他究竟说了什么？为什么他此时发觉女仆的心如此细腻？有时，有人说了些什么，会使另一个人永志不忘，这到底是怎么一回事？女仆到底就那幅画对他说了些什么？他怎么会发现，她除了是个丑用人外，还有别的意义？我要是能回忆起她对他说的话该有多高兴！她说了些什么呢？我一点儿也记不起这个场面了。接下去，又出现了另一个至关重要的场面——小伙子和盲人相见。盲人告诉他，自己是怎么样适应失去视力这个现实的。一天夜里，小伙子对女仆说：'我们都是孤苦伶仃，今生今世我们已不指望得到什么，既不希望获得爱情，也不想得到欢乐。因此，我们才可能互相帮助。我有一点积蓄，这对您来说，可以有所庇护。您可以照料我，因为我的健康状况已江河日下。我不希望在自己身边有人怜悯我，您是不会怜悯我的，因为您也和我一样寂寞凄凉。因此，我们可以结合在一起。不过，这仅仅是朋友关系的一种合约或协议。'这个点子也许是盲人给他出的吧。盲人对他说了些什么，我已记不清楚了。有时，一句话能出现奇迹。在木结构的教堂里，盲人和老处女成了证婚人。在没有鲜花的祭坛上点燃了几根蜡烛，教堂内的长凳上空无一人，给管风琴手坐的那个座位和合唱队员们站立的那个小舞台也是空着的。在场的人们脸部表情严肃。神父说话，为新郎新娘祝福。新郎新娘走出教堂时，空荡荡的中殿响起了咚咚的脚步声。天渐渐黑了下来，他们默默地回到家里，家里的窗门全都敞开，让夏天不冷不热的清风吹进室内。他的床移到了他的工作室，女仆则搬到他以前的卧室内居住。老处女已为他们准备了婚礼的晚餐，在客厅靠窗的地方放了一张桌子，上面放了两副餐具，在两只盘子的中间放了一副枝形烛台，上面点燃了蜡烛。老处女对他们道了晚安后离开。面对假装的夫妻关系，他们心存疑虑，脸带苦笑，相对无言。桌上放了一瓶陈年葡萄酒，他们无声地举杯，目光不敢对视。花园内响起了吱吱的蝉鸣声。在微风的吹拂下，茂密的森林里响起了轻微的呜呜的声音，以往从来没有听到过这样的声音。枝形烛台上的蜡烛发出奇异的光，他们过去从来没有见到过这样的烛光。这种烛光变得越来越奇异，越来越奇异。所有的事物都变得模糊不清，女仆那张奇丑无比的脸和小伙子那张破了相的脸也是如此。不知从什么地方传来了几乎听不见的但却十分悦耳的音乐。她的脸和她的整个身影全都笼罩在浓雾和白光中，只有她的两只眼睛闪烁着光芒。浓雾渐渐散去，露出了一张讨人喜爱的女人的脸，还是女仆的那张脸，却变得俊俏了。原来的粗浓的眉毛变成了弯弯细眉，下面是一双明亮的眼睛；睫毛变得又长又弯曲，皮肤洁白似玉；张嘴微笑时，露出一口完美无缺的牙齿；细丝般的鬈发呈波浪形。她原来穿的那套简朴的粗布衣衫呢？此时她已穿着华贵的镶花边的晚礼服。那么，他呢？一时难以看清他的模样，因为烛光的反光使他的形象模糊不清，也或许由于她眼眶内充满着泪水。泪水擦干后，他的脸已看得一清二楚，那是一张愉快的年轻人的脸，英俊极了。只是他两只手有点儿发抖，不对，是她的一双手有些颤抖。他一只手向她的一只手伸过去。是茂密的森林里响起了风声还是提琴声和竖琴声？他们俩互相对视了一下，确信自己都听到了提琴声和竖琴声，是充盈着南美洲杉树芳香的风送过来的。他们的手紧紧地握在一起，他们的嘴唇紧紧地贴在一起，这是第一次甜蜜的接吻，两颗心剧烈地跳动着……心脏跳动的节律完全一致。夜空繁星点点，他们俩已不在桌边……饭店内的餐桌都已空着，侍者们坐着等待顾客的光临。黎明的时间过得十分缓慢，显得非常宁静。在他嘴边——在左边，也或许在右边——叼着一支几乎才点燃的香烟。他的唾液带着烟味，是黑色烟草的气味。他伤感的目光茫然地注视着远处。眼望窗外，被雨淋湿的汽车一辆接着一辆地驶过去。他还记得我吗？为什么从来不来看望我？他为什么不可以和别的同事换一天班呢？他耳朵痛大概去看过医生了吧？这件事他总是一天一天地往后推。据他自己说，夜里耳朵痛得厉害，便发誓次日一定要去就医，但到了第二天，耳朵又不痛了，便忘了找医生看看。我可以肯定，在他上夜班时，在饭店内等待黎明时就餐的顾客的时候，他一定会在回想着，思索着，心里在说，明天他会来看望我，并透过窗玻璃，注视着驶过的一辆辆汽车。最令人伤心的是饭店正面的玻璃是不是让雨淋湿了，仿佛整个饭店都在淌眼泪。他从不松松垮垮，他能忍受，因为他是条汉子，不掉眼泪。每当我极度思念什么人时，他的脸部会在我的记忆中浮现，会映照在透明的被雨水淋湿了的玻璃上。在我的记忆中浮现了他模糊不清的脸庞，有他的脸，还有我母亲的脸。我肯定他是会记得我的。但愿他会来，但愿他会来看望我。先是找个星期天来，以后就一天一天来，不间断地来，这只是个习惯问题。等我被赦免出狱时，他会等候在监狱外的拐角里。我们坐在同一辆出租车里，手拉着手。第一次接吻有点儿羞羞答答的，不滋润的。闭着嘴巴亲嘴就是干巴巴的，半开半闭着嘴唇接吻就有点儿滋润了。他的唾液会有烟味吗？我如果在出狱前便一命呜呼，就闻不到他口水的气味了。那天晚上是怎么一回事呢？他们俩一觉醒来后，生怕在他们身上发生的这一切只不过是一场梦而已。他们都心怀无比的疑惧在大白天你看看我，我看看你。人们发现在那座房子里，住着一位美丽的少女和一位无比英俊的小伙子。他们都躲着老处女，让她永远见不到他们，因为他们害怕她会对他们说些什么，这样就会前功尽弃了。大清早他们就来到森林里，那儿人迹罕至，他们在那儿观看日出，旭日照亮了他们俏丽的脸蛋儿。这两张脸总是紧紧地贴在一起，想接吻便可以接吻，不过，他们不让任何人见到他们，因为这样会发生意想不到的事情。那天清晨有人在森林里走动！想偷偷地躲藏起来，很难办到，因为树木的枝叶没有那么茂密。一个男人脚踩草上的露水，慢悠悠地走过来，后面跟着一只狗……原来他就是那位盲人！他们终于松了一口气，因为他是看不见他们的。不过，他与他们打了招呼，因为他听到了他们的呼吸声。他的问候是亲切真诚的，盲人凭直觉意识到了情况发生了变化。三个人回到了已施过魔法的家里，早已胃口大开，吃了一顿美式早餐。饭菜等家务事由姑娘去做，留下盲人和小伙子单独在一起。盲人问他们发生了什么情况，小伙子向他述说了事情的经过。盲人很高兴，但一听到下面这句简单的话，盲人那白色的眼眶内迅即出现了一片恐惧的乌云：‘你知道吗？我打算将我的父母亲请来，让他们来看看我和我可爱的妻子。’盲人竭力掩饰内心巨大的惊恐。有人禀报，小伙子的父母亲应邀来了。小伙子和姑娘都不敢走下楼去，只在卧室里迎候他们。老处女在楼下等候。汽车来了，父母亲和老处女寒暄了几句。父母亲都很高兴，因为他们的儿子在信中告诉他们，自己已治好了伤疤。小伙子和姑娘在楼梯的顶端出现，父母亲大失所望，痛苦万分，因为小伙子脸上那条可怕的伤疤依然存在，他的妻子则是一个面目奇丑、举止粗俗的女仆。他们难以掩饰内心的不悦，没过多久，小伙子便产生了怀疑：难道这一切全都是假的？难道我们俩并没有发生变化？他朝老处女看了一眼，她也希望见到他像过去那样是个漂亮的年轻人，但此时却在嘴角上挂着一丝苦笑。姑娘跑到了镜子边，见到了残酷的现实，镜中出现的站在她身边的小伙子，脸上还有那道难以见人的伤疤。他们在暗处躲了起来，害怕互相对视。外面传来了父母亲汽车的发动机声，它朝城市的方向驶去，渐去渐远。姑娘躲在自己当女仆时住过的那间房子里。他感到绝望，撕破了他拥抱着姑娘的那张自画像。他像经神失常般地撕着，撕着，一直将它撕得粉碎。老处女去叫盲人。秋天的一个傍晚，盲人来了，与身患疾病的小伙子和丑姑娘进行交谈。房间内熄灭了灯光，免得他们相互见到对方的脸。在一天最悲凉的时刻，三个‘瞎子’聚集在一起。老处女躲在门后偷听他们的谈话：‘你们不明白发生了什么吗？等我讲完话后，请你们再次像过去那样互相看一看对方的脸。我知道，这几天你们都没有这样做，都在互相躲避着对方。其实跟你们说明一下在这美丽的夏日所施的魔法也是一件轻而易举的事。几天前，你们的日子过得很幸福，原因很简单……你们俩在对方的眼中都是美的，因为你们互相爱慕着，你们互相见到的只是对方的心灵。理解这一点难道会很困难吗？我现在不要求你们互相对视，但等我走了以后……你们就可以毫不畏惧地这样做，因为在这房子的旧石墙中跳动的爱情又创造了一个奇迹：它使你们像盲人一样见不到对方的躯体，却只看到心灵。’盲人在暗红色的晚霞还没有消失之前走了。小伙子上楼去准备吃晚餐，姑娘已将饭菜准备好了。她害怕对着镜子进行梳妆打扮。老处女迈着坚实的步伐来到女仆的房内，眼睛注视着远方。她说了些鼓励的话，女仆的手抖得很厉害，连头也梳不好。老处女一边帮她梳头，一边说：‘盲人对你们说的话我全都听到了，我非常同意他的说法。这个家自从我的未婚夫未能从法国残酷的战壕中活着回来，我便希望能住上一对互相爱慕的情人。你们俩已被选中了。爱情就是这样：你爱上了谁，就会美化他，拿什么也不换。假如我的未婚夫今天能从另一个世界回来，我可以肯定，他还会认为我像当年那样年轻貌美。是的，这点我确信无疑，因为他死的时候仍然爱着我。’饭菜就放在靠窗的餐桌上，姑娘站立着，透过窗玻璃，注视着夜幕笼罩下的森林。听到小伙子的脚步声，她害怕回过头去看他一眼。他的手握住了她的手，摘下她手指上的戒指，在窗玻璃上刻下了他俩的名字。他抚摸着她细丝般的头发和白玉般的皮肤。他微笑着，这是世界上最俊美的小伙子的微笑。她也笑着，露出了一口完美无缺的牙齿。他们幸福地热烈地吻着。盲人讲完了这个故事。奏起了美好的音乐会的第一个乐章。这时，进来两位客人，他们是踮着脚尖进来的，就是上面讲到的那个小伙子和姑娘。人们只看见他俩的背部，打扮得相当典雅。但看不见他们的脸，不知是俊是丑。谁也没有发现他们俩就是刚才听到的这个故事的主人公。妈妈非常喜欢这个故事，我也很喜欢。幸好我没有对这个婊子养的讲，我喜欢的那些故事我一个字儿也不对他讲。让他讥笑吧，也不过说我太软弱罢了。他难道从不窝窝囊囊？我们等着瞧吧。我喜欢的电影一部也不讲给他听了。这些电影只留给我自己，让我进行回忆的。可不能让这婊子养的和他狗娘养的革命用肮脏的话来玷污它们。”

“饭快送来了吧，莫利纳。”

“啊，原来你还长着舌头……”

“是呀，我当然有舌头的嘛。”

“我以为你的舌头让老鼠给吃了呢。”

“没有，没有让老鼠吃掉。”

“那么，你给我弯下腰去，看你能不能用你的舌头舔你的屁股。”

“请原谅，我可不喜欢你这么随随便便地和我说话。”

“好极了。从此以后我们一句话也别说，明白了吗？一句话也别说。”

“……”

“不啦，谢谢。”

“你拿大盘的吃吧。”

“不，你拿大盘的。”

“谢谢。”

“不用谢。”

第六章

“我曾起过誓，再也不给你讲电影了。现在我得进地狱了，因为我没有履行自己的誓言。”

“你无法想象我的肚子有多痛，真像刀捅一样。”

“前天我也是这么痛的。”

“我觉得好像越来越痛了，莫利纳。”

“那你得上诊所去看看医生。”

“请你别说傻话了。我已经对你说过，我不想去。”

“就算给你打一针‘司可巴比妥’，也不会有什么害处。”

“有害处，会上瘾的。你不了解情况，才这么说的。”

“那好吧，我给你讲部电影……可是，这‘司可巴比妥’是什么货色，我还不知道呢。”

“没有什么……”

“说吧，快告诉我，别这样吞吞吐吐的。再说，我也不会去和任何人说的。”

“有关这方面的事我是不能讲的，因为参加我们运动的人都是做过保证的。”

“不过，你只对我说说什么是‘司可巴比妥’就行了，这样，我也可以避免让他们拿这东西捉弄我，瓦伦丁。”

“那你得保证不对任何人讲。”

“我保证。”

“我有一个同志让他们用这个东西上了瘾，这使他变得十分软弱，丧失了意志。任何一个政治犯都不能上诊所看病，永远不能去，你明白我的意思吗？永远也不能去。使用这种东西对你起不了什么作用，可对我们情况就不一样了。使用这东西后，再对我们进行审问，我们就挺不住了，他们就会让我们说他们想要我们说的事……哎哟，哎哟哟……肚子像刀捅一样痛得厉害……像是给扎了一个洞……也像是在肚脐眼上插了一柄匕首……”

“这样吧，我来给你讲电影，好让你分分心，免得老是想肚子痛。”

“你准备对我讲什么？”

“跟你讲一部保证会使你喜欢的电影。”

“哎哟……真倒霉啊！”

“……”

“快跟我讲吧，别理我，你讲你的。”

“那就开始讲了。故事发生在什么地方呢？因为故事的发生地很多……不过，我首先得跟你讲明一点：这部电影我可不喜欢。”

“那为什么要讲呢？”

“这一类电影是你们男人喜欢的，所以，我讲给你听，你在生病嘛。”

“谢谢。”

“它是怎么开的头呢？……请等一等，对，是在一座环行赛车场上，名称我已记不起来了，是在法国的南部。”

“叫勒芒。”

“为什么你们男人总对赛车很了解呢？好了，不谈这些了。就在那座赛车场上奔驰着一位南美青年，非常富有，是个花花公子。他是拥有大片香蕉种植园的农场主的子弟们中间的一个，他们都在参加测验。他对另一个农场主的儿子说，他不驾驶任何一种牌子的赛车，因为这些赛车的制造商都是人民的剥削者。他驾驶着他自己制造的汽车参加测验。他的个性就是这样：精神上完全独立。他们参加这一类测验的人，轮到各自上场时，还可以喝点冷饮。他的心情非常好，因为根据各方面的估计和所有目睹过他驾车在赛车场上奔驰的人的预测，他一定会取得非常优秀的名次。当然，这小伙子如果以自制汽车便战胜了对手们的话，那对那些生产名牌车的厂家必然是一次可怕的打击。就在参加测验的人喝冷饮时，人们见到有人走到了他的汽车边，那些照看车辆的人中间有一个人也见到了，但却装作没有见到的样子，因为他们都已经勾结在一起了。这个走到赛车边上的人长着一张婊子养的脸孔。他在汽车发动机上触摸了一下，将什么零件松动了一下就走开了。小伙子回到自己的赛车边，戴上头盔，发动汽车，开始测验。出发时速度快得不得了，但到了第三圈汽车发动机就起火了，他差一点连命都保不住。总算人没事，但是……”

“哎哟……妈的……真痛啊。”

“……但是，汽车都烧毁了。他找到自己这个小组的人对他们说，一切都完了，他已没有资金替自己再造一辆汽车了。他来到蒙特卡洛，因为他父亲那时节正在那附近，正与一位年轻得令人吃惊的小妞儿待在一艘游艇上。说得确切一点是，父亲在游艇上接到儿子给他打来的电话，相约在老头子下榻的旅馆套间的露天阳台上会面。会面时，那小娘儿们不在场，因为老头子对儿子有所顾忌。看来他是非常喜欢自己儿子的，因为接到电话时他非常兴奋。儿子是想跟老子再要点儿钱，但又下不了决心，因为他对自己无所事事感到难为情。他与父亲相见时，老人却亲亲热热地拥抱他，还对他说，不必为汽车烧毁之事发愁，自己已在考虑怎样能让儿子再造一辆汽车。不过，他有点儿担心，生怕儿子会出危险。说到这里，儿子说，这个问题他们父子俩早已讨论过了，结论是明确的，因为是父亲促使儿子参加赛车的，一来他知道儿子对此非常感兴趣，二来他是想通过参加赛车可以让儿子远离左派学生的政治中心，因为小伙子在巴黎留学，学的是政治哲学。”

“也叫政治学。”

“没错。这时，父亲问他，那为什么不驾一辆名牌车参加测验呢，他的目的是再次让儿子干点比较稳妥的事。儿子一听，心里不高兴了。他对父亲说，他让自己脱离巴黎的那种氛围，已该心满意足了，因为当初他一门心思造车时，早已将那一套全弃诸脑后。但这会儿要他去为外国工业界的那些大章鱼效劳，他坚决不干！于是，父亲对他说了一些原本永远也不应该告诉他的话，因为他听儿子气呼呼地说了那番话，便回想起了自己的前妻，也就是小伙子的生母。她原本是个热情奔放、富有幻想力的女性，但这又怎么样呢……最后的结局还不是那样……小伙子听了，便把头一扭就要走。父亲后悔了，叫儿子别走，他准备给他建造一辆新车所需的全部款项和别的什么。然而，儿子显然对母亲怀有一种特殊的情意，他砰的一声关上门就走了。父亲陷入了沉思，他真的非常忧虑，在露天阳台上注视着美妙的蒙特卡洛港和艘艘闪着灯火的游艇，游艇的桅杆四周和船帆上都缀满了彩灯，真像进入梦境。这时电话铃响了，是那年轻女人打来的。老头儿向她表示了歉意，说今天晚上不能去游乐场了，因为他有件要事需要处理。话分两头。小伙子走出旅馆，便遇到了几个朋友。他们逮住他，硬是将他拉去参加一个家庭聚会。他心情非常不好，在聚会上也只是拿了一瓶白兰地，到一个房间里喝闷酒。我刚才没有对你说，这个场景是在蒙特卡洛郊区一家梦幻般的别墅内摄制的，像里维耶拉[1]的房子那样豪华得难以想象。那些房子都有带石阶的花园，石阶两边的扶手都经过装饰。我刚才对你说的这些石阶上有巨大的像花盆一样的石盆，上面栽种着美丽的花草，几乎总少不了硕大无比的仙人掌。你见到过龙舌兰吗？”

“见到过。”

“那好，花园里，还种着龙舌兰。小伙子待在一间离聚会比较远的房间——书房里，他在那儿自斟自饮，已喝得有几分醉意。这时，他见到有人走过来，是个快

---

[1] 里维耶拉（Riviera），法国与意大利的地中海沿岸地区。在法国境内即“蓝色海岸”，在意大利境内，是指利古里亚大区的沿岸地带。

步入中年的女人，但风度还相当典雅，颇有大家闺秀的气质。她手里也提着一瓶酒。他在房内没有开灯，只有从开着的一扇窗子射进来的一丝灯光，黑洞洞的，她没有看见他，便坐下来给自己斟了一杯酒。这时，蒙特卡洛海湾上空燃起了烟火，因为这一天是国家的重要节日。他便借这机会向她祝酒。她吃了一惊。可当她见到他对自己做了一个手势，意思是说他们俩都在做着同一件事情，都是手拿一瓶拿破仑牌酒，一醉万事忘，她无可奈何地对他笑了笑。他问她，她想忘掉什么事情。她说，如果他先说，她接着就会对他说。”

“我又想上卫生间去了。”

“那我叫他们来开门？”

“不用，我熬着……”

“这样会更糟。”

“否则，他们会知道我病了。”

“没有关系的，光是拉肚子他们是不会让你去医院的。”

“不行，今天已经是第四次让他们来开门了。等一等，看我能不能熬住……”

“你脸色苍白，这恐怕不只是拉肚子的问题了。我要是你的话，早上诊所去了……”

“请你别再说下去了。”

“那我继续给你讲电影吧。不过，你听我说……肠胃里的这种毛病总不会传染吧，因为你的症状和我那天一模一样……你总不会怪我，说我把病传染给你了？”

“准是食物引起的，我们都是吃坏了肚子……你那天也是这么脸色苍白。不过，很快会好的，接下去讲吧……”

“我上次痛了多长时间？……差不多两天。”

“没有吧，只痛了一个夜晚，第二天早上你就好了。”

“那就叫看守来开门吧，反正只痛一个晚上就会好的。”

“继续讲下去吧。”

“行。刚才我已讲到，小伙子和一个气质相当典雅的女子在一起。我要对你说，她是个已过中年、见过世面的女人。”

“你跟我说说她的外貌。”

“她个儿不太高，像是法国演员演的，但胸脯很丰满，却又相当瘦削，腰肢纤细，身穿一套十分合身的晚礼服，袒露着胸口，是那种前胸和后背都露出一大块的硬硬的大领口，你还记得起来吗？”

“记不起来了。”

“你应该记得的，老兄。穿着这种衣服的女人两只乳房像是放在托盘里给你送来一般。”

“请你别开这种玩笑了。”

“这种硬领口是在布料里面添加细细的金属丝做成的。穿着这种硬领口服装的女人会非常平静地对你说：‘先生，请享用我的乳房。’”

“我请求你啦，别拿我寻开心了。”

“可这样一来，你就会忘记肚子痛了，你这个傻瓜。”

“我是怕自己会扑到你身上来。”

“请别这样，否则，我们都会死在牢房里的。好了，我再讲下去吧。当时是由小伙子先说说为什么要饮酒忘愁。他十分严肃地对她说，他饮酒是为了忘掉一切，忘掉所有的事情。她问他，难道没有任何值得他回忆的事了吗？他回答说，他就希望自己的生命从那个时候，也就是她走进那个房间——书房的那一会儿起，重新开始。下面轮到她说了。当时我想她一定会说同样的话，也就是说想忘掉一切，但她没有这样说。她说自己这辈子做了许许多多事情，而且对生活非常感激，因为她是一家很有成就的时装杂志社的社长，非常喜欢自己的工作；她有几个非常可爱的孩子，还有家庭的遗产继承权，因为她就是这座非常漂亮的别墅的女主人，这座别墅豪华得像座宫殿。当然，她也有一件想忘掉的事情：她和男人的关系处得不好。小伙子说，她拥有一切，他深感羡慕，但自己却一无所有。当然，小伙子不想和她谈他母亲的事，因为父母亲的离异总使他耿耿于怀，感到父亲抛弃了母亲，此事他也有责任。当然，他母亲现在还是很富有，住在一处很好的咖啡种植园里，因为父亲和她离婚后，她便与另一个男人结了婚，或者说，和另一个男人即将结婚。小伙子认为，她这样做只是为了找个伴而已。哦，对了，我记起来了。小伙子的母亲给他的每次信中都谈及这方面的事，说自己准备和另一个男人结婚，但并不爱他，完全是由于害怕孤单。同时，小伙子还为自己离开了劳动者正在受苦受难的祖国而深感内疚，因为他有革命思想，但却是亿万富翁的儿子，民众谁也不喜欢他。另外，他也为离开了母亲而深感不安。这桩桩件件的事他终于对那位女士和盘托出。你知道还有一件事……你从来没有和我谈起过你母亲，从来没有。”

“怎么没有呢，谈起过的吧。”

“我以上帝的名义向你起誓，从来没有谈过，从来没有。”

“那是因为没有什么可以讲的。”

“谢谢，感谢你对我的信任。”

“为什么要用这样的腔调和我说话？”

“不为什么。等你康复后，我们再谈吧。”

“哎哟……哎哟……真不好意思……哎哟，我怎么搞的……”

“不行，你不能拿床单擦屁股，请等一等……”

“不行，别这样，不能用你的衬衣……”

“行，拿去吧，将身体擦干净。床单你需要的，免得着凉。”

“可这是你替换的衣服。这么一来，你连替换的衣服也没有了。”

“拿去吧。等一下，快站起来。对，这样就不会弄脏别的东西，当心点，别把床单弄脏。”

“没有将床单弄脏了吧？”

“没有，都在裤衩里了。快，快把短裤脱下来。”

“真难为情……”

“行了，慢一点，当心……非常好。现在最要紧的就是请你用衬衣将身子擦干净。”

“真不好意思……”

“你不是常说要做个男子汉吗？羞羞答答的像个什么男人？”

“你把短裤……包好，免得臭气四溢。”

“这你就不用操心了，我会办好这些事情的。你瞧，就这样，全都包在衬衣里了。衬衣比床单更容易洗。再给你点卫生纸吧。”

“不，我不要你的卫生纸，你的卫生纸快用完了。”

“你的早用完了。拿着吧，别把这当成件了不起的事……”

“谢谢……”

“不用谢了。快，快把身子擦干净。放松一点嘛，你在发抖呢。”

“我是在骂自己，我真想哭一场，我恨死自己了。”

“别这样说，冷静点儿，你有什么地方跟自己过不去的，你是在说疯话……”

“有啊，我在骂自己为什么让他们给逮住了。”

“放松一点，尽量放松……”

“哦……在衬衣外面再裹一张报纸就不会有气味了。”

“这是个好主意，是吧？”

“是的。”

“你要尽量使自己放松，盖好身子。”

“对。再给我说点什么吧，关于电影的。”

“我已记不清刚才讲到哪儿了。”

“你向我问起我母亲的情况。”

“对。但电影我已忘了讲到哪儿了。”

“我自己也不明白为什么不跟你讲起我母亲的情况。我对你母亲的情况也知道得不多，不过，我能进行想象。”

“对你母亲的情况我可什么也想象不起来。”

“我母亲是个非常……难对付的人，所以，我没有对你谈起她的事情。她从来不喜欢我的革命思想。她认为，她拥有的一切都是天经地义的。她娘家很有钱，也有一定的社会地位。你明白我的意思了吗？”

“有点儿名气。”

“对，是属于二流的，但也有点儿名气了。她已与我父亲离婚，父亲在两年前去世。”

“有点儿像我跟你讲的这部电影中的情况。”

“不……你又说疯话了。”

“情况大同小异。”

“不。哎哟……真够痛的……”

“你喜欢这部电影吗？”

“我没有注意听。不过，你讲吧，快点讲完。”

“这么说，你不喜欢它了。”

“接着发生的是什么？你三言两语对我说说，再说说是怎么结尾的。”

“可以。小伙子便和那个女人勾搭上了。她比他年龄大一点儿，她以为他爱她，为的是钱，目的是想给自己再造一辆赛车。这当儿，他必须回到自己的国家，因为已先于他回国的父亲让几名游击队员给绑架了。小伙子便回国和游击队员取得了联系。他使他们相信，他自己是站在他们这一边的。那女人——就是那欧洲妇女——知道小伙子处于险境，便去那儿找他。他们花了不少钱，救出他父亲。父亲获释了，儿子也要获释了，因为儿子趁游击队员没有注意，和父亲换了个位置。说实在的，当时有点乱糟糟的。游击队员们发现了小伙子的花招，要打死他，但父亲过去挡住了枪弹，自己中弹而死。于是，小伙子自愿留在游击队员那里，那女人独自一人回巴黎自己的工作岗位上去了。小伙子和她分手时，相当伤心，因为他们俩确实有了感情，但是，他们却又各自属于不同的世界。剧终。”

“你说在哪一方面相似？”

“和什么相似？”

“和我的情况。你刚才不是说和我母亲的情况相似吗？”

“其实也没有任何相似的地方。小伙子回到他这个咖啡之国时，他母亲衣着十分华丽，出来与他见面。她请他回欧洲去。哦，我忘了对你说了，游击队员最后放他父亲时，和警方进行了一场枪战，将他父亲打伤致死。他母亲又出现了，他俩在一起了，我是说他们母子俩，因为另一个女人不在场，爱小伙子的那个女人已回到了巴黎。”

“你知道吗，我想睡觉了。”

“那你就趁机睡一觉吧。”

“对，不知能不能睡着。”

“要是你感到不舒服，随时可以叫醒我。”

“谢谢，你对我真够耐心的了。”

“没有什么，睡吧，别胡思乱想了。”

“整夜我都在做噩梦。”

“你梦见什么了吗？”

“我什么都记不清了，因为我有点儿中毒了，不过，很快会过去的。”

“你吃得真快！你不是不舒服吗？”

“我刚才实在太饿了，这也是神经性的。”

“真的，瓦伦丁，你刚才不应该吃。今天你得节食才对。”

“可我的胃实在太空了。”

“至少在眼下吃完这顿乱七八糟像放了石膏一样的玉米粥后，你得活动活动，不要马上就看书。”

“可我已浪费了一个上午，都让我睡觉给睡掉了。”

“那就请便吧，我这样说也是为你好……你要是愿意，我再给你讲点儿什么，让你消遣消遣。”

“不用啦，谢谢，我想试试自己能不能看点儿书。”

“告诉你一件事，如果你没有告诉你妈妈，让她将你一个星期吃的食物送来……你这样做是不对的。”

“我不想强迫她这样做。我待在这里也是自找的，这跟她毫不相干。”

“我母亲没有来，是因为她身体不行，你知道吗？”

“不知道，你没有跟我说起过。”

“因为心脏不好，医生禁止她在一段时间内起床。”

“啊，我一直不知道，真太遗憾了。”

“所以，我外面送来的食物都快吃完了。再说，妈妈又不让别人给我送吃的来，因为她相信医生会很快允许她起床的。可这期间我要受罪了，因为她除了自己外，不让任何人给我送食物来。”

“你认为她好不了啦？”

“会好的，我并没有失去信心，只是得等好几个月时间。”

“如果你能从这儿出去，她的病就好了，是吧？”

“你很懂我脑子里在想什么，瓦伦丁。”

“这只是一种推理而已。”

“瞧你是怎么吃完这盘食物的，你是吞下去的，真像疯了一样。”

“你说得对，现在我肚子胀得快爆炸了。”

“那你稍微活动一下吧。”

“我不想睡觉了，昨天夜里和今天上午一直在做噩梦。”

“刚才这部电影我把结局都告诉你了，现在再讲，你也不会感兴趣了。”

“肚子又痛起来了，真会开玩笑。”

“哪儿痛？”

“就在胃部，下面肠子也痛……啊……真痛。”

“放松一点，你听我一句话，也许全是神经性的。”

“哎哟，妈呀，我觉得五脏六腑都给捅穿了。”

“我叫他们来开门，让你去卫生间好吗？”

“不，我不想上厕所，是上面疼，像火烧一样，是胃里有问题。”

“那你干什么不想办法让自己呕吐呢？”

“不啦。我要是请他们来开门，他们就会让我去诊所。”

“那你就吐在我的床单上吧。等一下，让我将床单折叠一下，你吐在床单内，然后我将它包起来，就不会有气味了。”

“谢谢。”

“没有什么好谢的。喂，你将手指伸进喉咙口。”

“没有床单你会感到冷的。”

“不会的，有毛毯就够了，快吐吧。”

“不吐了，请等一下，这会儿好一点了，我得好好放松放松……就像你说的那样，看能不能好一些。”

“一个欧洲女人，一个聪明的女人，一个俊俏的女人，一个受过教育的女人，一个具有国际政治常识的女人，一个具有马克思主义知识的女人，一个用不到对她从基础知识开始进行讲解的女人，一个善用闪烁着智慧的问题鼓舞男子进行思考的女人，一个拥有不可腐蚀的道德的女人，一个具有高尚爱好的女人，一个服饰整洁典雅的女人，一个又年轻又成熟的女人，一个熟悉各种饮料的女人，一个能恰到好处地选择菜单的女人，一个能合适地配制葡萄酒的女人，一个在家里善于接待客人的女人，一个能对家中的用人发号施令的女人，一个能组织对一百人的欢迎活动的女人，一个沉着而有同情心的女人，一个理想的女人，一个理解一位拉丁美洲人的问题的欧洲女人，一个敬佩一位拉美革命者的女人，一个比关心某一个拉美殖民地国家的问题更关心巴黎城市交通的女人，一个具有吸引力的女人，一个听到死亡的消息而不感到震动的女人，一个将载有情人的父亲死讯的电报隐瞒了几个小时的女人，一个不愿放弃在巴黎的工作的女人，一个拒绝跟自己年轻的恋人一起回咖啡园的女人，一个重新过上巴黎执行委员会因循守旧日子的女人，一个难以忘却真正爱情的女人，一个知晓自己喜好什么的女人，一个对自己的决心不后悔的女人，一个危险的女人，一个很会忘事的女人，一个有自己的一套办法能忘掉只成为累赘的事物的女人，一个甚至能忘掉已回祖国的那个小伙子死亡的女人，一个飞回祖国的小伙子，一个从空中观察祖国蓝色山脉的小伙子，一个激动得热泪满眶的小伙子，一个知道自己爱好什么的小伙子，一个憎恨奴役自己祖国的殖民主义分子的小伙子，一个为了捍卫自己的原则准备献出自己生命的小伙子，一个难以想象对劳动者剥削的小伙子，一个见到年迈的雇工由于不能干活被驱赶出门的小伙子，一个回忆起由于偷窃无钱购买的面包而锒铛入狱的短工、回忆起为了忘却自己的屈辱而酗酒的短工的小伙子，一个毫不犹豫地信仰马克思主义的小伙子，一个坚决地与游击队组织进行联系的小伙子，一个在空中看着群山心里想着很快要与本国的解放者会晤的小伙子，一个害怕自己也被视为政治寡头的小伙子，一个作为痛苦的讥讽可能被游击队绑架以获取赎金的小伙子，一个下了飞机跟服装鲜艳的孀居母亲拥抱的小伙子，一个眼泪已哭干的母亲，一个受举国尊敬的母亲，一个兴趣高尚的母亲，一个服饰整洁典雅、因为其鲜艳的服装在热带地区显得很美的母亲，一个善于对用人发号施令的母亲，一个难以面对面看自己儿子的母亲，一个内心矛盾感到苦闷的母亲，一个昂首走路的母亲，一个笔直的腰背从不碰到椅背的母亲，一个离婚后住在城里的母亲，一个在自己儿子的请求下陪他到咖啡种植园的母亲，一个对自己儿子回顾他儿时逸事的母亲，一个重又脸带微笑的母亲，一个伸直了抽搐着的手抚摸自己儿子脑袋的母亲，一个重新过上好日子的母亲，一个请儿子陪伴自己在她本人设计的热带旧公园散步的母亲，一个兴趣高雅的母亲，一个在棕榈树下叙述自己的前夫如何被游击队员处决的母亲，一个站在鲜花盛开的灌木丛旁叙述着自己的前夫如何一枪打死那个寡廉鲜耻的用人后遭到了游击队员报复的母亲，一个纤细的身影对着咖啡种植园那边蓝色远山的母亲，一个求自己的儿子不要为他父亲之死报仇的母亲，一个请自己儿子回欧洲尽管这样会远离自己的母亲，一个担心自己儿子生命安全的母亲，一个不合时宜地回到首都参加慈善活动的母亲，一个端坐在自己的劳斯莱斯轿车内却又一次请求儿子离国的母亲，一个不能掩盖内心紧张的母亲，一个无缘无故感到紧张的母亲，一个对儿子隐瞒着什么的母亲，一个对自己的用人一直非常慈祥的父亲，一个试图通过施舍改善用人们生活条件的父亲，一个为当地的劳动者建立一座野战医院的父亲，一个为劳动者建造了住房的父亲，一个痛苦地和自己妻子争吵的父亲，一个与自己的儿子言谈甚少的父亲，一个不下楼与自己家里人用餐的父亲，一个永不原谅其用人们罢工的父亲，一个对一群持有不同政见的劳动者焚烧医院和住宅永不原谅的父亲，一个同意和妻子离婚但条件是她得去城市的父亲，一个拒绝和游击队员进行谈判、因为不能原谅他们纵火的父亲，一个将田产租给外国公司、自己躲到里维耶拉的父亲，一个因未知的原因又回到自己的庄园的父亲，一个用滚热的火漆将自己的生命封闭起来的父亲，一个被作为罪犯而正法的父亲，一个也许犯过罪的父亲，一个几乎肯定是罪犯的父亲，一个给儿子玷污了名声的父亲，一个自己作为罪犯的鲜血在儿子血管中流动的父亲，一个农村姑娘，一个有印第安人和白人血统的姑娘，一个豆蔻年华的姑娘，一个由于缺乏营养而影响牙齿的姑娘，一个举止腼腆的姑娘，一个痴迷般瞧着主角的姑娘，一个交给他一份秘密情报的姑娘，一个深感轻松地见到做出对自己有利反应的姑娘，一个今晚带他和老朋友重逢的姑娘，一个马骑得相当出色的姑娘，一个对山路了如指掌的姑娘，一个几乎不讲话的姑娘，一个他几乎不知如何与她交谈的姑娘，一个在不到两小时的时间里便将他领到游击队宿营地的姑娘，一个用口哨叫唤游击队长的姑娘，一个索邦大学的同伴，一个学生政治组织中的同伴，一个从那时起再也没有见到过的同伴，一个对主角的忠诚确信无疑的同伴，一个回到祖国组织农民起义的同伴，一个在几年之内组织了游击阵线的同伴，一个相信主人公的忠诚的同伴，一个准备给他透露一点令人难以置信的情况的同伴，一个通过引起父亲和监工的死亡这一黑暗事件相信自己凭直觉发现了政府阴谋的同伴，一个请他回到庄园揭露肇事者的同伴，一个或许犯了错误的同伴，一个兴许正在准备一次伏击的同伴，一个为了继续进行解放斗争也许只好牺牲自己朋友的同伴，一个带他回家的姑娘，一个不说话的姑娘，一个沉默寡言的姑娘，一个在工作了一天后夜里又骑了长时间的马而可能完全疲劳的姑娘，一个不时地回过头来用不信任的目光瞧着他的姑娘，一个很可能仇恨他的姑娘，一个命令他停下来的姑娘，一个请他肃静的姑娘，一个从远处就听到了可能会出现的巡逻队的声音的姑娘，一个请他下马在灌木丛后躲几分钟的姑娘，一个请他拉住两匹马的缰绳、默默地等一会儿、而她自己爬到一块岩石上察看情况的姑娘，一个自己回来、又命令他退到山弯的姑娘，一个不久后给他指了指一个可以过夜的山洞的姑娘，因为士兵们要到黎明才拔营起寨，一个在潮湿的山洞里冻得发抖的姑娘，一个具有难以探知的意图的姑娘，一个在梦中可能会将他用匕首刺死的姑娘，一个没有对着他的眼睛看一眼便以低沉的声音对他说请他睡在自己的身边好暖和一点儿的姑娘，一个既不和他讲话也不正面看他的姑娘，一个胆怯但或许很精明的姑娘，一个水灵灵的姑娘，一个躲在他身旁的姑娘，一个激动地喘着粗气的姑娘，一个默默地被人占有的姑娘，一个被人不当人看待的姑娘，一个无人对她说一句亲热话的姑娘，一个嘴里有辛辣味的姑娘，一个有浓烈汗臭的姑娘，一个先遭人戏弄后又被抛弃的姑娘，一个被人用精液泄在身上的姑娘，一个从来没有听到有人说起过避孕药的姑娘，一个被其主人剥削的姑娘，一个难以使一位矫揉造作的巴黎女人忘怀的姑娘，一个在发生性行为后人们不愿再爱抚的姑娘，一个讲了一个无耻的故事的姑娘，一个讲述自己年幼时如何遭前庄园总管糟蹋的姑娘，一个讲述那位前庄园总管如何在政府中身居高位的姑娘，一个肯定此人和小伙子父亲之死有关的姑娘，一个胆敢说兴许了解整个情况的人就是小伙子的母亲的姑娘，一个向他透露最残酷事实真相的姑娘，一个见到小伙子的母亲倒在前总管怀里的姑娘，一个在发生性行为后人们不愿再爱抚的姑娘，一个由于说出了一些可怕的事被打了一记耳光并遭到了侮辱的姑娘，一个被人玩弄又遭抛弃的姑娘，一个被血管内流着杀人犯的血的主人残酷剥削的姑娘。”

“你在梦中大叫大嚷。”

“是吗？……”

“是的，把我给吵醒了。”

“真不好意思。”

“你觉得怎么样了？”

“我全身都在出汗。你将毛巾递给我好吗？别点蜡烛。”

“等一下，我来摸黑找……”

“我记不得放在哪儿了……找不到也没有关系，莫利纳。”

“别这么说，我已找到了。你以为小女子我会这样笨。”*

---

* 弗洛伊德的追随者们对人类在历史进程中为了适应每个时期的社会要求进行自我克制而造成的痛苦极为关心，因为既要遵守社会的道德规范，却又不努力克制本能的冲动是不可能的。由社会作为最理想的方式提出的一夫一妻制不一定是所有人的理想，那些被排斥在外的人别无出路，只好克制和隐藏社会不允许的那种欲望。

在《儿童的心理分析》中，安娜·弗洛伊德指出，个人试图完全克制遭到禁止的各种性欲，甚至完全取消它们，而不是将它们看成虽然从社会的角度看是不合理的，但却是自然的。克制过度便会丧失在任何情况下与他人发生合理的两性关系的能力，而这是最普遍的神经机能病的表现形式。正是由于如此，个人便会失去各种自我控制的能力，并走到了极端，产生了诸如阳痿、女性性欲缺失和持续的自责感等病态的问题。心理分析学说还指出以下悖论：一般是儿童智力和情感的过早发育成长导致了过于强烈的自我压抑。儿童一出生就有力比多已经得到证实，当然，他没有成年人那样压抑，而是将它表现出来。他和所有照看自己的人亲热，并在玩乐中通过自己的躯体和他人的躯体接触得到乐趣。安娜·弗洛伊德接着说，但是，在我们的文化中，这种表露很快便

"我都冻僵了。"

"我马上给你煮茶喝。我只有茶叶了，别的什么也没有了。"

（接上页注）遭到了惩罚，因而，儿童便有了羞耻感。从最初的这种种有意识的行为到青春期，中间还有一个潜伏期。

无论是正统的弗洛伊德学说的持有者，还是与这种学说有不同见解的人都认为，婴幼儿时期力比多的最初表现形式具有两性的特征。但从五岁起，便感受到了性的差异。男孩感觉到母亲身躯的差异，并开始对她说，等自己长大后，要和父亲一样。但这时在母亲的情爱中他不能指望占首位，占有这种特殊地位的是他父亲。如何抑止由于父亲而产生的嫉妒之心，一般说来，儿童完全没有这个能力。高度发展的感受力促使儿童更多地需要父母的保护和关爱，这样一来，他们更无力解决上述问题了。尤其是当儿童的智力发展到已能领悟自己在这三角恋情中所处的地位时，难度就会倍增。精神分析学认为，儿童的身心发展到这个阶段——女孩则是与母亲处于紧张的直接对立状态——后，便进入了艰难的俄狄浦斯阶段——它以希腊悲剧主人公俄狄浦斯命名。俄狄浦斯在不知父亲是谁的情况下杀死了他，并和同样不认识的母亲结了婚。知道了自己的罪行后，他便亲手挖去自己的双目，以示惩罚。在《性学三论》一书中，弗洛伊德指出，儿童有驱逐作为竞争对手的父母而取代之以实现乱伦的幻想的企图，也就是说，男孩的竞争对手是父亲，女孩的对手是母亲，但这种想法受到了强烈的自责并害怕受到惩罚。其结果是儿童对这种内心冲突——这种冲突或者是下意识地、异常痛苦地受到了压抑，或者是在公众的目光下被掩盖起来——深感苦闷。这个矛盾到青少年时期才得到解决，因为姑娘或小伙子将自己对父亲或母亲的感情分别转移到了与自己同龄的男孩或女孩的身上。但是，那些和父亲或母亲有着非常密切关系的女童或男童，或由于自己感到负有相应的难以推诿的责任，或者技术上说拥有俄狄浦斯式情结，将会陷入终生对任何一种性经历感到不舒适的危险境地，因为他们会下意识地与童年时期的错误的乱伦欲望联系起来。这种不正常的精神状态如果发展下去，其结果对男人来说，有可能导致阳痿，或者只与妓女——因为在某种意义上说，她们是与母亲不同的女人——交往，有的甚至只与男性发生性行为。对女人来说，这种无法解决的冲突的结果只能导致性欲缺失或女性同性恋。

“不必了，茶叶是你的，别煮了，我一会儿就会暖和过来的。”

“别说疯话。”

“可是，你吃的东西都快光了，是你在说疯话。”

“不会的，有人很快会给我送来的。”

“你别忘了，你妈妈有病，来不了。”

“对，我没有忘，但这无关紧要。”

“谢谢，真的谢谢你啦。”

“请别这样说嘛。”

“怎么不要呢，你不知道我多么感谢你。我请你原谅，因为我这个人有时非常粗暴……会无缘无故地伤害他人。”

“你把茶喝了吧。”

“比如，前些日子你病得很厉害，我却没有照料你，一点儿也没有。”

“快别这样说了。”

“我说的是正经话。我不光是伤害了你，也严重伤害了别人，这些事我没有对你说过。我不想对你讲电影，只想对你讲一件真实的事情。我跟你说起过的有关我女朋友的情况是我胡编的。我对你说过的这个女朋友是另一个，我过去非常喜欢她。对女朋友的情况我没有说真话。你会喜欢她的，因为她是个很平易近人的姑娘，人品出众，也很有胆识。”

“别讲了，请你不要对我讲了，这都是一些倒霉的事。我对你的政治问题、秘密问题或别的什么问题都一概不想知道。请别说了。”

“你别犯傻了，对于我的事情，谁会来问你呢？”

“这些事情我永远不想知道，他们会审问我的。”

“我相信你，你也相信我，是不是？”

“是的……”

“如此说来，我们之间应该平等相待，不要在我面前贬低自己嘛。”

“不是这个意思……”

“有时一个人总得说说心里不痛快的事，因为我心里确实感到不痛快。一个人感到最难过的事莫过于对别人做了坏事而感到后悔，我害了这姑娘……”

“现在别讲，以后再对我讲吧。现在让你回想起压在心底的事对你有害。你最好还是喝了我给你煮的茶，这对你有好处。听我的话吧。”

第七章

"'亲爱的，我想再跟你谈谈……夜间万分寂静，真想和你谈心……我想，亲爱的，你一定也在回忆……这奇异的爱情引发的悲惨的梦境……'"

"你在哼什么呀，莫利纳？"

"是一首波莱罗[1]，歌名是《我的信》。"

"只有你才有这个雅兴。"

"为什么这样说？这有什么害处？"

"唱这种平淡无味的浪漫主义货色，你真是发疯了。"

"我喜欢波莱罗，这一首写得特别美。我要请你原谅的是我不该在这个时候唱。"

"为什么？"

"因为你收到了这封信，心情很不好。"

[1] 波莱罗（bolero），拉丁美洲的抒情小曲或舞曲。

“这有什么相干？”

“在这样的时候我却哼起了令人伤感的小曲。不过，你不要将它看成是对你的有意冒犯……对吧？”

“不会的。”

“那你为什么会这样呢？”

“信里都是一些坏消息，你没有发现吗？”

“我怎么会知道呢……对了，刚才你的神情很严肃。”

“确实都是一些坏消息。你想看这信，可以拿去看。”

“不行，最好别看……”

“可不要又来昨天夜里那一套。你跟我的事有什么关系呢，他们绝对不会来审问你的。再说，这封信已经被拆开，他们比我还先看呢。你也太胆小了。”

“是这样。”

“你要是想看，就拿去看，信在这儿。”

“这字实在写得太潦草了。你要是愿意，就给我念念吧。”

“写信的是位书念得不多的女孩。”

“你瞧，我真够傻的，我没有想到这儿的人想看就可以拆开你的信看。既然他们看了，你给我念念，当然也不要紧了。”

“‘我亲爱的，许久未给你写信，原因是我缺乏告诉你已发生的这一切的勇气，而你也一定会理解的，因为你比我聪明，这点是确定无疑的。我也没有来信告诉你有关可怜的佩德罗大叔的消息，因为他妻子对我说，她已给你写了信。我知道你不愿意人们谈这些事情，因为生活在继续，要继续进行为生活的斗争，需要很大的勇气。可是，对我来说，自从进入老年后，这是生活对我的最大的嘲弄。'这信里的话，全都是暗语，你发现了吗？"

"是有些晦涩难懂，这点我已感觉到了。"

"信中说，'自从进入老年后'，意思是说，自从我参加运动后。'为生活而斗争'的意思是为事业而斗争。佩德罗大叔其实是个二十五岁的小伙子，是我们运动的同志。我对他的死一无所知。信中提到的那封信他们根本没有交给我，准是他们拆开信后，便将它撕碎了。"

"啊……"

"因此，这封信使我十分难过，因为我在收到信之前，对情况一无所知。"

"我对此深感遗憾。"

"这有什么办法呢……"

"……"

"……"

"继续给我念信吧。"

"好吧……'……自从进入老年后……你像我希望

的那样，是个比我坚强的人，现在恐怕也只好安于现状了。我特别怀念佩德罗大叔，他的家我得照应点儿，这个责任真够大的。听我说，小光头——我听人说，他们将你的头发都剃光了——我不能来看望你，给你做点吃的送来，真是太遗憾了。你本来留着一头金色长发，我们讲过的每句话我永远也忘不了，尤其是关于我们不要让个人的私事给拖垮的那一番话。根据你的指点，我一定竭力将自己的事安排好。'信里说，'他的家我得照应'，意思是说，她现在是我们这个组的领导人。"

"噢……"

"我接着往下念吧。'我现在越来越想念你了。特别是佩德罗大叔去世后，我已允许我的侄女玛丽和一个你不认识的小伙子有了关系，让他住到家里。他很好，挺能挣钱。不过，我对我侄女说，这件事不要太张扬，这样做是不可避免的，也就是增添一点必要的友情吧，让她在为生活而进行的斗争中有了力量。'侄女玛丽其实就是她本人，信中说到的那个能挣钱的新来的小伙子是指斗争中的一个好成员。你明白了吗？"

"明白了，不过，我还不明白'有了关系'的意思。"

"这话的意思是她非常想念我。我们原来有约在先，对谁也不能过分亲热，因为这样会在你需要行动时，束缚住了手脚。"

“怎么个行动法？”

“怎么个行动法嘛，冒着生命危险。”

“啊……”

“我们可不能想着有人在爱着我们，因为爱我们的人总希望我们活着，这样你就会怕死。当然，不一定会害怕，但当你想到有人会为你的死而伤心时，你心里一定很难过。所以，她说她和另一个伙伴有了关系……我接着往下念吧：‘这件事我思索了很长时间，一直在想要不要对你说。我了解你的为人，知道你一定愿意我把这件事告诉你。幸好买卖十分顺利，我们相信，我们家会一举繁荣起来。天已晚了，我想，你也可能在想念我。紧紧地拥抱你，伊纳斯。’”

“昨天晚上我没有听明白你的意思。你说你这个女朋友不是过去和我讲过的那位。”

“真糟糕，刚才给你念了念信，头就发晕……”

“你准是身体太虚弱了……”

“我有点儿恶心。”

“你快躺下，闭上眼睛。”

“真是乱七八糟。我向你起誓，在给你念信前，我觉得已经好了。”

“别紧张，准是由于集中注意力念信的缘故，快闭上眼睛吧。”

“好像好一点了……”

“刚才你不该吃东西，瓦伦丁，我对你说过，别吃东西。”

“可我实在太饿了。”

“昨天你也是好端端的。后来吃了东西，就不舒服了。今天又把一盒玉米粥全都打发进肚子里去了。你得答应我，明天一口饭也不能吃。”

“别和我谈食物，一谈就想吐。”

“请原谅。”

“你知道吗……我刚才还笑你唱的波莱罗。我这儿收到的信和波莱罗说的完全一样。”

“你认为是这样？”

“是的，我认为我没有权利讥笑波莱罗。”

“也许你笑的原因是我唱这小调触动了你，你为了不哭……才强颜欢笑的，就像另一首波莱罗——或者叫探戈中说的那样。”

“你唱的波莱罗是什么内容？”

“你指哪一部分？”

“你将整首波莱罗都唱一遍。”

“‘亲爱的，我想再跟你谈谈……夜间万分寂静，真想和你谈心……我想，亲爱的，你一定也在回忆……这奇异的爱情引发的悲惨的梦境……宝贝，尽管生活从来没有让我们聚合在一起，我们总是分处两地，因为需要如此……我向你起誓，我的心完全属于你，我的思想和生命也属于你，就像我的痛苦属于你一样……’‘痛苦’也可以说‘悲痛’。最后一部分我已记不太清楚了，我认为就是这样吧。”

“不错，确实不错。”

“非常好。”*

---

* 在其《神经机能病的心理分析理论》一文中，O. 菲尼切确认，越是认同母亲的儿童越有可能导致同性恋，在下述情况下，这种情形越会发生：母亲的形象比父亲更出色；父亲由于死亡、离异等原因已从家庭中消失；父亲的形象虽然存在，但由于某种诸如酗酒、过分严厉或极端粗暴等原因而使人感到厌恶。儿童需要一位成年的英雄作为自己行为的榜样；通过与父母的认同，儿童逐步地吸取他们行为上的一些特征。尽管儿童在某种程度上会不听从父母的话，但还会下意识地模仿父母的习惯，其中也包括一些不良的习惯，以此保持其所处的社会文化特征。菲尼切继续写道，儿童一旦与父亲认同，便接受男性对世界的看法。在我们西方社会，这种看法具有好侵犯他人的特征，这也是过去作为主子的无可争议的条件，它有助于儿童树立新的形象。相反，一个以母亲的形象作为自己表率的儿童，如果不能及时地找到一男性形象来抵消对母亲的迷恋，那么，他那具有女性特征的行为必然会受到社会的歧视，因为他缺乏正常青年男子所特有的粗犷性格。

在这方面，弗洛伊德在其《关于本能的变化》一文中说，在男同性恋者身上，其最完整的男性精神特征有时会和完全相对的女性特征结合起来。所谓男性精神特征就是指胆略、冒险、尝试精神和尊严等方面的特性。在他随后发表的《自恋导论》一书中，弗洛伊德又提出一个论点，认为男同性恋者开始时曾短时间地将注意力集中在母亲身上，最后将自己与女人等同起来。假如他性行为的对象是男青年，那是因为他母亲曾经将他作为男青年爱过他，或者是因为他希望母亲能这样爱他。总之，他性欲的对象是自己的形象。因此，在弗洛伊德看来，无论是俄狄浦斯情结还是那喀索斯式的自恋都是引起同性恋的早起冲突的因素。但

“这首歌曲叫什么名字？”

“《我的信》，是阿根廷人马利奥·克拉威尔[1]的作品。”

（接上页注）是，弗洛伊德所有与同性恋有关的论点中，上述看法受到的攻击最多，主要的不同意见在于，那些已高度地与女性认同的同性恋者却以具有充足男性的男人或年龄显然偏大的男人作为自己性行为的对象。

另外，弗洛伊德在上面提到的这一著作中还首次谈到了性感的发展，提出了有关同性恋形成的另一些迹象。他肯定地说，婴儿身上的力比多开始时是完全具有扩散性的，从这个时期起，一直到受到了性教育，使其注意力落到了可与之性交以获得快感的异性身上的另一个时期，中间应该还有几个阶段。这其中的第一个阶段是口腔阶段，在这个阶段中，快感只是来自口腔的接触，例如吮吸。之后是肛门阶段，儿童通过肠子的蠕动获得舒适感。最后的也是决定性的阶段是生殖器的阶段。弗洛伊德将这个阶段看成是性成熟的唯一形式，这一说法几年后便遭到了马尔库塞的正面攻击。

在《性格与肛欲》一文中，弗洛伊德本人又对上面的说法做了扩充，提出了下面论点：某些性格异常的人——其占压倒多数的特征是吝啬和对整洁的癖好——可能受肛欲的抑制的影响。财富积累所得到的快感可能与儿时对粪便的潴留——这种情况在儿童身上十分常见——引起的舒适感的下意识回忆有关。从另一方面，对整洁的癖好也许是某些人对通过粪便的滞留而得到快感的做法感到自责的逆反行为。谈到肛欲在同性恋的发展中起的作用时，弗洛伊德肯定地说，除了上文讲到的俄狄浦斯情结和那喀索斯式恋情的影响外，还应该注意到的是对儿童所设置的所有这些障碍会使其发育中断，情感受到抑制，其结果是性欲只停留在肛门阶段，没有可能进入最后阶段，即生殖器阶段。

对这一论断，威士特做出了回应：同性恋者感到，通向正常的用生殖器进行性交的道路遭到禁止，便只好试用非生殖器官满足性欲，他们通过逐渐适应的办法，觉得肛交是一种直接的使自己得到满足的方法，但不是唯一的方法。威士特还补充说，实行肛交的男人注意力不一定集中在肛门上，就像异性恋男子和女友接吻时，其注意力也不一定集中在口腔上一样。最后，威士特还指出，肛交并非同性恋者所特有的现象，因为异性恋者男女也会采用这种方法；同时，那些具有“肛欲特性”的人，或者是那些吝啬的人和有整洁癖好的人也不一定会趋向于搞同性恋。

[1] 马利奥·克拉威尔（Mario Clavell，1922—2011），阿根廷作曲家、歌手、演员。

“我还以为是墨西哥人或古巴人的呢。”

“我熟悉奥古斯丁·劳拉[1]写的全部歌曲，或者说，几乎熟悉他的全部歌曲。”

“我头晕好像好一点了，但下面又像刀捅一样痛起来了……”

“好好放松放松。”

“是我不好，刚才不该进食。”

“别老想到痛，也不要这么紧张，因为这完全是神经性的，你给我随便谈点儿什么，就会忘记的。”

“我已经对你说过，我对你讲起过的那个出身于资产阶级家庭，行为非常自由散漫的女孩并不是给我写信的这个女友。”

“那么，这位女朋友是怎么样的人呢？”

“我跟你讲起过的那个女孩曾和我一起参加运动，随后有一段时间她又开了小差，还千方百计让我也这样做。”

“为什么？”

“她太留恋家庭生活了，与我在一起感到很幸福，但只满足于保持我们间的关系。这么一来，我们之间就出现了矛盾，因为每当我出去几天，她就难过，每次回家她就哭。这还不算什么，后来她竟不把我同志们打来

[1] 奥古斯丁·劳拉（Agustín Lara，1897—1970），墨西哥著名作曲家。

的电话告诉我，甚至还截取我的信件。这么一来，我们的关系就中断了。”

“你有好久没有见到她了吧？”

“几乎有两年了，但我一直惦记着她。如果我没有落到眼下的地步……她恐怕孩子多得要结扎了……不说了，谁知道呢，命中注定我们要分开。”

“是因为当初你们爱得太深了吧？”

“这段往事也有你唱的波莱罗的味儿吧，莫利纳？”

“是啊，傻瓜，这是因为波莱罗这种小曲道出了一大堆真情实况。正因为这样，我才那么喜欢。”

“好就好在她常常和我唱反调。我们间反倒建立了真正的关系，她从来不屈从于我，我怎么对你说呢？她从来不像一个普通女人那样受人摆布。”

“你这话是什么意思？”

“哎哟，妈呀……我觉得自己又痛起来了。”

“哪儿痛？”

“下面，肠子痛……”

“别紧张，瓦伦丁，一紧张就更糟，要安静点儿。”

“对。”

“将身躯好好地靠在床上。”

“你不知道我心里有多难过……”

“你怎么啦？”

“这可怜的小伙子，你要是能认识他……你不知道他是多好的一个年轻人……真可怜……”

“你说的是谁？”

“就是死了的那个小伙子。”

“他已上天堂了，这点你可以确信无疑。”

“但愿我能相信这是事实。有时我真想相信，好人会有好报，但我又不能相信。哎哟……莫利纳，我又得麻烦你了……快叫他们来开门吧。”

“你忍一下吧……我这就去……”

“哎哟……哎哟……你别叫了……”

“别难过，我来给你东西让你擦干净身子吧。”

“哎哟……哎哟……你不知道我肚子有多痛，好像有人拿针往肠子里扎一样。”

“好好放松放松，该拉的全拉了吧，一会儿我来洗床单。”

“请你把床单给我打个结，我这会儿拉的全是稀的。”

“好的……就这么办。你放心好了……你只管拉，等会儿我拿床单到淋浴那儿去冲洗，因为今天是星期二。”

“可这床单本来是你的。”

“没有关系，我把你的床单也拿去洗，幸好我还有肥皂。”

“谢谢你……你知道吗，现在又好一点儿了……”

“你放心吧。你觉得拉好了，就告诉我，我帮你洗。你在拉肚子嘛。”

“……”

“好一些了吗？”

“好像好一些了，可这会儿又冷得很。”

“现在我来给你盖上我的毛毯，让你暖和点儿。”

“谢谢。”

“可你得先将身子翻过来，好让我给你擦洗，如果你认为已拉够了的话。”

“请等一下。原谅我吧，今天我讥笑你了，笑你说的话和你唱的波莱罗。”

“这个时候谈波莱罗不合适吧。”

“你听我说。我认为眼下好一点儿了，让我自己洗吧……如果我抬起头来不发晕的话。”

“你试试看吧，慢一点儿。”

“不行，头还是晕，真太糟糕了……”

“那好，我来替你洗。请别伤心，静下心来吧。”

“谢谢你。”

“翻一下身……就这样，朝这边挪一挪……慢慢地翻过身来……就这样。床垫没有弄脏，还好。幸好我们打来了不少水，我可以拿床单干净的这一角在水里浸一下，给你擦洗身子。”

“我真不知该怎么来感谢你呢。”

“别说傻话了。喂……朝这边挪动一下身子。这样……非常好。”

“说真的，我是非常感谢你，我没有力气去冲淋浴了。”

“不能去，冰凉的冷水会把你给激坏的。”

“哦，这儿的水也够冷的。”

“把大腿往两边伸一伸……就这样。”

“你不觉得恶心吗？”

“别这样说。我再拿床单浸湿的一角给你擦……就这样……”

“……”

“你都快擦干净了……现在我又拿床单干的一角给你擦……遗憾的是我的滑石粉已用完了。”

“没有关系，只要擦干就可以了。”

“好的，我这儿还有一小块干床单可以给你擦干。就这样……已给你擦得干干的了。”

“哦，我现在感到舒服多了……谢谢你啊，老兄。”

“等一下……我来给你……像包肋条肉一样用毛毯包起来。哎，将身体朝这边挪动一下。”

“是这样？”

“对……等一下……现在朝这边挪动一下，这样，你就不会冷了。这样你感到舒服了吗？”

“舒服，好极了，十二万分感谢。”

“眼下你就不要动了，但愿你头晕会好一些。”

“会的，很快会好的。”

“你想要什么东西，我拿来给你。你自己不要动。”

“我向你保证，今后再也不讥笑你唱波莱罗了。你刚才对我讲的这段歌词……写得非常漂亮。”

“我非常喜欢其中的这一段：‘我想，亲爱的，你一定也在回忆……这奇异的爱情引发的悲惨的梦境……’确实很妙吧？”

“有件事你知道吗？……我曾经替那个小伙子——就是被杀害的可怜的小伙子的孩子洗过一次澡。有一段时间我们躲避着，住在同一套房子里，有他妻子还有他的娃儿……谁知道这娃儿会怎样呢，眼下恐怕还不到三岁，可是个很可爱的孩子……你还不知道更糟糕的事呢。我对他们中间的任何人都不能写信，因为我说什么话都会连累他们，或者说……甚至会暴露他们。”

“对你的女朋友也不能写？”

“对她更不能写了，因为她现在是一个组的负责人。我既不能跟她，也不能跟别的任何人写信。就像你唱的波莱罗说的那样，‘因为生活从来不让我们聚合在一起’。对这个可怜的年轻人，我这辈子再也不能给他写信了，连话也不可能对他说一句了。”

“歌词是这样说的，‘……尽管生活从来没有让我们聚合在一起……’”

“从来没有。这两个词实在太可怕了，直到现在我才知道它们的可……可怕……对不起。”

“不必客气。你哭吧，把心里不痛快的东西全发泄出来，让你哭个够，瓦伦丁。”

“我心里实在难受……自己被关在这里，什么事也做不了，既不能照看他妻……妻子，又不能照料他……孩……孩子，唉，老兄，心里真不好……受啊……”

“这有什么办法呢……”

“请你帮……帮我把这只胳臂从……毛毯里伸出来……”

“干什么？”

“握……握住我的手，莫利纳，使劲握……”

“当然。你也使劲握。”

“我不想让自己这么晃动着……”

“晃动着又有什么关系呢，这样你可以轻松一些嘛。”

“还有一件事，一直使我寝食难安。这件事非常不好启齿，很低级……”

“告诉我吧，将心里的话说出来吧。”

“是这样的：我现在希望收到她的信，希望她在我身边，拥抱她，这个她不……是我的……女朋友，而是我跟你说起过的另一个……女人。”

“如果这是你的真情实感……”

“是我的真情实感，因为我虽然说了不少冠冕堂皇的话……但从内心深处我……我仍然喜欢另一种……女人。在骨子里，我和所有杀害我同志的那些婊子养的反动家伙是一路货……我和他们一模一样。”

“这不是真的。”

“是真的，我们不要自欺。”

“假如你和他们一样，你就不会待在这儿了。”

“‘……这奇异的爱情引发的悲惨的梦境……’你知道我为什么听你唱起波莱罗心里就讨厌吗？因为你使我想起了玛尔塔，而不是我的女友。原因就在这儿。我甚至想，我喜欢玛尔塔，并不是由于她本人，而是因为她有……地位，就像这个世界上……那些婊子养的有地位的狗杂种说的那样。”

“你别折磨自己了……闭上你的眼睛，尽量休息一会儿。”

“我脑袋还有点儿发晕，就在这儿。”

“我给你烧点儿水，沏点母菊花茶。这茶还剩下一些，因为我们忘了喝了。”

“我不信……”

“我向你起誓。因为这母菊花茶放在我那些杂志的后面，所以，被保留下来了。”

“可这茶是你的，再说，你又喜欢喝。”

“但是，喝了对你有好处，你就别说了。你会发现，喝了这茶会使你好好地休息一会儿……”

“一个在制订计划的小伙子，一个接受母亲的邀请进城看望她的小伙子，一个欺骗母亲、谎称自己反对游击队的小伙子，一个答应他母亲回巴黎的小伙子，一个在枝形烛台的烛光下单独与母亲用晚餐的小伙子，一个向母亲做出承诺要像战争几乎还未结束、他还年幼时做的那样陪她去欧洲上流社会的冬季体育中心进行旅游的小伙子，一个跟他谈及那些美貌的已达婚龄的欧洲贵族姑娘的母亲，一个跟他谈到他即将继承的全部遗产的母亲，一个向他提议将数额巨大的财富置于其名下的母亲，一个隐瞒了不能陪他去欧洲的原因的母亲，一个正在寻找前总管所在地的小伙子，一个知道前总管就是安全部首脑的小伙子，一个知晓前总管是反革命活动秘密机构头子的小伙子，一个想说服母亲和他一起赴欧洲的小伙子，一个想利用自己的财富重游儿时去过的地方以便和漂亮的母亲一起滑雪的小伙子，一个决定抛弃一切、和自己母亲逃之夭夭的小伙子，一个向母亲提议去旅游的小伙子，一个自己的打算遭母亲拒绝的小伙子，一个坦率地说自己另有打算的母亲，一个想重温自己伤感生活的母亲，一个去机场为他送行并告诉他自己即将与前总管结婚的母亲，一个佯装对计划很热心的小伙子，一个在飞行的第一站便下了飞机、随即又坐上回去的飞机的小伙子，一个和山上的游击队员聚合在一起的小伙子，一个决心昭雪其父名声的小伙子，一个与首次带他去山上的农妇再次会晤的小伙子，一个发现她已怀孕的小伙子，一个不想有个印第安儿子的小伙子，一个不想让自己的血统与印第安血统相混的小伙子，一个为自己的情感而感到羞耻的小伙子，一个不能抚摸自己儿子的未来母亲的小伙子，一个不知如何为自己赎罪的小伙子，一个带领游击队袭击了自己母亲和前总管所在的庄园的小伙子，一个包围庄园的小伙子，一个向自己的家开火的小伙子，一个向本族人开火的小伙子，一个要求占领者投降的小伙子，一个见到前总管胆怯地拿他母亲作为人质和盾牌冲出庄园的小伙子，一个下令开火的小伙子，一个听到母亲撕心裂肺的呼叫请求宽容的小伙子，一个阻止执法的小伙子，一个要求坦陈自己父亲真实死因的小伙子，一个从抱住自己的人们的手臂中挣脱坦白了全部事实真相的母亲，一个讲述自己的情人如何设下毒计使父亲成为杀害忠实的监工的凶手的母亲，一个坦陈自己丈夫是无辜的母亲，一个下令处决了前总管又下令处决自己母亲的小伙子，一个失去理智的、见到奄奄一息的母亲便拿起一挺机枪向杀害母亲的士兵扫射的小伙子，一个立即被处决的小伙子，一个感到游击队的子弹在肚子里燃烧的小伙子，一个在行刑队的枪口下发现农妇那在进行控诉的眼神的小伙子，一个在死前要求道歉却又说不出话来的小伙子，一个从农妇的眼中见到永不宽恕的眼神的小伙子。”

第八章

阿根廷共和国内政部布宜诺斯艾利斯市监狱由私人秘书处起草的给第三处处长先生的报告：

3018 号罪犯路易斯·阿尔贝托·莫利纳

1974 年 7 月 20 日布宜诺斯艾利斯市法院刑事法庭审判员胡斯托·何塞·达尔皮雷博士判决，因犯有腐蚀青少年罪，判处八年监禁。1974 年 7 月 28 日囚禁在 B 楼 34 号囚室，和缺乏道德的罪犯贝尼托·哈拉米约、马利奥·卡洛斯·比安奇和戴维·马尔古利埃斯同囚一室。1975 年 4 月 4 日转到 D 楼 7 号囚室，与政治犯瓦伦丁·阿雷基·帕斯同囚一室。表现良好。

16115 号刑拘犯瓦伦丁·阿雷基·帕斯

1972 年 10 月 16 日于 5 号公路巴拉卡斯附近被捕。

此前不久，联邦警察对正在位于该公路边的两家汽车发动机厂里进行捣乱的一批活动分子发起了袭击。当时，这两家工厂的工人们正在罢工。该犯被捕后，即转交共和国内政部候审。1974 年 11 月 4 日囚禁于 A 楼 10 号囚室，与政治犯贝纳尔多·基亚辛蒂同囚一室。为抗议政治犯胡安·毕森特·阿巴里西奥在警方审讯中死去，该犯参加了绝食。1975 年 3 月 25 日起被关地牢十天以示惩罚。1975 年 4 月 4 日转移到 D 楼 7 号囚室，与腐蚀青少年犯路易斯·阿尔贝托·莫利纳同一囚室。该犯表现恶劣，不服管教，带头进行上文讲到的绝食，还以所谓楼内缺乏卫生条件和侵犯私人通信自由的名义进行抗议活动。

士官：在处长先生面前须脱帽。

罪犯：是。

处长：别这么发抖嘛，伙计，不会对您怎么样的。

士官：囚犯已被搜身，没有发现任何可用来袭击处长先生的凶器。

处长：谢谢，士官，请您让我单独和罪犯待在一起。

士官：处长先生，我在走廊上值勤。我走了，处长先生。

处长：好的，士官，请出去吧。……您瘦了，莫利纳，您怎么啦？

罪犯：没有什么，先生。前些日子肚子不太好，现在已经好了。

处长：别这么发抖呀……没有什么可以害怕的嘛。我们已经装成了您今天像是有人来探监的样子，阿雷基不会产生任何怀疑的。

罪犯：不会的，他不会有任何怀疑的。

处长：昨天您的保护人在我家用晚餐，他给您带来了好消息，因此，我让您今天来我办公室，虽说为时尚早。或许您已知道什么了吧？

罪犯：不知道，先生，我什么也不知道。这方面的事应该十分小心才是……那么，巴黎西先生对您说了些什么呢？

处长：非常好的消息，莫利纳。自从对您母亲讲了您可能获得赦免后，她的身体好多了……现在仿佛换了个人。

罪犯：真的……

处长：当然是真的，伙计，这正是您求之不得的，是吧？……哦，别哭嘛，这是怎么一回事？您应该高兴才是。

罪犯：这是高兴的，先生……

处长：好了，好了……您没有带手帕？

罪犯：没有，先生，我用袖子擦，不用手帕……

处长：拿我的……

罪犯：不，真的，好了，真不好意思。

处长：您知道，我和巴黎西情同手足。自从他跟我谈起您的事情后，我一直在想办法。可是，莫利纳……我们希望您能把事情办好。现在事情有眉目了吗？

罪犯：我想可能会……

处长：我们削弱了他的体力，这对您有没有帮助？

罪犯：那次送来的第一盆玉米粥我只好自己吃了。

处长：为什么？您这样做就不对了……

罪犯：不是我做得不对，因为他不喜欢吃玉米粥。由于送来的玉米粥一盆多，一盆少……他一定要我吃多的那一盆。如果我拒绝，肯定会引起他的怀疑。您当时对我说，准备给他吃的装在一只新的铁盆里，但他们搞错了，我只好将它吃了。

处长：噢，是这样，那很好，莫利纳，向您祝贺。请原谅我们的错误。

罪犯：也许这个原因，您看我比以前瘦了。有两天时间我都快挺不住了。

处长：阿雷基的精神状态怎样？我们是不是使他变软了一点？您的看法如何？

罪犯：是变软了一点儿。不过，也许最好等他恢复健康后再说。

处长：好的，是不是要等他恢复过来，我也不太清楚，莫利纳。这件事由我们来考虑吧，我们有相应的技术人员来办理此事。

罪犯：不过，要是他病情加重，就不能待在囚室里了。到了诊所后，我便无能为力了。

处长：莫利纳，您太低估了我们技术人员的能力了。他们知道什么时候止，什么时候进。这我心里有数，朋友。*

---

* 在《性学三论》一书中，弗洛伊德指出，一般来说，性压制来自某一个人对另一些人的强制和专横的行为，这某一个人就是父亲。由这种专横的行为出发，建立了社会的父权制，妇女处于社会的底层，性受到强烈的压制。此外，弗洛伊德将自己的父权论与宗教的繁荣，尤其是西方一神论的胜利联系起来。另外，弗洛伊德对性压抑特别感到关切，他认为由于婴儿时期从身体的各个部位得到性快感的能力受到了漠视，人类本性的冲动比父权制社会所承受的要复杂得多。弗洛伊德将这种冲动说成是“无节制的、多面的”。作为这种观念的一部分，弗洛伊德还认为，我们原始的性冲动实质上具有两性的特征。

在早期的性压制这个问题上，奥托·兰克沿着弗洛伊德的同一思路，将由父权统治到由男人执掌国家大权的发展过程看作是早期性压制的延续，其目的是越来越将妇女排斥在外。坦尼斯·奥特曼则在他的《同性恋者、性压制和性解放》一文中，专门谈到了性压制的问题，将这问题和人类的起源时出于经济和防卫目的而需要大量繁衍子孙联系起来。

在《历史上的性》一书中，英国人类学家拉特莱·泰勒就上述问题指出，自公元前四世纪以来，通过典籍证实，越来越强烈的性压制和自责感的发展是促使主张更强烈的性压抑的希伯来观念形态战胜希腊观念形态的因素。在希腊人看来，全人类的性的特性既含有同性恋的因素，也有异性恋的因素。

我们再来说说奥特曼的看法。在前面提到的那篇论文中，奥特曼罪犯：请原谅，先生，我的愿望只是合作，别无他求。

处长：很好。现在有一件事须注意，您丝毫也不能流露出有可能被赦免的想法。现在您回到囚室后，要将内心的喜悦全部掩盖起来。您打算如何对他讲这次探监的情况？

（接上页注）说，西方社会特别擅长实行性压抑，这种性压抑通过犹太教基督教的传统而成为正统。上述性压抑的表现形式有以下三种，它们之间相互有联系：一、性行为是一种罪孽，从而产生自责感；二、建立家庭、生育子女是性行为唯一的正确目的；三、排斥以生殖为目的的异性间性关系之外的一切性行为。继而，奥特曼又说，传统的反对性压抑、“主张性自由”的人为改变前两种情况进行了斗争，但却忘了第三种情况。威廉·里奇的情况便是其中一例。他在《性高潮的作用》一书中说，性解放建立在完全达到性高潮的基础上，而性高潮只有通过属于同一代的人的异性生殖器官的接触才能达到。也就是在里奇的影响下，别的一些研究人员对同性恋和避孕产生不信任的态度，因为那样难以达到完全性高潮，因而与完全的性“解放”背道而驰。

关于性解放的问题，赫伯特·马尔库塞在《爱欲与文明》一书中说，性解放不光要求取消性压制，同时，还要求拥有新的道德规范和对“人性”概念的修正。接着，他又补充说，性解放的全部真正理论应该注意到人类实质上的多种形式的需要。根据马尔库塞的说法，与社会上将性行为作为达到某一实用目的的手段相反，搞腐化堕落的人都是为搞性行为而搞性行为，因此，他们置身于“业绩”——这个技术术语也许可以译成“效率”——的铁的原则之外。效率或许也是建立资本主义的基本原则之一，同时，也是资本主义的基础。

在评述马尔库塞的这一论点时，奥特曼补充说，如果同性恋成了唯一的形式，那它会建立自己的经济规范，并停止对异性恋者常规形式的指责，甚至恰恰相反，会重演异性恋者的故技，像异性恋成为唯一形式时一样，进行大力压制。接着，在对另一位像马尔库塞一样激进的弗洛伊德派学者诺尔曼·O. 布朗和对马尔库塞本人的评论中，奥特曼又说，说到底，我们理解的“人类本性”乃是经过许多世纪的性压制而产生的某种结果，这意味着人类本性在本质上的反复无常，这种看法也得到马尔库塞和布朗的认可。

罪犯：不知道，先生，该怎么说，请予指明。

处长：您就告诉他，您母亲来了，您认为怎么样？

罪犯：不行，这不可能，不能这么说。

处长：为什么不行？

罪犯：因为我母亲来时总带一盒食品来。

处长：那总得编造个理由来解释您心里为什么这样高兴，这是最根本的一条。啊，我知道该怎么办了。我们派您去选购食品，然后将它们包扎起来。这个办法您认为怎样？

罪犯：很好，先生。

处长：这么一来，我们也可为您吃了那盆玉米粥做出的牺牲做一点补偿。可怜的莫利纳！

罪犯：我妈妈总是在离监狱几个街区的那家超市购物的，因为她不想带着一大包东西上公共汽车。

处长：那我们所有的东西在这儿供应处买不是更方便吗？买了东西就在这儿包装。

罪犯：不行，这样会引起怀疑的，请别这样做。还是请你们在街道这边的超市上买吧。

处长：那请等一会儿吧……喂，喂……古铁雷斯，请上这儿来一下……到我办公室来。

罪犯：我妈妈来看我时总是将食品放在一只硬纸盒里，盒内还有一层包装纸。请超市也用这个办法包装起来，便于携带。

处长：同意……可以，请进。听着，古铁雷斯，请您根据我即将给您的单子去采购食品，并将所购食品包装好。食品单子由这位罪犯交给您吧，全部采购工作必须在……比如说，必须在半小时内完成。请您取一张支票，然后和士官一起根据这位罪犯给的食品清单进行采购。莫利纳，请您口授您认为您母亲会带来的食品名称。

罪犯：向您口授？

处长：对，向我口授。快一点儿，我还有事呢。

罪犯：……奶油蛋糕，要大盒的……最好买两盒；新鲜桃子，两只烧鸡，当然不能是冷的；一大包白糖；两盒茶叶，一盒红茶，一盒母菊花茶；还有奶粉、炼乳、洗衣皂……来半箱，不，来一箱，要拉迪卡尔牌的，再来四块洗脸皂，是帕尔莫利维牌的……还要什么呢？……对了，来一大瓶卤汁鱼。再让我想想吧，因为我头脑一片空白……

第二部分

第九章

“你瞧我拿来了什么!!!”

“啊！……你妈妈来了……”

“是啊!”

“这太好了……这么说她身体好了。”

“是的，好一点儿了……你瞧她给我送来了这么多东西。对不起，应该说给我们送来了这么多东西。”

“谢谢了。不过，这都是给你的，别开玩笑了，老兄。”

“别这么说了，讨厌鬼。今天这儿要开始新生活了，床单都快干了，你摸摸……这些全是吃的东西。你瞧，这是两只烧鸡，两只，你怎么说，两只鸡都是给你的，不会把你给吃坏的。你会发现，吃了很快会康复的。”

“我绝对不同意这样做。”

“你就看在我的面上，吃了吧。我宁可不吃烧鸡，这样，就可以不闻到猪圈一样的气味了……不开玩笑了，跟你说正经的，这样你就用不到吃这儿的乱七八糟的东西了。你很快会好起来的。你至少得试上两天。”

“你是这样认为的？……”

“当然啦，老弟。等你好了后……快闭上眼睛，瓦伦丁，你猜猜，这是什么，快说。”

“谁知道呢……我说不上来……”

“别张开眼睛。等一下，我让你摸一摸，不知能不能摸出来。来……你摸一摸吧。”

“是两只盒子……还挺沉的。我认输了。”

“张开眼睛！”

“是奶油蛋糕！”

“不过，这得等一些时候你才能吃，要等你好了后。这蛋糕是我们俩分着吃……我冒着风险将床单晾在外面晒，也没有看着……倒没有让人偷走，你怎么说呢？都快干了，今天夜里我俩睡觉有床单了。”

“你真能干。”

“不多说了，一会儿我将床单铺好后……我就替自己煮点母菊花茶。我神经紧张死了，得定定神。你就吃条鸡腿吧。或者不吃也行，因为现在还只有五点……还是跟我一起喝杯茶吧，再吃几片饼干，我这儿有。是快车牌饼干，特别好消化，我小时候生病就给我吃这种饼干。那时候还没有克里奥依塔斯牌饼干。”

“请你给我吃一片，好吗？”

“行，给你一片，再吃点糖果什么的。这可是橘子糖！幸好给我送来的食品全是很容易消化的，因此，除了奶油蛋糕外，你都能吃。我只要点上煤油炉，很快就成了，你就等着吮手指头吧。”

“那么鸡腿呢？你不想给我了吗？”

“不行，你要注意，饮食得有个度，对吗？最好还是过一会儿再给你吃吧。这样，等他们送晚餐来时，你就不想吃了。这些天来，不管送来的饭菜多叫人恶心，你都给吃了。”

“你不知道，闹了一阵子肚子痛后，我的胃空得很，老是觉得饿得慌。”

“你听我说，看看我们能不能达成一致。我希望你吃鸡，不是一只，是两只，条件是你不能吃监狱里的东西，它对你有害处。你同意了吗？”

“同意。那你呢？你光看着我吃不馋吗？”

“我不馋，因为我不想吃冷食，真的。”

“对，喝下去挺舒服的。早一点喝母菊花茶倒是个好主意。”

"它可以镇定你的神经，是不是？对我也是如此。"

"烧鸡味道好得很，莫利纳。估计还可以吃两天。"

"好啊。现在你好好睡一觉，就会好利索了。"

"我不困。你睡吧，不用为我操心。"

"你不要去想那些乱七八糟的事情，这样，吃了东西会不消化的。"

"你困吗？"

"有点儿吧。"

"除了吃饱喝足，好像还缺少点什么。"

"可以这么说吧，这儿我是堕落分子，你不是。"

"别开玩笑了。也许还差一部电影，就差这个了。"

"哦……"

"像金钱豹女人这一类电影，你难道一部也记不得了？这部电影我最喜欢。"

"噢，像这样荒诞的电影，我还记得好多部呢。"

"那你跟我说说，你还记得哪几部？"

"行……有《狼人德拉库拉》……"

"还有哪一些？"

"《索比[1]女人的回归》……"

[1] 索比（zombi），也可译为"还魂尸"，是伏都教中特有的现象，西方影视作品中"丧尸"的前身。

“就讲这一部！这部电影我从未看过。”

“哎呀…… 是怎么开的头……”

“是美国片吗？”

“是的，我是在很久很久以前看的。”

“那你就开始讲吧。”

“让我集中注意力想一想。”

“我什么时候能品尝一下奶油蛋糕？”

“至少得等到明天，早了可不行。”

“现在让我吃一小勺行吗？”

“不行。我还是给你讲电影吧……怎么开始的呢？……噢，我想起来了，是这样开的头：纽约有一位姑娘乘船去加勒比海的一个岛屿，她的未婚夫在那儿等她去完婚。姑娘人品端正，对未来满怀憧憬。一路上她和船长无话不谈。船长是个善良的年轻小伙子。他注视着黑色的海水，因为这是在夜间，又看了看姑娘，仿佛在说：‘这女孩子还不知等待着她的是什么样的命运呢。’但他口中什么也不说。就这样船驶近了海岛。岛上鼓声震耳，是当地人在打鼓。姑娘听得入了神。这时，船长对她说，千万不能让这鼓声给蒙骗了，有时鼓声传递的是对死亡的宣判。心脏停止了跳动。一个有病的老太太，心脏里灌满黑色的海水，淹死了。”

“警方的巡逻队，藏身地，催泪瓦斯，门开了，机枪口，令人窒息的黑血涌到口腔。请接着讲吧，你为什么不讲了？”

“好，我讲。姑娘和她的未婚夫相遇，和他结了婚，因为他有权势。我们知道，他们在纽约相识只有数天。他是个鳏夫，也是个美国佬。船抛锚靠岸，她上了海岛，这一切都十分顺利。她未婚夫早准备了插满鲜花的马车，带着自己的随从在岸边等候她了。那些马车都是由公驴拉的，有几辆车上坐着乐师，演奏着非常柔和悦耳的曲调。演奏的乐器看起来像是一块块用木条拼起来的桌面，乐师们用小木棒在上面敲打。唉，我不知道这是什么乐曲，但它相当扣人心弦。乐器演奏出的每个音符犹如肥皂泡一个接一个地破裂时发出的声音那样清脆悦耳。幸好刚才听到的鼓声不再听到了，这是不祥之兆。未婚夫妇来到家里。家离小城相当远，是在四周都是棕榈树的旷野里。这座岛秀丽无比，座座高度不大的小山上种满了香蕉树。年轻的未婚夫是个性格非常开朗的人，但看起来好像心里有事，脸上笑得不太自然，性格显得比较软弱。这儿有一个细节，它给你提供一点线索，知道这年轻人总有点儿什么问题，因为他做的第一件事是将自己的未婚妻介绍给家里的管家。管家已五十开外，却是个法国人。就在这个时候，他请年轻的主人在几张单据上签字，这是利用送未婚妻来岛的那条船将香蕉运出去的单据。年轻的主人请他将这件事往后拖一拖，但管家一定要他立刻签字。主人厌恶地瞪了他一眼。他在单据上签字时，可以看出，手抖得很厉害，手腕没有什么劲儿。天还没有黑，坐在插满鲜花的马车上回来的那些随从此时都静候在花园里，等待新郎新娘出来向他们贺喜。人们送来了各种果汁，在甘蔗园里干活的黑人农工们还派代表送来一小桶朗姆酒，作为对主人的馈赠。管家见到这几个黑人代表后，勃然大怒，立即从身边拿起一把斧头，只几下便将木桶劈开，朗姆酒流了满地。”

“求求你，千万不要对我讲食品和饮料。”

“请你不要这么敏感嘛，小傻瓜。接着讲吧。新娘对新郎瞥了一眼，好像是在询问他，这令人讨厌的管家为什么要歇斯底里大发作。但这时新郎却对管家做了一个手势，意思是说，他做得对。紧接着他便举起装满果汁的杯子，为在场的所有岛上的居民干杯，并说第二天他和未婚妻就要正式结婚，因为他们就要去岛上的户籍登记处签字登记了。但是，这天夜里新娘得独守空房，因为新郎要离家远行，去很远的香蕉园。那一处香蕉种植园离家很远，他要去那儿看看农工们，问候他们，免得他们有怨言。这天夜里，月色十分迷人，在这个家庭的美丽的花园里，长着几棵高大挺拔的热带树木，在如洗的月光下，显得空前的幽静而神奇。姑娘身穿白色棉缎衬衫，外面罩着一件同样是白色但却透明的便装。她想在家里的各个房间转一转，看看大客厅，又去看看餐厅。她两次看到放着未婚夫照片的镜框，照片放在镜框的一边，另一边却空着，因为有人将照片取走了，一定是他已经去世的第一个妻子的相片。她继续在家里走着，走进一间卧室，看样子是女人住的，因为在床头柜和五斗橱上都铺着镶花边的台布。她拉开了五斗橱的抽屉，想看看里面有没有相片。一无所获，但她发现衣柜内仍挂着未婚夫第一个妻子的全部服装，衣料非常精美，全是进口货。这时，新娘听到有什么动静，发现窗外过去一个黑影。她大吃一惊，走进月光皎洁的花园，见到从水池内跳出一只小青蛙，心想刚才准是这青蛙发出的响声，而那黑影一定是棕榈树在夜风吹拂下摇晃的结果。她朝花园里面走去，因为她觉得房子里太热。这当儿她又听到了刚才的声音，像是人的脚步声。她回过头去，想看个究竟，却突然有几片乌云挡住了月光，花园内变得漆黑一团。与此同时，在很远很远的地方……响起了鼓声。脚步声又听见了，而且，非常清楚，是越来越近的脚步声，但非常非常缓慢。新娘害怕得浑身直打哆嗦，见到有一个黑影走进了房子，是从她刚才出来时打开的那扇门进去的。可怜的姑娘此时进退两难，是继续留在外边伸手不见五指的花园里呢，还是走进房子里，不知怎样才会减少一点恐惧。她决定走近房子，从一个窗口偷偷地朝里看，想看清是谁走进了房子。她从一个窗口往里看，一无所见；又走近另一个窗口，它正好是未婚夫已故妻子卧室的那扇窗户。房间内黑洞洞的看不见什么，只看见一个黑影在房内悄然走动。这人身影高大，走起路来一只手向前伸，抚摸着房间内的几件物品。那只上面铺着镶花边的台布的五斗橱就放在靠窗的地方，上面放着一把漂亮的梳子，梳子的柄是银质的，还抛过光；还有一面把手用银子做的镜子。由于黑影离窗很近，她看清抚摸室内物品的那只手非常消瘦，苍白得像死人的手一样。新娘惊得像石头一样，一动也不动。女尸在行走，背叛的梦游症患者，她在说梦话，把什么都说出来了，患传染病的病人听到了，他没有碰她，太叫人恶心了，女尸的肉体是白色的，但新娘又见到那黑影走出卧室，不知朝房子的什么地方走了。没有过多久，又听到从院子里传来的脚步声。新娘弯下身躯，躲藏在爬在墙上的一些攀缘植物里。这时，乌云很快消散，月亮又露出了它的圆脸蛋，照亮了庭院。她见到自己面前出现一个个子很高的女人，吓个半死。这女人站在眼前，脸苍白得像死人，金黄色的头发乱蓬蓬的，一直拖到腰部，身上穿着一件黑色长袍。新娘想高喊救命，却又叫不出声来，只好慢慢地朝身后退去，两条腿已软得快不听使唤了。站立在新娘面前的这个女人目不转睛地注视着她，但同时又仿佛不在瞧着她，因为她的目光茫然若失，宛如疯子的眼神。她伸展着两条膀子，试图触及新娘，但往前挪动得异常缓慢，好像十分虚弱。新娘一步一步朝后退却，却没有发现自己身后有一排长得十分茂密的树木，她已后退无路了。等到她回头一看，发现自己已没有退路，便声嘶力竭地大吼一声，但那女人仍然缓慢地朝前挪动，两臂还是伸展着。新娘因过于惊恐，晕倒在地。这时，有个女人挡住了这奇怪女人的去路。原来那个和蔼可亲的女黑人来了。或许我刚才忘了对你讲这女黑人的情况了吧？一个年迈的、善良的黑人护士，是值日班的护士，到了夜里便将那重病人交付给新来的白人护士照看，让她一个人处于被传染的危险境地。"

"是的，你没有提起过她。"

"是这样的。她是个管家，心地非常善良，身躯肥胖，头发全都白了。打从新娘到来的时候起，女管家便对她非常好。新娘从昏厥中醒来后，女黑人便将她扶到自己的床上，还告诉她，刚才的这一番经历只是一场噩梦而已。新娘不知自己该不该相信女管家的话，但见到她这么善良，心里也就宽松了不少。女黑人给她端来一杯茶，让她平静下来，睡一觉。这茶是母菊花茶吧，我已记不清了。次日，新郎新娘要正式结婚，他们要去拜见村长，还要签署几个文件。为此，新娘正在梳妆打扮。她的服装做工非常简单，但女黑人给她梳的那个头却非常漂亮，一条辫子一样的东西往上盘着——我怎么对你说呢，反正那个时候在某种场合女人喜欢将发髻梳得高高的，显得异常典雅。”

“我又不舒服了，头又晕起来啦。”

“真的？”

“真的。这是一种预兆，和往常一样。”

“可是，给你吃的食物不会有害的。”

“你疯了吗？我怎么会归罪于你给我吃的东西呢？”

“你真太紧张了……”

“问题不在于你的食品，是我自己的身体不行，准是得了什么病了。”

“别这么想，这样对你更糟糕。”*

---

* 作为性压制这一概念的一种变体，弗洛伊德引进了“升华”这一术语。所谓“升华”是指宣泄不正当的力比多冲动的脑力活动。任何一种活动——艺术的、体育方面和生产劳动方面的——都是实现升华的渠道，通过这些渠道，可以消耗掉从我们社会的标准看是多余的性的能量。弗洛伊德对性压制和升华做了根本性的区别，认为后者是健康的行为，因为它对维持文明社会来说是必需的。

这一立场遭到了《生死相对立》的作者诺尔曼·O.布朗的攻击，他相反地赞成回到被弗洛伊德发现的婴儿时期的性的“无节制的多面冲动”

“我已无法集中注意力听你讲了。”

“真的这样，那就请你想想别的事情，因为吃下去的东西是好的。准是你自己有点儿多心了。”

“请你再给我讲点儿吧，看看能不能让头晕好一点儿。我还觉得身体很虚弱，肚子一吃就饱，不知是怎么一回事……”

（接上页注）的状态，这就是说，要全面取消性压制。弗洛伊德用来维护其部分压制论的理由之一是需要控制人类具有破坏性的冲动，但无论是布朗还是马尔库塞都驳斥了这种理由。他们认为，倘若早先存在的力比多的冲动找到了发泄的方法，或者说，得到了满足，那么，那种具有攻击性的冲动就不复存在了。

布朗也受到了批评，因为他提出，人类如果缺少自我节制，也就是性压制，便不能组织任何形式的持久的活动。就在这个时候，马尔库塞也提出了“过分压制论”。这是指统治阶级为了维护其权力而制造的性压制，尽管这种压制对维持能满足其全体成员人性方面的需要的有组织的社会来说并非必需的。因此，与弗洛伊德相比，假如马尔库塞的看法有所前进的话，主要表现在前者允许某种类型的压制，以维护现代社会，而马尔库塞则认为，基于关注人类原始性冲动的进化的社会变革才是根本的。

这也许就是一些新的精神病学流派的代表人物对正统的弗洛伊德精神分析家进行批评的基础。批评者认为，弗洛伊德精神分析家似乎竭力让患者忍受个人的矛盾——七十年代这样做显然不受限制——以适应自己所处的社会的压制，而不是让他们感到有必要改变这种社会。

在《单向度的人》一书中，马尔库塞认为，性的本能原本不受主体和客体时间和空间的限制，因为从本性上看，性是“无节制的、多面的冲动”。他甚至还走得更远，不仅将我们完全集中于生殖器性交作为“过分压制论”的例子，而且是将性生活中对嗅觉和味觉的压制的现象也看成是“过分压制论”的实例。

在上面提到过的坦尼特·奥特曼的那本书中，他对马尔库塞的种种说法表示同意，同时还说，性的解放不仅要取消性的限制，而且要为实现这种愿望提供实际的可能性。另外，他还说，直到最近我们才发现，

“是这样的，你身体很虚，但我看你肚子太饿，吃东西狼吞虎咽的，几乎连嚼也不嚼就吞进肚里了。”

“我一醒来，便想这个问题。这对我的身体可能不利。我能看书学习时，没有这样的情况。这个问题我难

（接上页注）许多认为是正常和本能的东西，尤其是在家庭结构和两性关系方面，实际上恰恰相反是学来的，因此，许多迄今还被认为是很自然的东西，包括性领域之外的竞争姿态和攻击性的态度等，都应该将它们忘掉。在这个意义上，凯特·米勒作为女性解放理论家在她的《性政治》一书中说，性革命的目的就是要取得真正的性自由，这种自由不为传统的性联盟——或者是夫妻关系——的具有剥削性的经济基础所腐蚀。

此外，马尔库塞还不仅主张力比多的自由释放，而且也主张它的转化，或者说，主张由性的限制转变到性的至高无上，转变到整个人性的情欲化。他的意思就是不光是让力比多爆裂出来，而且要扩散，扩散到人类活动——个人的和社会的，例如生产劳动方面的——的另外一些领域。马尔库塞补充说，公民的整个道德力量被动员起来，反对使用躯体作为纯粹取乐的对象、手段和工具，因为这样做被认为是一种禁忌，这种令人蔑视的特权只有妓女、腐化堕落的人和邪恶的人才拥有。

《性与文化》一书的作者 J.C. 乌文没有采取这种立场。他研究了八十个未开化的群居体的那些正常的夫妻关系后，似乎支持了一种非常普遍的说法，即性自由会导致社会的没落。因为根据正统的精神分析学说，如果一个人没有患上神经机能病，那么，进行性的强制性的克制有助他将自己的精力用在对社会有益的途径上。乌文在做了大量研究之后，得出如下结论：一个有组织的社会早期基础的建立，其随后的发展和对邻国土地的兼并，换言之，任何一个蓬勃发展的社会的历史特征只能是在实行性压制的那个时候开始确立。同时，可以看到，凡是那些允许自由的——非婚的、夫妻关系之外的和同性恋的——两性关系的社会都是处于不发达的几乎是兽性的阶段。但是乌文同时又说，那些严格地实行一夫一妻制，对性进行强烈压制的社会也不会存在很久。即使能部分地做到这一点，也是妇女在物质和道德方面做了屈从。因而，乌文说，在最低限度地满足性的需要引起的像自杀一般痛苦的情景和它的另一极端——无节制地纵欲而引起的社会混乱之间，应该找到对这个严重的问题进行合理解决的途径。或者说，应该取消马尔库塞说的“过分的性压制”。

以从头脑中摆脱。”

“什么问题？”

“我不能给我的女友写回信……对玛尔塔可以写。也许给她写信对我有好处，但我又不知对她写些什么，因为给她写信不好。既然这样，干吗要写呢？”

“我继续往下讲，好吗？”

“好的，请讲吧。”

“行。我们讲到哪儿了？”

“讲到在对新娘进行梳妆打扮了。”

“噢，对了，女黑人给她梳了一个头……”

“停一下，我已经知道了。跟我讲这个干什么？用不到对我详细地讲述实际上无关紧要的事。胡乱地涂着颜色的大面具，被狠狠地打了一拳，大面具是玻璃制的，被打得粉碎，拳头没有受伤，是男人的拳头。”

“背叛的梦游症患者和白人护士，传染病患者在暗处目不转睛地瞧着她们。为什么不用讲？你别说话，让我来说，我知道该对你讲些什么。我从女黑人给她梳了一个高高的发髻开始。你听好，这点很要紧，因为当时女人梳这样的头，或者说，那时候的女人梳这样的头，她们的目的是真的想给人这样的印象，这对她们来说是重要的时刻，或者有重要的约会，因为高梳的发髻露出了脖颈后面的那一部分，将所有的头发全往上梳，使女人的脸更显高雅。女黑人用她往上梳的头发打了一个辫子，然后在头发上插上当地的各种鲜花。当她坐着敞篷马车——尽管这事发生在当代，但人们还是爱坐由两只公驴拉的这种漂亮的小马车——来到街上时，全城的人对她报以微笑，而她也觉得自己正在走向幸福……你觉得好点儿了吗？”

“好像好一点了。请你往下讲吧。”

“她与女黑人同车偕行。在殖民时期风格的市政厅的大门前，未婚夫在迎接她。接着的场面是在暮色苍茫的夜晚，她倚身在一张吊床上，电影里出现了两个很漂亮的脑袋的近镜头。未婚夫弯下身子去吻她，圆圆的月亮透过门前的棕榈树照亮了整个场景。唉，我又忘了一个重要的细节。他们俩情意绵绵，畅叙衷肠，彼此深感满意。但我忘了告诉你，在女黑人给她梳头的时候，新娘……”

“又是高高的发髻吧？”

“你实在是太紧张了！如果不吃点什么药，你是平静不下来了。”

“对不起，往下讲吧。”

“好的。新娘向女黑人提了不少问题。比如，她问女黑人未婚夫那天夜里在什么地方过的夜。女黑人竭力掩饰内心的惊恐，对她说，他去看望在香蕉园里干活的那些农工了。他得去离家非常远的种植园。在那儿干活的农工大多信仰……伏都教[1]。新娘知道，这是黑人的宗教。她对女黑人说，自己非常想去那儿看看，看看某些仪式，因为这肯定十分壮观，色彩艳丽，还有音乐。但女黑人这时脸露惊色，对新娘说，这不行，她应该远远地离开这一切，因为这是一种有时会出现血淋淋场面的宗教，她绝对不能走近。还因为……说到这儿，女黑人便戛然而止。新娘问她，为什么闭口不言。女黑人说，这儿有一个神话，不一定真实可信，但连她也感到恐惧。这是有关索比的神话。索比？这是什么东西，新娘问道。女黑人对她做了一个手势，叫她不要大声地说这个词，只能非常低声地说。接着，女黑人对她解释说，索比是巫师趁死人尸体还未冷却前让他们还了阳的死人。这些死人也是巫师们用他们准备好的毒药杀死的。那些活着的死人已经丧失了自己的意志，服从巫师给他们发出的所有指令。巫师们便利用他们干自己想干的任何事情，让他们干体力活儿。这些可怜的活着的死人，也就是所谓索比吧，唯巫师们的意志是从。女黑人又说，许多年前，在那儿的几处种植园里，有几个可

[1] 伏都教，又译为“巫毒教”，起源于非洲西部，后流行于西印度群岛和美国南部地区。

怜的农工因主人给的工资太少，便起来叛乱。种植园主便与岛上的主巫师达成协议，由主巫师将那几名农工杀死，再将他们变成索比。农工们死后，成了索比，巫师让他们干活儿，替主人收摘香蕉，但得让他们在夜间干活，免得让别的农工看见。索比们只是一个劲儿地干活儿，却从不讲话，因为他们不会说话，也不会思考，但却知道自己在受苦受难，因为在月光照耀下，人们见他们干活时，热泪盈眶。不过，他们不会抱怨，原因就是他们不会说话，也没有自己的意志。他们唯一的能耐就是顺从和知道自己在受罪。说到这儿，新娘突然想起她做过的那个梦——她认为这是发生在前一天夜里——便问女黑人，是不是有索比女人。女黑人没有说真话，只是含糊其词地说，没有索比女人，因为女人没有力气干田野里的粗活，所以，她认为不会有索比女人。新娘又问，她未婚夫是不是害怕索比之类的事情。女黑人回答说，他不害怕，但为了和农工们和睦相处，他觉得有必要亲自去见巫师，请他们宽恕索比们。她们之间的谈话就到此为止。接下去就像我对你讲过的那样，新郎新娘在洞房之夜，非常幸福地在一起。人们第一次见到新郎的眼中流露出平静的目光。这时，只听到花园内唧唧的虫鸣声和喷泉潺潺的流水声。不久，便见到他们俩在床上睡着了，但有一种响声将他们吵醒，他们听得越来越清楚，声音也越来越响，咚，咚，咚，声音来自远方。新娘感到一股寒气袭击全身，打起哆嗦来。你觉得好点儿了吗？护士们上夜班，体温和脉搏正常，白帽子，白袜子，对病人道了晚安。”

“好一点儿了……可我就集中不起注意力听你讲。漫漫长夜，寒冷的夜晚，漫长的思绪，寒冷的思索，尖尖的碎玻璃。”

“那我就不往下讲了。严厉的护士，上了浆的高耸的帽子，脸上露出带讥讽的微笑。”

“那不行，真的。你如能让我分分心，我就会好起来。请往下讲吧。漫漫长夜，冰冻的夜晚，潮湿的绿墙，遭到霉菌腐蚀的墙壁，受伤的拳头。”

“行。那么……我刚才讲到哪儿了？讲到从远处传来了鼓声。新郎的神情也发生了变化，心情不平静，无法入睡，便从床上起身。新娘一声不吭，她为了显出自己很稳重，一动不动地躺着，装作自己还熟睡的样子，但耳朵听得十分清楚，听到衣柜的门被打开发出的吱吱声，随后，又什么也听不到了。她不敢从床上起来看个究竟，而他呢，却过了好久好久才回到房里。于是，她从床上起来，见到他倒在一张单人沙发上，早已喝得酩酊大醉。她看了一眼房间内的陈设，见一只写字台的小抽屉被打开了，这只抽屉也就只能放下一只酒瓶。那是一只空了的白兰地酒瓶，新郎身边还有一只酒瓶，酒已喝了一半。新娘想，他是从哪儿弄来的酒呢，因为在家里没有饮料。她又发现，在抽屉里的那只酒瓶下面还放着一些东西，那是信件和照片。她花了很大的力气才将他扶进卧室，让他躺下，自己也躺在他身边，目的是使他得到安慰，她是爱他的，他不是孤立无援的。他感激地看了她一眼，便又沉沉睡去。她也想让自己入睡，但睡不着，因为她和以前一样异常兴奋。可是，见丈夫喝得如此烂醉，却又不免深深忧虑。她终于明白，管家那天将盛朗姆酒的酒桶劈开，这样做是对的。她一跃从床上起来，走到那写字台的小抽屉边翻看相片，因为她怀着极大的好奇心，想看看他第一位妻子的相片。可是，走到写字台边，她发现抽屉已推进去，还上了锁。是谁这么干的呢？她朝四周看了一眼，见房内一片漆黑，万籁俱寂，只有远处的鼓还咚咚地响个不停。她过去关上窗门，不想再听到鼓声，正好在这个时候，鼓声停止了，仿佛敲鼓的人在几公里之遥能见到她一样。翌日，丈夫像是完全忘记了昨夜之事，脸带甜蜜的微笑，唤醒她起来用早餐。还对她说，要带她沿着海岛走一圈。她也受到他欢乐心情的感染，坐在一辆漂亮的敞篷汽车内，领略热带地区的风光。这时，银幕边响起了欢快的音乐，他们走马看花般观赏几处风光如画的海滩。接下去出现了一个非常色情的场面，因为他们已走过几座漂亮的棕榈树林，观赏过几块突出在海边的巨石，天气酷热，她很想下海去洗澡，但又忘了带游泳衣。他对她说，她可以一丝不挂地洗海水澡。他们俩便停下车，新娘躲在几块巨石后脱光衣服，人们从非常远的地方见到她裸露着身躯奔向大海。接着，人们又见到他们俩躺卧在沙滩上，头上是棕榈树林。她用他的衬衫当围裙盖住自己的下身，他只穿着裤子，光着双脚，不知从什么地方走过来的，穿的衣服就像影片中见到的那样。这时，响起了歌声，银幕上出现的歌词大概是这样的：人们应该善于赢得爱情，走过一条充满险阻的黑暗小径，爱情等待着所有为赢得它而奋斗到底的人。这时，我们看到夫妇俩再次感到十分幸福，忘掉了一切。傍晚，他们往回走着，爬上路边的一座小山丘。登高远望，夕阳照得天边火红火红的，在离他们不远的地方有一座殖民时代式样的房子，虽已十分陈旧，却还相当漂亮，充满神秘色彩，因为房屋的四周都是树林，将它严严实实地遮盖起来。妻子说，下次来时，她很想到这座房子前看看，还问，这座房子为什么会这样，好像没有人居住的样子。丈夫听了，显得十分紧张，没好气地对她说，千万千万不能走近那座房子，原因他没有讲，只说改日告诉她为什么不能去。值夜班的护士没有经验，值夜班的护士是个梦游症患者，她睡着了，还是醒着？夜班的时间很长，她只是一个人值班，不知向谁请求帮助。你为什么一声不吭？也不谈点自己的看法……”

“因为我心烦。你往下讲吧，这样可以让我分分心，对我有好处。”

“请等一下，我不知怎么往下讲了。”

“我真不明白你为什么会将这么多的情节一股脑儿全记在心里。空空的大脑，玻璃头颅，里面装满了圣徒和妓女的图像，有人将这可怜的玻璃头颅朝肮脏的墙上扔过去，玻璃头颅打碎了，所有的图像都落到了地上。”

“尽管这次出游非常有意思，但妻子再次感到十分担忧，因为她发现丈夫在遇到那幢看起来已遭舍弃的房子的问题时显得神情十分紧张。他们回家后，丈夫就去淋浴，妻子想伺机偷偷地在他的衣袋里寻找钥匙，再去前一天夜里想看的抽屉里看看。她过去摸了摸他的裤子口袋，找到了钥匙环，快步走到抽屉边。钥匙环内只有一把小钥匙，她用它一试，果然将抽屉打开了。抽屉内有满满一瓶白兰地酒。是谁将它放在那儿的呢？因为从前一天晚上起，她一刻也没有离开过丈夫，不可能是他放的。如果是他，她一定会看见的。那只酒瓶下面是一大叠信件，都是情书，有的是他写的，有的是他第一个妻子写的。书信的下面是相片，有他的，也有另一个女人的。那女人就是他第一个妻子吗？新娘好像认识她，仿佛在什么地方见到过她。真的，她肯定在什么地方见到过这张脸，在某一个地方。在什么地方呢？从照片上看，她是个很有意思的人，是个身材非常非常修长的女人，金黄色的头发披到肩部。新娘继续看着相片，又见到了一张头像，只有脸部，相当大，目光明亮，但眼神却有点儿茫然……新娘终于想起来了！原来她就是自己在噩梦中见到的那个女人，她的脸像个疯婆，从头到脚都穿着黑衣，一直跟踪着自己……这时，新娘发现自己已听不到浴室淋浴器的滴水声了。自己将东西弄得乱七八糟的，丈夫见了准会知道这是怎么回事了。于是，她设法尽快将一切都整理好，将酒瓶重又放在书信和照片的上面，锁上抽屉，回到卧室，见丈夫已裹着一块大浴巾坐在那儿，脸上露出微笑。她一时不知所措，不知怎样使他高兴些，以分散他的注意力，只是说，帮他擦干身体。*这可怜的护士，运气不佳，让她护理病情最重的病人，她却不知怎么办才能使病人当晚不死去，病人不死，或许会要她的命，她会受到传染，这种危险性比任何时候都大。*因为这时丈夫已经开始穿衣服了。但令她害怕的是她手上还拿着钥匙环，他一定会发现的。她一面拿毛巾给他擦背，一面瞧着他丢在沙发上的裤子，却不知怎样才能将钥匙环塞进他的裤袋里。她突然有了主意。她对丈夫说，她很想替他梳头。他同意了，但梳子丢在浴室里，请她上那儿去拿来。她说，让她这么做就太缺乏绅士风度了。于是，他自己去拿梳子。她便利用这个时机，将钥匙环塞进他的裤袋里。这时，正好他从浴室里回来，她便给他梳头，还给他按摩脱得光光的脊梁。这可怜的新娘这时才松了一口气。几天过去了，新娘发现，丈夫半夜就起床，因为他再也睡不着了，这段时间里她总是装作熟睡的样子，因为她怕和他点明这个问题。清晨她起来后，便将他扶到床上，因为他每次总是喝得烂醉如泥，倒在单人沙发上。她看看酒瓶，每次都是新换上的，满满的一瓶酒。是谁将酒放在抽屉里的呢？新娘一句话也不敢问他。他每晚从种植园里回来，见到她在绣花等候他，便心里十分愉快。但每天半夜三更他们都会听到鼓声。这鼓声对他来说，必有某种含意，因为他听到鼓声后，便难以入眠，只好猛饮烂醉。当然，随着时间的推移，新娘已越来越平静了。终于有一天，丈夫不在家，她想找管家谈谈，想从他口中了解一点秘密，弄清她丈夫有时为什么会这么紧张。管家只是无可奈何地叹了一口气，说他与农工有许多问题需要解决，诸如此类地说上几句，其实等于什么也没有对她说。接下去发生的情况是这样的：一天，丈夫对妻子说，他要和管家去种植园，一去就要一整天，这种植园离家最远，要到第二天才能回来。她听了，便决定单独去那座被遗弃的房子，她以为去那里肯定可以了解到什么情况。下午五点钟左右，喝完茶后，太阳已不怎么灼人了，丈夫便和总管一起出门去种植园。没有过多久，妻子也走出门去，一边走一边打听去那座遭遗弃的房子的路。她迷了路，天色不早了，夜幕已快拉开，她好容易才到了上次她和丈夫站在上面见到那座房子的小山丘。她一时委决不下，是回家，还是继续往前走。好奇心终于占了优势，她一直走到了那座房子的附近。她见到屋内点燃着灯光，这对她是个鼓舞。走近房子细看，才发现它确实被野生树木遮挡得严严实实。周围人声全无，从窗口往内望去，只见一张桌子上点着一支蜡烛。新娘鼓起勇气，推开门朝里一看，只见房子的一角是伏都神的祭坛，上面点着许多蜡烛。她走进房子，想看看祭坛上有些什么。走近一看，发现祭坛上有个用布扎成的黑头发女人，胸口插着一根别针，而这个布扎女人穿的服装和她自己在婚礼上穿的衣服完全相同！这一惊非同小可，她几乎晕厥了过去。她迅即转身从原来进去的那扇门跑到门外……在门外她见到了什么呢？……那是个身材十分高大的黑人，两只眼睛的眼珠子仿佛要从眼眶内掉出来似的，全身上下只穿一条破旧不堪的裤子，瞧他的眼神完全是个疯子的模样。他瞧着她，挡住她的去路。这时，可怜的姑娘做出的唯一反应是丧魂落魄般大叫一声。这黑人就是所谓的索比，是个还阳的死人。他伸展着两只手臂，就像那天夜里她在花园里见到的那个女人那样，一步一步向她走过来。姑娘又惊叫了一声，跑到另一间房子里，锁上了房门。这间房子几乎漆黑一团，只有一扇窗门，窗外长满了灌木，只透进一丝黄昏时的微光。房间内有一张床，姑娘逐渐适应在暗处看清事物了。她浑身颤抖不止，由于害怕，哭得气也喘不过来。这时，她蓦然见到床上……有什么东西在动……啊，原来是……上次见到过的那个女人！她脸色苍白，头发蓬乱，长发一直拖到腰际，身上还是裹着那件黑色长袍。她从床上起来，盯视着姑娘，朝她走过来！房间的门已关上了，她已无路可逃……姑娘这时已吓得半死，连呼救声也叫不出来了。就在这时，从窗外有人发出指令，叫索比女人回转身，重又躺在床上……原来是那个善良的女黑人来了。她对姑娘说，不要害怕，她会走进房间来保护她的。姑娘打开房门，女黑人进来拥抱她，让她平静下来。在女黑人的身后，就在门框边，站着那个身材高大的黑人。他对女黑人俯首帖耳，百依百顺。女黑人对他说，他应该很好地照看这姑娘，不应该伤害她。索比黑人听从她的命令，还有那个索比女人——就是那个头发乱蓬蓬的女人也听从她的命令，又躺在床上了，因为刚才女黑人命令她这样做。接着，女黑人亲切地抱住姑娘的双肩，对她说，她将让她坐在一辆驴拉的车子陪送她回家。一路上女黑人对姑娘讲述了事情的来龙去脉，因为姑娘已知道，那个金黄色的头发一直拖到腰部的还阳女人就是……她丈夫的第一个妻子。女黑人开始叙述往事。女护士全身发抖，病人瞧着她，是求她给打吗啡，还是求她给安抚？或者是病人希望传染病是急性的，致命的？”

“玻璃头颅，整个身躯也是玻璃制的，一个用玻璃制的玩具娃娃容易被打碎，光光的寒冷的玻璃碎片在寒夜中，潮湿的夜晚，被拳头击伤的手生了坏疽。我跟你讲一件事，你会误解我吗？”

“病人从床上起来，在夜晚赤脚行走，受了寒，病情恶化。什么事，快告诉我。”

“满是圣徒和妓女图像的玻璃头颅，陈旧而发黄的图像，画在旧印刷品上的死人的脸，在我的胸口里藏着死人的图像，玻璃的锋利的图像，割破皮肤，让胸口、肺部和心脏都长了坏疽。我心里十分压抑，几乎难以听进你讲的电影故事。我觉得还是明天讲好一些，你看呢？我们这会儿还是讲点别的事儿吧。”

“很好。你希望我们讲点儿什么呢？”

“我倒霉死了……这你是想不到的。而且，心里乱得很……那时都快……现在头脑好像清醒点儿了。我是在考虑那天对你讲的我女朋友的事，我非常为她担忧，因为她处境十分危险……不过，我想了解她的情况，心里想见到的这个女人并不是她；我想抚摸和拥抱的这个女人也不是她。我想她想得心痛，想得全身都疼，非常想她在自己身边，因为我认为只有玛尔塔才能使自己新生，因为我觉得自己已经死了，我向你起誓。我的印象是只有她才能使我新生。”

“说下去，我在听着。”

“你一定会对我向你提出的要求感到好笑。”

“不会的，为什么会感到好笑呢？”

“如果你没有感到不方便的话，请你点燃蜡烛……我想给你口授一封给她的信，目的你已经知道了。因为我如果老是将目光朝一个地方看，就会头晕。”

“可是，你到底怎么啦？不会有别的问题吧？我是说会不会有别的病？”

“不会的，我只是身体有点儿虚。老兄，我只是想说出闷在心里的话，好轻松一点儿，因为我实在不能再这样下去了。下午我就想写了，但看到字母在我眼前飞舞。”

“当然会这样的。请等一下，我来找火柴。”

“你对我太好了。”

“灯点上了。我们先随便拿张纸来当草稿，还是怎么的？”

“好的，先写在草稿纸上，因为我还不知该对她说些什么呢。拿我的圆珠笔写吧。”

“请等一下，我还得削一下铅笔。”

“别削了，我已经说了，拿我的圆珠笔写吧。”

“好吧，可你千万别生气。”

“对不起，现在我把周围的一切都看成漆黑一团。”

“好了，你开始口授吧。”

“亲爱的……玛尔塔：收到此信你也许会感到……奇怪。我感到……很孤单，我需要你，想和你交谈，我希望……和你在一起，想请你对我……说句鼓励的话。我现在身处囚室中，不知你此时在哪儿……身体如何，在想些什么，需要些什么……无论如何，我要给你写这封信，尽管我不打算寄给你，谁知道会发生什么呢……请允许我对你说……因为我害怕……如果心里想的不发泄一下，也许会……爆炸的。如果我们有机会一起谈谈，你会理解我的……”

“‘……你会理解我的’……”

“对不起，莫利纳，我不打算将信寄给她。这句话你是怎么写的，请念给我听听。”

“‘我要给你写这封信，尽管我不打算寄给你。’”

“请你再补上一句：‘……可我还是准备寄给你。’”

“‘可我还是准备寄给你。’讲下去吧，刚才我已写到‘如果我们有机会一起谈谈，你会理解我的’。”

“……因为在这个时候我无法会见我的同志们，并和他们交谈。我身体这么虚弱，若见到他们真会感到不好意思……玛尔塔，我感到我有权利再活一些时日，有权利让他人给我那受创伤的心灵以安慰……”

“我已写好了，继续讲吧。”

“……此时我的心灵已完全破损，只有你才能理解我……因为你是在你那洁净、舒适的家庭中成长，享受生活，而我和你一样，不想成为烈士，玛尔塔。要我成为烈士我很生气，我不是个好烈士。在这个时候，我想，我是不是全盘错了……他们严刑拷打我，我没有招供……当然，我从来不知道同志们的真名实姓这一点也帮了我的忙。我将同志们的化名告诉他们，光知道化名他们还是一无所获。可是，目前我心里还有一件折磨自己的事情……它从几天前便使我难以平静……我正在要求得到公正的待遇。你瞧，我对你说的事该有多荒唐，我正在要求公道，还希望神灵保佑……因为我不应该永生永世待在这囚室里，腐烂在这里。噢，我现在明白了，我看清楚了，玛尔塔……我心里害怕，因为我身体有病……我害怕……我非常害怕自己会死去……害怕就这样了此一生，碌碌无为，因为我想，我不应该成为这样的人。我向来为人慷慨，从来不剥削他人……我斗争过，自从我能明辨是非后……便参加反对剥削我的同胞的斗争……我也反对宗教，因为它迷惑民众，不让人们参加为平等而进行的斗争……我渴望正义……神圣的正义。我祈求有一个上帝……莫利纳，'上帝'这个词请大写……"

"行。请讲下去。"

"讲到哪儿了？"

"讲到'我祈求有一个上帝'。"

"……一个能看见我、帮助我的上帝，因为我希望有朝一日能上街，而且希望快一点儿，免得自己死在这里。有时我头脑中会出现这样的念头，这辈子我永远也不会去碰一碰任何女人了。永远不会，但我又不甘心……每当我想起女人……头脑中便只浮现你的形象。只要想到在这个时候，给你写完这封信后，你会想到我，我就会轻松一些……同时，你要用手抚摸一下我仍然记忆犹新的你自己的躯体……"

"请等一下，别说得那么快。"

"……抚摸一下我仍然记忆犹新的你自己的躯体，你会想到这是我的手……这将是我极大的欣慰……我亲爱的，如果你能这样做，因为这样做犹如我亲手在抚摸你。这样，在你的身躯内有我的什么东西，就像在我的鼻子里还留有你的芳香一样……在我的手指尖上仍然留有接触你皮肤时得到的感觉……好像还回忆得起来，你懂得我的心意吗？尽管这不是懂得不懂得的问题，这是相信不相信的问题。有时，我相信，在我身上有你的什么东西……我没有失去它；有时我又不相信，觉得在这个囚室里只有我孤身一人……”

“嗯……‘……只有我孤身一人……’接着讲吧。”

“……没有留下任何痕迹。当初有幸和你一起度过幸福时光，度过那些无比舒坦的夜晚、下午和清晨，这一切现在对我却丝毫也没有用了。相反，对我反而有害……因为我想念你都快想疯了，我唯一能感觉到的是孤独的痛苦，在我鼻子里闻到的只是囚室里和从我自己身上散发出来的令人作呕的臭味……因为我无法洗澡，我身上有病，身体十分虚弱，冷水洗澡会得肺炎。在我指尖感到的是对死亡的恐惧产生的寒冷，这种寒冷已侵入我的骨髓……失去了信心该是多么可怕，这就是我所经历的事……在我内心折磨着的这件事告诉我，一切都已完结了。我仿佛处在弥留之际，这是我活在世上的最后时刻……我像一个基督徒一样说着话，宛若此生之后还有来世，实际上是不会有的，真的不会有的吧？……”

“对不起，我打断你了……”

“怎么啦？”

“你口授完了，提醒我一下，我要对你说一件事。”

“什么事？”

“我说，有件事还是可以办到的……”

“什么事，说吧。”

“你身体这么虚弱，如果用冰凉的水洗澡，会送命的。”

“可这有什么办法呢？有话快说出来吧，真见鬼！”

“我可以帮你洗澡。听我说吧，我们可以用锅子把水烧热，再用两块毛巾，用其中的一块涂上肥皂，你自己擦前身，我给你擦背部。然后，你又拿另一块毛巾沾上水擦去肥皂沫。”

“这么一来，我的身子就不痒了？”

“当然不会痒了。我们可以一块一块地擦洗，这样，你就不会受凉了。先擦脖子和耳根，然后，再洗腋下、胸部和两臂，最后擦背。这样就成了。”

“你真的帮我洗？”

“那还用问，老弟。”

“什么时候？”

“你愿意的话，现在就洗。我来烧水。”

“洗澡后，身上不痒，就可以睡个安稳觉了？”

“睡得安安稳稳，也不发痒。水一会儿就热了。”

“但这煤油是你的，得烧不少煤油呢。”

“这不要紧。我们一面烧水，一面将信写完。”

“请把信给我。”

“你要信干什么？”

“把信给我，莫利纳，我已说过了。”

“给。”

“……”

“你干什么？”

“就干这个。”

“你为什么要撕碎它？”

“我们别谈这件事吧。”

“就依你吧。”

“一个人可不能绝望啊，这样不好。”

“可是，说说心里想说的话有好处。你就对我说吧。”

“但对我没有好处，我得忍着点……”

“……”

“你听我说，你对我太好了，我真的从心底里感谢你。将来有机会我一定向你表示谢意，我向你保证……要用那么多水吗？”

“要的，要这么多水……别说傻话了，没有什么可以感谢的。”

“用那么多水……”

“……”

“莫利纳……”

“嗯？”

“你在看这炉子投在墙上的影子？”

“我常常看影子。你从来没有看过？”

“没有，我没有在意。”

“我常常看。炉子点着了，我就看影子消磨时光。”

第十章

“早上好……”

“早上好。”

“几点了？”

“十点十分。你知道吗？有时我说可怜的妈妈是十点十分，因为她走路是八字步。”

“我不信现在已十点十分了。”

“是这个时间，瓦伦丁。刚才他们开门送泡好的马黛茶时，你在床上翻了一个身，又睡着了。”

“刚才你说你母亲什么来着？”

“你瞧，你还没有睡醒呢。我没有说什么。这么说，你睡得很好了？”

“是的，我觉得好多了。”

“头不晕了？”

“不晕了……我睡觉沉得像段木头。就像现在这样坐着，我向你起誓，我没有什么不舒服，一点儿也不晕了。”

“太好了……你干吗不试着起来走走，看看怎么样？”

“不行，因为你会笑我的。”

“笑你什么？”

“我有一种感觉。”

“什么感觉？”

“一种健康人才有的感觉，就是这么一回事。早晨我醒来时，觉得全身都是劲。”

“你没有病了，这太好了……”

“你朝另一边看，我试试不知行不行……”

“好的，我闭上眼睛。”

“这得谢谢你的食物，否则，我永远也康复不了。”

“那你还头晕吗？”

“不晕了……一点也不晕了。两条腿还有点儿发软，但是，头一点儿也不晕了。”

“太好了……”

“你可以张开眼睛了，我还想在床上再躺一会儿。”

“我给你烧点水泡一杯茶。”

“不必了，只将沏好的马黛茶给我热一下就可以了。”

“你疯了吗？那马黛茶我去上厕所时已经倒掉了。你想康复，就要吃得好，喝得好。”

“不行，你瞧，喝了你的茶，又吃了你那么多东西，我实在也不好意思。不能再这样下去了，我现在已经好了。”

“别这么说。”

“我要说，真的……”

“真的什么！现在我妈妈又开始给我送东西来了。这样，吃东西就不成问题啦。”

“可我总感到受之有愧。”

“也得学会接受他人的馈赠，是不是？用不到这么推推让让的。”

“那好，谢谢。”

“你要是愿意的话，现在抓紧时间去上厕所，我给你沏茶。你先躺着，我来叫他们开门，这样你就不会受惊了。”

“谢谢。”

“等你上了厕所回来，如果你想听，我再给你讲有关索比的故事。你不想知道这故事接下去是怎么一回事？”

“想。不过，我最好先看一会儿书，我想试试自己能不能看书，因为我已经好了。”

“你认为这样行？不会累着你吧？”

“试试看吧。”

“你真是个书迷。”

“你为什么生这么大的气？”

“真没有办法，字母好像在我眼前跳舞，莫利纳。”

“我已经对你说过了。”

“不过，试一下也无妨。”

“还头晕吗？”

“不啦，只是看书时还有些头昏，我不能盯着看东西。”

“你知道这是什么原因吗？这是早晨起来后身体虚弱的缘故。因为你只喝了一点茶，没有吃早饭。这是你自己的不是了，你不吃我给你的火腿和面包。”

“你是这样认为的？”

“肯定是这样。午饭后你可以睡一会儿午觉，这样你就可以看书了。”

“你不知道我现在有多懒，我真想上床再躺一会儿。”

“这样可不行，人们说，只有站着或至少坐着才能增强体质，因为躺着会越躺越没劲。”

“给我继续讲电影故事吧，你是好人。”

“你知道吗？……我现在准备煮几个土豆，得花不少时间。”

“你打算干什么？”

“我们这儿有火腿，我再开一小罐橄榄油，等一会儿我们就吃煮土豆，上面洒点橄榄油，再加点盐，再吃点火腿，营养丰富极了。”

“那部电影正讲到女黑人准备给女主人公讲述那个索比女人——还阳女人的全部往事。”

“你真的喜欢这部电影？要说真话。”

“真的喜欢，很好玩的。”

“啊，你这个人呀！岂止好玩，这是一部了不起的巨片……不过，你总算说了真话。”

“别说这些了，快讲吧。”

“行。请等一会儿，用这玩意儿点不着炉子，现在点着了……行了，炉子点着了。讲到哪儿了？哦，对了，讲到女黑人将那姑娘送回家去，一路上对她讲述着全部往事。情况是这样的：姑娘的丈夫和他第一个妻子本来情投意合，但他心里总感到非常内疚，因为他有一件难言的隐秘：他小时曾亲眼看见一桩恐怖的罪行。他父亲是个肆无忌惮的汉子，他和为数不多的人一样，早年来到海岛，发了财。他对在他种植园里干活儿的农工们非常残忍，农工们准备进行暴动。父亲和当地的一名巫师相勾结，因为巫师在离得最远的那座种植园里有自己的祭坛和其他的东西。一天夜里，巫师叫来了准备暴动的农工们的全体头目，说是要给他们祝福。结果，他们中了埋伏，全部遭到杀害，是被箭头上涂了巫师准备的一种毒药的箭射杀的。死者的尸体被拖到森林里藏起来。几个小时后，这些死人又张开了眼睛，成了活着的死人。巫师命令他们站起来，这些死人便慢慢地从地上站立起来，人人都圆睁着眼睛。你一定看见过黑人的那双眼睛吧，每只都有油炸鸡蛋那么大。不过，这些还阳死人的目光十分茫然，眼睛只有眼白，几乎见不到眼珠子。巫师命令他们拿起砍刀，排成数行，朝香蕉园走去。一到目的地，便命令他们立即干活，要他们整夜地割香蕉串。这些可怜的还阳死人只好服从，干了整整一夜活儿。丈夫的父亲感到非常满意，便派人给他们用晒干的玉米秆搭起若干个像茅草房一样的窝棚，好让他们白天躲藏在里面。还阳死人们便像一堆垃圾一样横七竖八地躺卧在地上，每到夜晚便命令他们出去干活，砍割香蕉。丈夫的父亲便这样发了大财。丈夫本人目睹这全过程，但当时他还年幼。长大后，他与自己在美国大学里认识的一位高个子金发女孩结了婚，将她带回岛上，就像几年后与这个姑娘发生的情景一样，也和她成了亲，只是她的头发是黑的。起初，那小伙子和第一个妻子感情很好。老父亲去世后，小伙子感到应该结束巫师干的那一套了。他将巫师叫到自己家里，与此同时，他自己却到那些索比所在的种植园里。他利用巫师不在的机会，在自己亲近的人的帮助下，包围索比们居住的窝棚，用钉子将门钉死，泼上汽油，放起火来，将窝棚内的索比全都烧为灰烬，以此结束那些可怜的还阳死黑人遭受的痛苦和折磨。然而，在这段时间里，巫师和小伙子的第一个妻子待在小伙子家的那座大房子里等他，巫师已获悉小伙子在焚烧窝棚的事。原来那是在森林里发出的咚咚鼓声就像发电报一样告诉他的。于是，巫师对小伙子的妻子说，他要去路上拦截小伙子，并结果他的性命。金发的高个子女人一听此言，非常着急，便对巫师说，只要他离开那里，不去侵犯小伙子，她答应给他一切——金钱和各种珠宝、首饰。巫师回答说，只有一样东西可以使他饶了小伙子的生命。说完，他上下打量着她，仿佛试图脱去她的衣衫。他拿出一把浸过毒药的匕首，啪的一声插在桌子上，对她说，假如她去告发他，他就要用这把匕首杀死她的丈夫。这当儿，小伙子回来了。他从窗口见到妻子和巫师待在一起，妻子已脱成半裸体了。她见到丈夫，对他说，她将离开他，跟巫师走了。小伙子气疯了，见桌子上插着一把匕首，便在一气之下将它插进妻子的胸口。这时，巫师便对小伙子说，此事除了他谁也没有看见。如果小伙子答应让他继续施行他的巫术和礼仪，他会瞒过警方，只说他们俩亲眼见到有人进来将小伙子的妻子杀死了，就随便说个什么人，比如从森林中出现的进行偷盗的窃贼。上面说的便是那个心地善良的女黑人对姑娘讲的往事。姑娘一听，顿时吓得魂飞魄散。不过，她同时也感到庆幸，因为她逃脱了那两个索比——高大的黑人和发髻蓬松的金发女人——在那座无人居住的房子里对她的加害。上白班的护士们说着笑话，与那些十分听话的好病人微笑。他们吃饭、睡觉，病好后，便永远离开那里。”

“狗的、驴子的、马的、猴子的和原始人的大脑皮层，还有城区里那个不愿上教堂而去看电影的女孩的大脑皮层。第一个妻子就这样变成了索比。”

“对。接下去出现了对我印象至深的时刻。姑娘和善良的女黑人回到了家里，她们暂时脱离了危险，但是……”

“巫师的外表怎样？你还没有对我交代呢。”

“哦，我忘了告诉你，巫师从不露面。善良的女黑人讲述往事时，银幕上只出现一团盘旋上升的烟雾，象征着时间在往后推移。然后，随着她叙述，银幕上出现一个个场面，女黑人浑厚的声音听起来很悦耳，但颤抖得很厉害。”

“这女黑人为什么会知道这些事情的呢？”

“是啊，那姑娘也提出了和你一样的问题：‘太太，您为什么会知道这么多呢？’女黑人低着头回答说，巫师就是她的丈夫。不过，在这整个过程中巫师始终没有露脸。”

“受过教育的刽子手的大脑皮层，索比们和女工们的头颅在地上滚动，受过教育的刽子手的冷冷的目光对着城区女孩那天真的脑袋和同性恋者的头颅。你刚才说出现了对你印象很深的时刻，这是什么意思？”

“是出现了这样的时刻。女黑人和姑娘一回到自家那座大房子后，银幕上又出现了那幢被人遗弃的房子和那个像哨兵一样站在门口的索比黑人。同时，还有一个黑影沿着灌木丛走过去，来到站立在门口的索比黑人的身边。索比黑人退让到一边，让黑影走进门去。黑影走进门后，便来到了那可怜的金发女人的卧室。她一动不动地躺在床上，两只眼睛张得大大的，目光漫无目标。一只白皮肤的手——它不是小伙子的手，因为不发抖——开始脱光她的衣服。这可怜的女人既不可能自卫，也不可能做任何反抗。那个最年轻漂亮的护士和最年轻的病人单独待在病房大楼里，如果他向她扑过去，她便无法逃脱。”

“往下讲吧。城区那个同性恋者可怜的头颅在地上滚动，已经没有办法了，没有办法将头颅接到躯干上了，头颅已经死了，应该让它的眼睛闭上，抚摸一下它狭窄的前额，吻一吻它的前额？这狭窄的前额盖住了城区女孩子的脑袋，是谁下令砍去了她的脑袋？那受过教育的刽子手听从了连他也不知从何处传来的命令。”

“姑娘回到家里后，发现丈夫也回来了，露出异常忧虑的神态。见到妻子后，他拥抱她显得轻松了一些。接着，他又生起气来，对她说，未经他的允许，不准她出门。夫妻俩坐下吃饭，在他们晚饭的餐桌上自然不会有酒，连一滴酒也没有。丈夫的模样看起来很紧张，但竭力装作若无其事的样子。她问他庄稼收成如何，他回答说收成不错。这时，他的情绪又突然发生变化。他将餐巾纸往地上一丢，站起身来，走到自己的写字台边，那只抽屉便在写字台内。他将房间的门锁上，便疯了一般喝起酒来。妻子在就寝前去叫唤他，因为从门缝里见到里面点着灯。丈夫以烂醉如泥的人的腔调对她说，叫她走开。妻子回到自己卧室，换了衣服，穿了一件睡衣，不，她穿上了浴衣，去浴室冲凉，因为天气热不可耐。洗澡时，她没有注意到房门没有关。这时，她听到客厅内有坚实的脚步声。她湿淋淋地跑到自己卧室的门边关好房门，将身躯紧贴着门边，听到有人用钥匙打开写字间的门，走进她丈夫所在的写字间。她立即插好房门的插销，关好了所有的窗门。后来她终于睡着了，但次日清晨醒来后，丈夫却不在家里了。她像疯了一样从床上一跃而起，问仆人丈夫在什么地方。仆人回答说，他已出门，但没有说去什么地方，只见到他朝那座最遥远的种植园的方向走去。姑娘回想起那儿是巫师的巢穴。她叫来了管家，求助于他，因为他是她唯一可以信赖的人。管家对她说，他对姑娘的到来曾寄予厚望，因为这样一来，年轻的主人会高兴起来。但现在他发现，即使她的到来也无济于事。姑娘这时问管家，岛上的医生有没有都来给她丈夫看过病，回答说看过，但她丈夫总是不遵医嘱。管家说，只有一个办法还可以试一试，说完，便注视着她的两只眼睛。姑娘心里很快就明白，管家是在向她提议，他们一起去见岛上的巫师。她说，她绝对不会去的。管家对她解释说，在目前这样的情况下，只有一个办法，就是需要有人给主人以启示，以加强他的意志，舍此别无他法。管家还说，他提出这个建议也是出于无奈，这个办法比较极端，应该由她做出决定。管家又说，主人早晨出门时，将他骂了一顿，他已再也不能容忍这样的局面了。管家接着又说，她丈夫其实是个恶魔，他第一个妻子就是给他折磨死的，她应该离开他，找一个与她般配的好男人。姑娘觉得管家的目光十分怪异，他两只眼睛死死地盯着她的双眼。这家伙还说，像她这么漂亮的女人不应该受到这样的冷遇。姑娘这时给弄得稀里糊涂，她准备去找丈夫，实际上这时她是害怕丈夫发生了什么不幸，眼下正需要她。但女黑人却断然拒绝陪她同行，说这样做太危险了，尤其像她这样一个白人。姑娘无奈只好求助于管家，请他陪自己同行，尽管她认为从他刚才的这一席话看，他非常怪异。管家同意了，他备了一辆快马拉的车子，还给猎枪上好子弹，便出发了。善良的女黑人正在花园里采摘早晨盛开的鲜花，见他们俩出去了，便全身从头到脚都颤抖起来，像疯了一样大声叫喊着，目的是想让姑娘听见后，不再前往。但姑娘没有听到她的叫喊声，因为咆哮着的海浪声震耳欲聋，如同巨雷。姑娘请管家不要将车驾得那么快，因为那两匹拉车的马像脱缰一样狂奔起来，但管家没有理会她。管家跟她讲的唯一的一句话是她很快就会发现她丈夫是个何等无耻之人。他俩默默无言地继续朝前疾驰，每到道路的拐弯处她都会害怕得心惊肉跳，因为马车有时会侧身行驶，一个轮子悬空，只有一个轮子着地。但是，那两匹马却异乎寻常地听从管家的使唤。他们来到一个森林特别茂密的地方，管家对姑娘说，他得去那儿的一间茅舍找人询问一件事，说完，便走下车去。过了一会儿，他没有回来；又过了一会儿，他仍没有回来。姑娘因只剩下孤身一人，害怕了，而这时屋漏遇上连夜雨，偏偏又响起了鼓声，近得仿佛就在她的耳边。姑娘从马车上下来，走向那间茅屋，她怕管家已遭人袭击，便大声叫唤他，但无人答应。她走到茅屋的门口，发现里面空无一人。原来这是个多年无人居住的地方，因为房屋内已杂草丛生。姑娘这时又听到一阵歌声，像是巫师唱的。她觉得独自一人待在那儿太害怕了，便朝着有人声的地方走去。下面的事下次再讲吧。”

“你别作践。”

“作什么践呀，我是肚子饿了，得准备一点中午饭，如果你不想吃他们送来的食物再次中毒的话。土豆大概快煮熟了。”

“如果这部电影离结束已差不了多少，那就给我讲完算了。”

“不行，还差不少呢。”

“早上好……”

“你好吗？睡得好吗？”

“好，很好。”

“昨晚你书看得太久了，蜡烛是我的，下次由我来吹灭。”

“我简直不相信自己还能看书。”

“是这样。下午看看书挺好。你能看书，值得庆贺，但要在下午看。晚上熄灯后，你又点着蜡烛看两个小时的书，就有些过分了。”

“行了，我也算是个大人了吧，是不是？我自己的事，就让我自己管吧。”

“晚上的时间我们为什么不可以用来讲讲索比的故事呢？显然你很喜欢它，这你就别否认了。”

“几点钟了？”

“八点十五分。”

“看守为什么还没有来？”

“来过了，你还没有醒，睡得像一段木头那样沉。”

“这太好了……怎么会睡得这样死……马黛茶罐放在哪儿了？你在和我开玩笑，茶罐昨夜不是放在那儿的吗？”

“我是和你开了个玩笑。我已对看守说了，叫他早上不要送马黛茶来了。”

“听我说，你自己的事爱怎么干就怎么干，可我还是希望他们给我送来马黛茶，即使像小便一样难喝也让他们送来。”

“你什么也不懂。你吃牢房里的东西，就会生病。你不用操心，只要我有吃的，就少不了你的。今天律师会来看我，妈妈也一定会跟他来，又会给我带来一大包东西。”

“真的，老兄，我可不喜欢让别人来操纵我的生活。”

“今天律师说的话对我来说是至关重要的。我对你说真的，我对上诉方面的事并不抱多大希望。但有人做出承诺，说有点儿门路。如果真的如此，我看还是有希望的。”

“但愿你能如愿。”

“你听我说，如果我出了狱……谁知道他们会让什么人来做你的同室难友呢？”

“你吃过早饭了吗，莫利纳？”

“没有，我不想弄得叮当响吵醒你，想让你多睡一会儿。”

“那我就放两个人的水在锅里。”

“不行！你继续躺在床上，因为你还在康复中。我来做饭，水都快开了。”

“这是最后一天让你这么干了。”

“昨夜你读了什么书，对我讲讲吧。”

“你在做什么好吃的？”

“现在要保密，给你一个惊喜。跟我说说昨晚你看的书。”

“没有看什么，都是政治方面的事儿。”

“唉，你也太不容易沟通了……”

“你的律师什么时候来？”

“他说十一点来……现在……我们将这个藏有秘密的包打开吧……里面藏着非常好吃的东西……是喝茶时吃的……是英式布丁！”

“我不吃，谢谢，我不想吃。”

“你说不想吃……水开了。我请他们开门出去一下，马上就回来。水已开了。”

“请你别对我指手画脚的……”

“可你得让我宠爱你一下吧……”

“得了吧！……真糟糕！”

“你疯了……这有什么不好？”

“别说了！”

“这布丁……”

“……”

“瞧你干的什么……”

“……”

“把炉子摔坏了倒更好。而这盘子……”

“……”

“还有这茶……”

“真对不起。”

“……”

“我失去了自制力，真的，我请你原谅。”

“……”

“煤油炉倒没有摔破，只是煤油全洒在地上了。”

“……”

“煤油炉没有摔破，这是最要紧的。”

“……”

“莫利纳，请你原谅我一时冲动。”

“……”

“我可以用你瓶子里的煤油灌进炉子里吗？”

“行……”

“请你原谅，我真的求你了。”

“没有什么可以原谅的。”

“我是要请你原谅。我生病的时候，要是没有你，谁知道会怎么样呢。”

“没有什么可以感谢的。”

“我是得感谢你，而且要大大地感谢你。”

“忘了刚才的事吧，等于什么事也没有发生。”

“怎么没有呢，是出了事，我都快难为情死了。”

“……”

“我真是个畜生。”

“……”

“听我说，莫利纳，我现在请他们来开门，想利用这机会将大瓶子灌满水，因为我们的水已用完了。请你抬起头，看我一眼吧。”

“……”

“我马上把水打来。请告诉我，是不是原谅我了……”

“……”

“原谅我吧，莫利纳。”

“……”*

---

* 在《异常的行为》一书中，社会学家 J.L. 西蒙斯曾引证了一次普查，其结果显示，同性恋者比酗酒者、赌徒、曾服过苦役的人和曾患过精神病的人受到更多的人的厌弃。

在《人、道德和社会》一书中，J.C. 弗鲁格尔说，凡是在童年时期以行为极为严厉的父亲或母亲的形象作为楷模的人，成年后行为必然保守，必然崇尚专制政权。领袖人物越专横，这些人越信任，并把为保持传统和阶级差异以及维护纪律严明的教育制度和宗教机构的斗争看成是自己爱国和忠诚的行为。与此同时，他们谴责不正常的性行为。相反，那些童年时代以某种方式下意识地或在感性、理性方面拒绝了父母上述行为准则的人，长大后行为会变得激进，反对阶级差异，并能理解像同性恋者那样行为异常的人。

而弗洛伊德在《给美国一位母亲的信》中说，同性恋虽算不上某种长处，但也不能看成某种耻辱，因为这既不是一种恶习，也不是一种堕落，甚至不是一种疾病。它只是由于性发展的某种形式的停滞后引起的性功能方面的变异而已。的确，弗洛伊德认为，在社会文化的压力下，童年时期包含两性冲动的“无节制的多面冲动”阶段的超越便是人的成熟的标志。

在这个问题上，精神分析学说的当代一些学派持有不同的看法。这些流派推测，对“无节制的多面冲动”的压制是造成人的性格的异常——特别是脾气暴躁，异常好斗——的主要原因之一。说到同性恋的问题，马尔库塞指出，同性恋的社会作用和批判哲学家的社会作用相似。光是他们的存在这一点就表明社会存在着压制的一面。

谈到西方对儿童时期无节制的多面冲动的压制时，坦尼斯·奥特曼在上面提到的那本书中说，这种压制的主要两个方面是：其一，在人类所有完全不属于两性行为的活动中取消两性有关的行为；其二，否定在人的身上同时存在两性的可能性，社会毫不进行任何考虑地认为，异性恋是正常的两性关系。奥特曼认为，对在同一个人身上存在两性的压制是通过强制性的手段树立“男性”和“女性”这两种具有权威性的历史文化概念进行的，这两种观念的形成压抑了我们下意识的性冲动，并在我们的意识中成为行为的唯一形式，同时，许多世纪以来，使男性一直处于优势的地位。换言之，从儿时起，人们便学会了明确确定的男女两性在社会上的各自作用。奥特曼接着又说，男性和女性特征的确定首先

（接上页注）以对方的存在为前提：男人认为，他们的特征取决于博得女人欢心的能力；而女人则认为，自己只有和男人联结在一起才能显示其特征。另一方面，奥特曼和马尔库塞学派批判了让男人们作为学习榜样的强健男人的刻板的模式，这种模式实际上在暗示通过暴力来确定男性的特征，这就是当今世界为什么存在多种形式的攻击性行为的原因。最后，奥特曼指出，当今社会缺乏对两性人的身份任何形式的承认，并指出两性人来自两方面的压力，因为两性现象既对同性恋资产阶级化的生活造成威胁，对异性恋者也同样造成威胁。正由于这一特点，两性人的形象才会如此少地被接受。关于为阶级的解放和性的解放应同时进行斗争的问题——这个问题直到最近几年才解决得较理想，奥特曼回忆道，尽管列宁对在苏联实行性自由很关切，例如，他拒绝立法反对同性恋，但有关的法律条文仍然在斯大林的授意下于一九三四年被通过了。而将同性恋看作是“资产阶级的堕落行为”的偏见几乎在全世界的共产党中得到了确认。

脱奥多雷·罗萨在其《一种反文化的诞生》一文中，用另一种语言对性解放运动进行了评论。他在文中说，那些被男人关在自己精神牢房里的“女人”是最迫切需要性解放的女性。罗萨指出，需要消除的正是由此引发的性压制，同样，受女人约束的男人也应该得到性解放。罗萨肯定地认为，这一切意味着对在人类历史上的性生活需要进行完全新的解释和理解。因为它似乎重新提出了全部有关性的作用的问题和当代关于正常性生活的概念问题。

第十一章

处长：就这样吧，士官，你可以走了。

士官：遵命，处长先生。

处长：怎么样，莫利纳，近来好吗？

罪犯：好，先生，谢谢……

处长：有什么新的情况要告诉我吗？

罪犯：我觉得没有多少新的情况。

处长：嗯……

罪犯：不过，我发现他越来越相信我了，这是事实。

处长：嗯……

罪犯：是的，先生，这我可以肯定……

处长：莫利纳，糟糕的是我受到了很大的压力。我再跟您说得明白一点，莫利纳，好让您体谅我的处境。我的压力来自总统府。总统府方面希望很快得到情报。他们对我施加压力，要我再次审讯阿雷基，要对他狠一点儿。您是理解我的。

罪犯：是的，先生……但请您再给我几天时间，别审讯他。请告诉他们，眼下他身体十分虚弱，这是事实。在审讯过程中他的情况可能会更糟。请您告诉他们这个情况。

处长：好的，我会告诉他们的。不过，光凭这一点说服不了他们。

罪犯：再给我一个星期时间吧，我一定能从他那儿搞到一点情况。

处长：您得搞到全部情况，莫利纳，要搞到能弄到的全部情况。

罪犯：我倒有个办法。

处长：什么办法。

罪犯：不知您认为如何……

处长：请说出来……

罪犯：阿雷基的脾气很倔强，但他的性格也有脆弱的一面……

处长：说得对。

罪犯：因此……比如，如果他知道了……你们可以派个看守来，对他说，在一星期之内让我改换囚室，因为我有可能得到赦免，或者原因说得更慢一点吧，说律师已呈上上诉书，所以，我可以得到特殊照顾。假如他认为，我们俩要分囚室了，他便会软下来。我认为他好像对我有点儿感情，这样一来，他可能会松点儿口……

处长：相信他会这样？

罪犯：我认为值得一试。

处长：您已对他说自己可能获得赦免，我一直以为这是一个失着。这或许只会使他更加缄口不言。

罪犯：不，我不认为这样。

处长：为什么？

罪犯：我认为……

处长：请您告诉我为什么。您一定也有自己的理由。

罪犯：这样做……我也可以不暴露自己。

处长：从何种意义上说？

罪犯：以后我要是出狱，他就不会怀疑我；往后遇到他的伙伴，也不会对我进行报复。

处长：您很清楚，他与他的伙伴没有任何联系。

罪犯：这只是我们这样认为而已。

处长：他写给别人的信我们全都看过。在这样的情况下，您认为还有什么可以害怕的，莫利纳？在我看来，您有些过虑了。

罪犯：但是，我可以向您肯定，让他认为我即将出狱，这会更好一些……因为……

处长：因为什么？

罪犯：没有什么……

处长：我请求您，莫利纳，把话说出来。

罪犯：我怎么说呢……

处长：说吧，莫利纳，把话说清楚。您如果不把话说清楚，我们就难以相互理解。

罪犯：真的没有什么，我向您起誓，先生。这只是一种预感而已。我认为，要是他以为我将出狱，便会感到更需要和我谈谈心里话，囚犯们都是这个样子，先生……一个伙伴走了……便会感到更加无依无靠。

处长：那好，莫利纳，我们一星期后再见面。

罪犯：谢谢，先生。

处长：到那时候我们之间恐怕得用另一种方式交谈了。

罪犯：是的，当然是这样。

处长：很好，莫利纳……

罪犯：先生，我还得耽误一会儿您的时间。

处长：什么事？

罪犯：我回囚室时，最好能带一包食物回去。如果您同意的话，我这儿有一份食物清单，是我在门口等候您接见时写的。字迹欠工整，请您原谅。

处长：您以为这样做有好处？

罪犯：我向您保证，这很有好处，真的，千真万确。

处长：将清单拿来我看……

给莫利纳购买的食品清单——请像我妈妈送来时那样将所有的物品打成一包：

烧鸡两只

烤苹果四只

俄式沙拉一盒

生火腿三百克

熟火腿三百克

玫瑰红面包四只

茶叶一盒，速溶咖啡一罐

一袋黑麦切片面包

两大盒奶油蛋糕

橘子酱一瓶

牛奶一升，荷兰奶酪一块

食盐一小包

蜜饯四大块，花色各异

英式布丁两块

黄油一包

蛋黄酱一瓶，餐巾纸一盒

“这是一包生火腿，这是熟火腿。趁面包还新鲜，我想做个三明治吃。你呢，你愿怎么吃，就怎么吃。”

“谢谢。”

“做三明治我只要将这只面包从中间切开，里面放点黄油和熟火腿，再加点俄式沙拉就行。吃了三明治，然后再吃烤苹果和茶。”

“真不错。”

“你要是愿意，趁热切一只烧鸡来吃。吃吧，不用客气。”

“谢谢，莫利纳。”

“这样更好，是不是？各人准备自己愿吃的东西，这样，我也不逼你吃了。”

“你愿怎么干就怎么干。”

“我在锅子里又放了些水在烧，准备让你用。你要沏茶、冲咖啡，请便。”

“谢谢。”

“……”

“这些东西太好吃了，莫利纳。”

“还有蜜饯呢。只是请你别吃了那块我最喜欢吃的南瓜蜜饯。这儿还有一小块透明的菠萝和一大粒无花果。这红颜色的是什么东西？”

“可能是西瓜，也可能不是，谁知道呢，我是不知道……”

“尝尝味道就知道了。”

“莫利纳……我还是有点儿不好意思……”

“什么事不好意思？”

“今天上午的事，我太有失检点了。”

“别犯傻……”

“一个不想获得他人东西的人也是一个……小气鬼，因为他也不喜欢给他人任何东西。”

“你是这么认为的？”

“是的，我一直在思考这个问题，结论就是如此。我见到你对我这么慷慨，心里就紧张，其原因是……我不愿意迫使自己对你也这么慷慨。”

“你是这么想的？”

“是的，是这么想的。”

“你听我说……我也在思考着。我回想起了你对我说过的事情，瓦伦丁。你为什么会这样……我完全理解你。”

“我跟你说了什么啦？”

“你说，像你们这样置身于斗争中的人，和他人相爱是……不相宜的。说相爱可能有点儿过分了，或者，对了，就说交朋友吧。”

“你对这个问题的理解非常宽宏。”

“你看到了吧，有时我也理解你对我说的话。”

“没有错。不过，在这个问题上，就我俩的情况而言，我们都被囚禁在牢房里，这儿没有任何斗争，没有需要战胜谁的斗争。你懂得我的意思吗？”

“懂，说下去。”

“难道外部世界对我们施加了如此巨大的压力，以致我们无法让自己的行为文明一些？外部的敌人能有这么大的能耐？”

“现在我真的不明白你……”

“是的，世界上所有不合理的事物，我是想改变……但难道我连一会儿也不能干与自己的七情六欲相关的事吗？”

“你想弄点什么吃的，水已经开了。”

“请你放上够两个人喝的茶叶。”

“行。”

“我不知你是不是领会了我的意思……反正我们俩单独住在一起，我们的关系——我怎么对你说呢？我们可以根据自己的意愿界定我们的关系，因为我们的关系不受任何人的制约。”

“对，我在听你往下说。”

“在某种程度上，我们有完全的自由可根据一方对另一方的意愿行动，你明白我的意思了吗？我们仿佛生活在荒无人烟的孤岛上，生活在一个也许我们得住上好几年的岛上。因为在牢房外有我们的压迫者，在牢房里却没有。这里谁也不压迫谁。眼下搅乱了我这已感到疲惫不堪的，或者说受到约束或扭曲的心灵的唯一一件事是，有人想待我好，却又不想索取任何报答。”

“关于这点，我不知道……”

“你怎么会不知道？”

“我不知道怎样进行说明。”

“莫利纳，你别这样说。你集中一下注意力就可以将自己的想法说清楚。”

“我的意思是，你千万不要把问题往稀奇古怪处想。如果说我对你好……是因为我希望得到你的友谊，也希望得到你的爱——我为什么不敢说出来呢……这种感情就像我对我妈妈一样，因为她是个好人，从来没有对任何人干过坏事。我对她好，因为我爱她，因为她是好人，我希望她也爱我……你也是个非常好的人，不为私利，为了崇高的理想，不惜自己的生命……你别往旁边看，你不好意思了？”

“是的，是有点儿不好意思……不过，我是正面对你瞧着，你看到了吗？”

“正因为如此……我尊敬你，热爱你。我也希望你能热爱我……因为我妈妈对我的这份情意是我这辈子感受到的最美好的东西。她不厌弃我，即使我像这样也爱我。这仿佛是苍天赐给我的一份礼物，也是使我能活下去的唯一的东西，是独一无二的。”

“我能切一片面包吃吗？”

“当然可以……”

“可是，你……这辈子难道没有过对你来说是至关重要的好朋友吗？”

“有是有，但是，你瞧，我的朋友都是像我一样……搞同性恋的人。我们之间——我怎么对你说呢？我们之间都不太信任，因为我们这些人……都很胆小、懒散。我们一直盼着的是……友谊或别的什么，希望得到某一个严肃的人——当然是男人的友谊。但这点我们这些人永远也得不到，因为一个男人希望得到的是……女人。”

“所有的搞同性恋的人都是这样的吗？”

“不是，有的人互相之间也有感情。我和我的朋友[1]是女人，那些人干的那些小玩意儿我们不喜欢，那是同性恋者干的。我们是正常的女人，我们只和男人睡觉。”

“你要加白糖吗？”

“要，谢谢。”

“新鲜面包太好吃了，这是最好吃的东西中的一种。”

“没有错，是非常好吃……我得跟你讲一件事。”

---

[1] “朋友”一词原文是阴性，直译应是“女朋友”。

“是呀，你是得将索比的故事讲完。”

“对，这故事是要讲。但是，还有一件事……”

“什么事？”

“律师对我说了，事情进展得相当顺利。”

“我真不是人，连这件事也没有问起过你。他还对你说了些什么？”

“他说，看样子这件事方方面面都很顺利。当上诉受到了关注，我是说上诉正在被考虑，但还没有批复这段时间里，罪犯得住到监狱的另一边去。因此，一星期之内他们便会让我搬出这牢房。”

“真的……”

“真的，看来这是事实。”

“他……怎么会知道？”

“是在处长办公室听人说的。那时他正在那儿呈交办有关手续的文件。”

“太好了……你一定会感到高兴的……”

“这方面我不想考虑得很多，我不打算想入非非……你吃点俄式沙拉吧。”

“你觉得好吃吗？”

“好吃，味道很好。”

“我也不知是什么原因。听了这个消息，吃东西就没有胃口了。”

“听我说，你就当我什么也没有对你说吧，因为这件事还没有影儿呢。我就将它当成什么也没有对我说一样。”

“不，这是件好事，我们应该感到高兴。”

“最好不要……”

“我为你感到非常高兴，尽管你这一走……不说了，这有什么办法呢……”

“吃个烤苹果吧，对身体很有好处。”

“不吃了，留着下次吃吧。要不，你吃了吧，如果你想吃的话。”

“不吃了，我也不太饿。你知道吗？也许等我讲完了索比的故事，我们的肚子就饿了，我们把食物留着过一会儿吃吧。”

“好……”

“这部电影很有趣，是吧？”

“对，是很有趣。”

“开始时，我不太记得起来了，但是，现在好像它又在对我进行放映一般。”

“对……不过，请你等一下。说实在的……我也不知自己怎么啦，莫利纳，我的头脑一下子乱成一团了。”

“怎么一回事？你哪儿痛？是不是肚子痛？”

“不，是在脑袋上，觉得乱糟糟的。”

“什么事乱糟糟的？”

“我也说不清，也许因为你要走了，我也弄不明白。”

“哦……”

“让我躺在床上休息一会儿。”

“行。”

“再见。”

“再见。” *

---

* 弗洛伊德将婴幼儿的力比多称为无节制的、多面的冲动——即婴儿不加区分地从其自身和与他人的身躯接触时得到的快感——这一说法也得到了当代诸如诺尔曼·O. 布朗和赫伯特·马尔库塞这样的一些学者认可。他们与弗洛伊德已经明确的分歧在于，后者认为，只有异性恋者通过性器官的接触——这是唯一的途径——使力比多得到宣泄才具有积极的意义。而马尔库塞等当代学者则考虑甚至赞成回复到无节制的多面冲动的阶段，或回复到除了纯粹通过性器官而进行性交之外的其他满足性欲的方式的采用。

总之，费尼切说，西方文明将父母亲作为榜样强加给子女，使子女在性的问题上尽可能分别和父母亲认同。就导致同性恋的可能性而言，费尼切认为，婴幼儿对自己异性的父母认同的程度越大，就越不能获得正常的成长，导致同性恋的可能性越大。凡是对母亲提供的范例感到不满足的女孩和对父亲提供的榜样感到不满意的男孩都有可能搞同性恋。

这里有必要谈一谈丹麦女博士安尼里·塔贝的近作《性与革命》。书中写道，一个极为敏感的男孩会自觉地拒绝作为压迫者的父亲——男性专制、暴力态度的象征——的行为。男孩决定不依从父亲向他提议的诸如使用武器、从事强度很大的竞技体育和轻视作为女性特征的敏感性等行为的那个时候起便意味着正在采取自由决定，甚至是革命的行动，因为他拒绝扮演最强者和剥削者的角色。但是，这个孩子却未能看到，除了父亲的行为方式外，西方文明便只能给他这个才几岁——特别对一个三岁到五岁的孩子而言——的难以做出决断的孩子提供母亲的行为方式作为榜样，而不可能提供别的行为模式。母亲的行为方式是温顺、容忍和爱好艺术，特别是没有攻击性，这对他更具有吸引力。然而，母亲的行为方式还有一个特点——在这个问题上，婴幼儿的直觉失灵了——那就是顺从，因为她和一个专横的男人联了姻，而他只将夫妻关系理解

“莫利纳，几点了？”

“已经过了七点了。我已听到他们送晚餐来了。”

“现在我什么事也干不了……在熄灯前还有一个小时，我得好好利用起来。”

“对。”

“可我老是集中不起注意力来。”

（接上页注）为女人对男人的依附。至于决定不依从母亲的行为方式的女孩，她的态度恰恰相反，是由于拒绝扮演屈从者的角色，因为她本能地感到这是一种屈辱，是反自然的。但她没有想到，排除屈从者的角色后，西方文明只能给她提供压迫者的角色。不过，无论是女孩还是男孩的叛逆行为均无可争论地是勇敢和尊严的一种表现。

女博士塔贝同时还在自问，尽管在西方社会里，夫妻关系一般说来并不平等，但为什么上面说到的这种结局并不普遍。这儿有两个因素在起协调作用：其一是在家庭中，妻子由于教育上和智力方面的欠缺或差异，事实上比丈夫略逊一筹。这样一来，丈夫的说一不二的专横行为似乎是显得合情合理了。其二是由于儿童——男孩或女孩——的智力和敏感性的发展较迟缓，他们未能感受到这样的情景。根据这一看法，不言而喻，假如在一个家庭里，情况正好相反，父亲没有受过什么教育，母亲很有教养，但却很顺从，那么，一个极为敏感和智力早熟的男孩肯定会选择母亲的行为方式，而女孩则会随意地拒绝这种行为方式。

有人问，在同一个家庭里为什么有的孩子是同性恋者，有的孩子是异性恋者。对这个问题，女博士塔贝回答说，在整个社会细胞中，存在着分派角色的倾向。因而，家庭诸多子女中的一个承担了父母冲突引起的后果，而其余的兄弟姐妹却仍处于中性状态。

女博士塔贝评估了引发同性恋的首要因素并指出了其革命的不顺从的特性后，说道，由于缺乏别的行为榜样——在这个问题上，她与奥特曼的看法相一致，奥特曼的论点是，由于缺乏两性人的行为范例，两性人在现实生活中很少见——未来的男性同性恋者在摒弃了专制的父亲的缺点后，却又迫切地需要与另一种行为方式认同，于是，便“学会”和母亲一样顺从。女孩子的演变过程也大体相同。她拒绝剥削，因此，憎恨像她母亲一样的顺从，但社会的压力却又使她慢慢地“学习”另一种

“那你就休息吧。”

“你还没有将那部电影给我讲完呢。”

“昨天是你不想听嘛。”

“我是怕自己没有心思品味这部电影时听你讲，会白白浪费时间。”

（接上页注）角色，即专制的父亲的角色。

从五岁起到进入青少年时期这一段时间里，在这些“与众不同”的男孩、女孩身上，出现了原属两性的摆动。比如，由于与父亲认同而“男性化”了的女孩，虽然在性行为方面为男子所吸引，但她却不愿接受一个普通男子强加给她的被动的玩偶的角色，这样她感到不舒服。作为摆脱自己的烦恼的唯一方式，她将培养自己充当只与女人戏耍的不同的角色。至于因与母亲认同而“女性化”了的男孩，尽管在性行为方面为女孩所吸引，但却不愿意接受一般女性强加给他的那种无畏的进攻者的角色，他会感到不适，将会培养自己充当只与男人戏耍的不同的角色。

安尼里·塔贝便是这样来解释绝大多数同性恋者截至最近一直在实践着的这种模仿性的姿态——一种首先是模仿异性恋者缺点的姿态。男性同性恋者的特点是顺从精神和保守，不惜一切地热爱和平，为了保持宁静，不惜让自己这种排除在社会之外的状况长期保持下去；女性同性恋者的特点是无政府主义，强烈的不满情绪，尽管其行动基本上缺乏组织。然而，这两种态度均不是有意的，而是被强加的，是通过缓慢的洗脑过程被强加的。在这个过程中，在童年和青少年时期受到资产阶级异性恋者行为样式的影响；后来成了同性恋者后，又受到同性恋者中的“资产阶级”行为样式的影响。

这种对同性恋者的偏见——或者被认为是正确的看法——使同性恋者被排除在阶级解放运动之外，一般地说，也被排除在整个政治行为之外。在社会主义国家里对同性恋者的不信任是显而易见的。所幸的是，女博士塔贝指出，六十年代随着女性解放运动的兴起，这情况已有了大的改观，因为随着对“强壮的男人”和“软弱的女人”这种角色的进一步审视，在被社会排斥在外的同性恋者的眼中，这种不可能达到的、被竭力仿效的模式已丢失了威望。

同性恋者解放阵线随后的形成便是这方面的明证。

“那会儿你连话也不想讲呢。”

“如果连我自己也不知在说些什么，我就不想讲话。我不愿胡说八道，你知道……”

“那你就休息吧。”

“给我把电影讲完，怎么样？”

“就在现在？”

“对。”

“就照你的意思办吧。”

“我刚才看了一会儿书，但连自己也不知在看些什么。”

“我又不记得上次讲到哪儿了。你说上次讲到什么地方了？”

“什么到哪儿了，莫利纳？”

“电影呗。”

“讲到新娘独自一人在森林里，听到了鼓声。”

“噢，对了……时当正午，森林内烈日当空。新娘决定走到那些敲打出如此凄惨的鼓声的人跟前。她往前走着，丢失了一只鞋，后来又跌倒在地，撕裂了衬衣，脸上也弄得脏污不堪。走过一片带刺的灌木丛，裙子也被撕得稀烂。当她走到那些求神者的身边时，尽管天还是中午，但天色却越来越昏暗，只有他们点燃的蜡烛发出一丝光亮。祭坛上面点满了蜡烛，祭坛下面放着一个用布扎成的人，胸口上插着一根粗针。这布人的模样和她丈夫一样。所有的男女黑人都双膝跪地，对神祈祷。在祈祷过程中不时地发出一声喊叫，以发泄每个人内心的巨大痛苦。新娘朝四周张望，她在寻找巫师。她一方面非常害怕见到他，但同时却又怀着极大的好奇心想见到他，看看他究竟是什么样的人。鼓声一阵紧似一阵，阵阵犹如怒吼。黑人们的叫喊声也越来越频繁，新娘浑身上下脏污不堪，头发蓬乱，衣衫更不用说。她站立在正在祈祷的人们组成的圆圈边。突然，鼓声停止了，祈祷的人也不再喊叫。在热带地区的原始森林里突然刮起一阵刺骨寒风。巫师出现了，他身穿一件拖到脚跟的白色长袍，胸口的扣子敞开着，长满鬈毛的胸部像是年轻人的胸部，但他的脸却很苍老……原来他就是管家。他脸上露出伪善者的表情，给所有的黑人赐福，同时，用一只手给击鼓的人们做了一个手势。这时，鼓声的节奏变了，变得异常淫乱。巫师毫不掩饰自己的邪恶念头，他瞧着姑娘，用一只手对她做了几个神奇的动作，并目不转睛地注视着她，试图对她实行催眠术。姑娘的目光朝向一边，力图不落入他的魔掌，然而终难摆脱其吸引力，脑袋慢慢地转了过来，直到面对面地注视着巫师。她终于被施上了催眠术。这时，鼓声的节律显得更富有色情意味了。她朝着巫师所在的地方一步一步地走去。黑人们也一个一个地全都中了催眠术，他们跪在地上，脑袋都往后仰，几乎快要触到地面。当新娘走到巫师的手能触及她的地方时，突然刮来一阵狂风，将所有的蜡烛吹灭，中午时分却是漆黑一团。巫师双手扶住新娘的腰部，随后慢慢地朝胸部移去，尔后又抚摸她的双颊。最后，他用一只胳膊将她挟到茅屋里。进了茅屋……后来又怎么样了呢？唉，真对不起，我记不起下面是怎么一回事了。哦，对了，那善良的女黑人见到新娘坐车走了，便去找新娘的丈夫，说是巫师叫他，硬是将他拉走。因为这女黑人曾经是巫师——也就是管家的妻子。新娘见丈夫来了，催眠术顿时失灵，因为这时女黑人大叫几声。而新娘呢，她已快进茅屋了。”

“接着往下讲吧。穷人给富人进行施舍，富人向穷人进行乞讨，他笑了，他嘲弄、侮辱了穷人，因为穷人只施舍他一枚假币。”

“新娘和她丈夫坐着一辆吉普车回到自己家里。一路上夫妇俩谁也没有开口说话。丈夫自然已经感到，妻子已洞察一切。他们到家后，妻子为了向丈夫表明自己愿意承担家庭主妇的责任，安排好家务，便命仆人准备晚餐，就像什么事也没有发生过一样。在她来来去去忙于家务的同时，发现丈夫再次酗起酒来。于是，她请求他，别这么软弱，不要在为拯救他们夫妇的斗争中让她单枪匹马地干。还说他们俩相亲相爱，在一起能克服一切障碍。但他使劲地推了她一下，将她推倒在地。与此同时，巫师来到遭人遗弃的那座房子里，索比女人就在那里。巫师见到善良的女黑人也在那里，她在照料索比女人。女黑人本是巫师的妻子，现在年岁大了，巫师瞧不起她了。巫师命女黑人离开那里，但女黑人对他说，她不再允许他利用索比女人胡作非为了。说完，便取出一把匕首，试图扎进巫师的胸口。巫师一把抓住了她握匕首的那只手的手腕，夺过匕首，向她刺去，刺中了她的心脏，她死了。索比女人虽一动不动地待在那里，但从她的眼神中可以看出，她内心是非常悲伤的，尽管她缺乏自由行动的意志。巫师命她随自己而行，路上对她撒了弥天大谎，说她丈夫是个坏人，是他下令让她变成索比女人的，而现在他对他的第二个妻子故技重演，正在虐待她。因此，索比女人应该拿那把匕首将她的丈夫杀死，以结束他的暴行。从索比女人的眼神中可以看到，她并不相信巫师的话，但由于她缺乏自己的意志，无所作为，只能顺从巫师的命令。他们俩来到小伙子的家后，便慢慢地走进花园。这时，天色已暗，时近黄昏，从窗口往屋里张望，索比女人见到丈夫已喝醉了，嘴里对那姑娘大叫大嚷，还抓住她的双肩，摇晃一阵后，将她推倒一旁。巫师将匕首放在索比女人的手中。丈夫这时又去找酒喝，但酒瓶已空，他摇晃了一阵，还想从中倒出最后一滴酒来。索比女人别无选择，只好顺从。管家对她说，进去，将丈夫杀死。索比女人朝前走去，从她的目光中人们可以看出，她仍爱着丈夫，并不想将他杀死，但巫师的命令是残酷无情的。丈夫没有见到她。这时，巫师叫了一声新娘，他尊敬地称她为太太，但新娘这时待在房间里，锁上了房门。不一会儿，她听到丈夫临死前惨叫一声，他已经被那索比女人刺中了。新娘立即奔出房门，见到丈夫已气息奄奄。他这时躺在沙发上，连酒都还没有完全醒过来，眼中流露出令人难以想象的悲惨的眼神。管家很快地进来了，他叫来一些仆人，让他们做凶杀案的证人，而他自己可以摆脱一切干系。然而，尚在弥留之际的丈夫对索比女人说，他当初非常爱她，过去发生的事全都是巫师恶意造成的，因为他一心想霸占海岛，还想占有他的全部家产。丈夫还对索比女人说，她应该回到那间茅屋里去，关上门，然后纵火烧房，这样，她就再也不会成为他人干坏事的工具了。这时，天空漆黑一团，但不时地出现了阵阵闪电，照亮了半边天，预示着一场暴风雨即将来临。丈夫这时已几乎没有一丝力气，但他仍然对循声进来的仆人们说，他们中间许多人的父亲都是被这无耻的巫师害死的，他将他们都变成了索比。于是，众人以仇恨的目光盯视着巫师，巫师慢慢地朝后退去，来到了花园，企图逃走。这天夜里，暴雨如注，还刮着狂风。闪电出现时，万物照亮得如同白昼。巫师拔出左轮手枪，试图进行自卫，仆人们立即停止前进。到了花园后，巫师以为自己脱离险境，准备拔腿逃跑，不意响起一阵震耳欲聋的雷声，将他击毙。不久，雨势减弱。索比女人朝那座旧房子走去，但谁也没有见到她。这当儿响起了一艘准备离岛而去的轮船的汽笛声，新娘将自己的东西装进一只手提箱里，朝那艘轮船走去。她将家中的一切全都留给了仆人们，自己只想将这一切都抛到脑后。正在船员准备抽跳板的时候，她赶到了船上。船长在船舷上早已见到了她。这位船长碰巧就是她来岛时坐过他的船的那一位，是个非常善良的年轻人。船索解开后，船便驶向大海，岸上的灯光离得越来越远。姑娘坐在自己的船舱内，听见有人敲门。她开门一看，见是船长。船长问她在岛上的生活幸福不幸福，她做了否定的回答。于是，船长便让她回忆起那天到海岛时听见的鼓声，说这鼓声总是宣告痛苦或死亡。姑娘对船长说，也许人们再也听不到这鼓声了。这时，船长叫她不要说话，因为他似乎听到了某种奇妙的声音。他们俩走到船舷，听到了非常悦耳的歌声。原来是几百名岛上的居民，来到码头，对着姑娘唱歌，用充满爱意和感激之情的歌声向她道别。姑娘激动得全身都抖动起来。船长伸出胳膊，搂住她的背部保护她，因为这时在海岛的很远的地方，在远离村镇的田野里燃起熊熊大火。姑娘紧紧地搂住船长，以减轻浑身的颤抖和流经全身的一阵寒冷，因为她明白，在这场熊熊烈火中燃烧着那可怜的索比女人。船长叫她不要害怕，说这一切都已成为过去。还对她说，全体民众正满怀情意地用歌声来与她诀别，并预祝她未来充满幸福。哈哈，这个故事就这样结束了。你喜欢吗？病房内那个最危急的病人已脱离了危险，护士将整夜护理他，让他安静地睡着。”

“喜欢，非常喜欢。富人如将金子给了穷人，便能安心睡觉。”

“唉……”

“好长的一声叹息！”

“这是什么样的日子，太不容易打发了……”

“怎么啦，莫利尼塔[1]？”

“谁知道呢，反正我什么都害怕。我怕想入非非，想他们将我放了，却又怕他们不会放我……我最害怕的一件事是我们会分开，将我关在另一间囚室内，一辈子待在那儿，不知跟哪个无赖待在一起……”

“你最好还是不要去想这些事，说到底这些事丝毫

[1] 莫利纳的爱称。

也不取决于我们。”

“你看到了吧，在这一方面我就不同意你的看法了。我想，也许考虑考虑，我们能找到解决问题的办法呢，瓦伦丁。”

“什么办法？”

“至少……不让我们分开。”

“听我说，为了不使你自己感到难过，你可以这样想：你出狱的目的就是为了照看你的妈妈。你就这样想，别的事什么也不要去想。她的健康对你来说是至关紧要的，是不是？”

“是的……”

“你把注意力集中到这一点上，就行了。”

“不，我不想把注意力集中到这一点……我不想！”

“啊……你怎么啦？”

“没有什么……”

“算了，别这样了……抬起头来，别把脸老是埋在枕头上了……”

“你别……管了……”

“到底怎么啦？你有什么事瞒着我？”

“没有，没有什么事瞒着你……我只是因为……”

“因为什么？你出了狱，就自由了，就可以和人们交往。如果你愿意的话，还可以参加某种政治团体。”

“你在说疯话吧。像我这样搞同性恋的人是不会有人相信的。”

“我可以告诉你去找谁……”

“不行，就是你喜欢这么做也不行，永远不行。你明白我的意思了吗？别对我谈任何有关你伙伴的事。”

“为什么不能谈？谁会想到你打算去找他们？”

“不能谈，因为他们会审问我，或采用别的方法对付我。如果我一无所知，那我就什么也不会说了。”

“不过，不管怎么说吧，政治行动方面的团体多着呢。如果哪个团体你觉得好，你就参加，尽管有的团体只尚空谈。”

“这方面的事我实在一点儿也不懂……”

“你真的没有真正的朋友，没有好朋友吗？”

“有是有，我的朋友都像我一样是‘疯女人’，大家聚在一起，只是打打闹闹。我们中间如果出了什么事，大家便各奔东西。我已对你说过，我们的心态是互通的，谁出了意外，别的人就会被吓跑。我们像母狗一样压抑得抬不起头来，这你是难以想象的。”

“出狱后，情况就会发生变化。”

“不会有变化的。”

“喂，别哭……不要这样嘛……我已多少次见你淌泪了？……可话也得说回来，我也流过眼泪……别哭了……你一哭，我也会紧张起来的。”

“我实在忍不住了……我的运气太……糟糕了……”

“关灯了吗？”

“关了。你以为几点了？已经八点半了。熄了灯倒更好，你就看不到我的脸了。”

“听你讲电影时间过得真快，莫利纳。”

“今天晚上我恐怕睡不着了。”

“听我说，我能帮你一点忙，问题是得找人谈谈。首先你得考虑参加个什么团体，别孤孤单单地过日子。我认为这肯定对你有好处。”

“参加什么团体？这方面的事我可一窍不通，再说，我也不太相信。”

“那你别哭嘛。”

“我们不要……再谈……”

“喂……你不要这样嘛，莫利尼塔。”

“不行……我请求你……别碰我……”

“你朋友拍你一下也不行吗？”

“你这样使我更难过……”

“为什么？……说吧，现在是我们推心置腹的时候了。真的，我愿意帮助你，莫利尼塔，你心里有什么事，快告诉我。”

“我现在唯一的请求是让我死。这是我唯一的请求。”

“别说这样的话。你得想想，这会使你母亲多伤心，会使你的朋友们，会使我多伤心。”

“对你不会有什么关系吧……”

“怎么没有关系！你真是……”

“我受够了，瓦伦丁，我实在受够了。你不知道，我身子里全都痛。”

“你哪儿痛呀？”

“胸口痛，喉咙也痛……为什么心里难受就会在这些部位感觉到？”

“是这样的。”

“而现在你又……不让我哭。我不能哭，这更糟糕。喉咙好像有什么东西哽住一样，难受极了。”

“……”

“……”

“是啊，莫利纳，心里难过就在这儿感觉最明显。”

“……”

“你觉得喉咙口堵得慌……哽得非常厉害吗？”

“对。”

“……”

“……”

“你觉得这儿痛？”

“没有错……”

"我能给你抚摸抚摸吗？"

"能……"

"在这儿？"

"对……"

"舒服吗……"

"是的……我觉得舒服些……"

"我也感到舒服。"

"真的？"

"真的……我也得到了宽慰……"

"为什么说得到了宽慰，瓦伦丁？"

"因为……我自己也不明白……"

"为什么？"

"可能是因为我不再想自己……"

"你这样我很舒服……"

"也可能是因为我想到了你需要我，我能为你做点儿什么了。"

"瓦伦丁……你什么事都要追根究底……你真够疯的……"

"也许是因为我不愿意让事物给拖着走，我想了解每件事发生的原因。"

"瓦伦丁，我能摸你一下吗？"

"可以……"

“我想摸你一下……这颗痣……它长得还不太小呢，就在你眉毛的上面。”

“……”

“我能这样摸你吗？”

“……”

“就这样……”

“……”

“我这样抚摸你，你不觉得恶心吗？”

“不……”

“你真好……”

“……”

“你对我真好……”

“不，你是好人。”

“瓦伦丁，你要是愿意，可以对我干你爱干的任何事……因为我愿意。”

“……”

“如果我不使你感到恶心的话。”

“别说这样的话了。不说为好。”

“我对着墙走几步。”

“……”

“这儿黑洞洞的什么也看不见。”

“……”

"慢一点……"

"……"

"不行，这样我很痛。"

"……"

"等一下，不行，这样好一些，让我把两条腿抬高一点儿。"

"……"

"请慢一点儿，瓦伦丁。"

"……"

"就这样……"

"……"

"谢谢……谢谢你啦……"

"也得谢谢你……"

"得谢谢你……就这样，你站在我的面前，尽管天黑我见不到你。哎哟……我还有点儿痛……"

"……"

"现在行了，我觉得挺舒服的，瓦伦丁……我不觉得痛了。"

"你觉得舒服一些了？"

"对……"

"……"

"那你呢？……瓦伦丁，快告诉我。"

“我不知道……请你别问我……因为我什么也不知道。”

“啊，太美了……”

“别说话……一会儿再说，莫利尼塔。”

“因为我感到……我有一种奇妙的感觉……”

“……”

“现在我不知不觉地用手摸我的眉毛，在我脸上找黑痣。”

“什么黑痣？……我有一颗，你没有。”

“对，这我知道。可我用手摸摸眉毛，是为了摸一下我没有的……黑痣。”

“……”

“有了黑痣，你显得很帅，遗憾的是我见不到你……”

“……”

“你感到舒服吗，瓦伦丁？”

“别说话……你给我闭一会儿嘴。”

“……”

“……”

“你知道我有别的什么感觉吗，瓦伦丁？不过，只经历了一分钟。”

“什么感觉，说吧，不过，你得这样安静一点儿……”

“只经历了一分钟，我觉得自己不在这儿了……既不在这儿，也不在外面……”

“……”

“我感到自己不复存在……这儿只有你。”

“……”

“或许因为我已不是我自己了。现在我已经是……你了。”

第十二章

"早安……"

"早安……瓦伦丁。"

"睡得好吗？"

"好……"

"……"

"你呢，瓦伦丁？"

"什么事？"

"你睡得好吗……"

"好，谢谢。"

"……"

"我刚才听见他们将马黛茶拿来了，你真的不想喝吗？"

"不想喝……我不相信他们。"

"……"

“你早餐想喝点什么？茶还是咖啡？”

“那你想喝什么呢，莫利尼塔？”

“我喝茶。你要喝咖啡也不费事，冲茶冲咖啡是一回事。你想喝什么就喝什么。”

“太感谢了，那就请你给我冲杯咖啡。”

“你要不要我先叫他们来开门，瓦伦丁？”

“要，请你现在就叫他们来开门。”

“行。”

“……”

“……”

“你知道我为什么想喝咖啡吗，莫利尼塔？”

“不知道……”

“为了清醒一下自己的头脑，好看点书。我也不想看很长时间，只看两个多小时，或再多看一会儿。不过，这两个小时得好好地利用。这样一直到恢复以前的节奏。”

“很好。”

“……然后，在午饭前再休息一会儿。”

“……”

“莫利纳，早上起来好吗？”

“好……”

“心里不那么烦了吧？”

“不烦了，可现在好像呆了……既不能思考，什么也不能想了。”

“这有时候……倒是好事。”

“不过，我身体不错……我很高兴。”

“……”

“……我甚至连说话也害怕，瓦伦丁。”

“那你就不说话……也不思索。”

“……”

“你如果感觉良好，就什么也别想，莫利纳。你思考什么问题都会毁掉你的好心情的。”

“那你呢？”

“我也不想思考什么，我要学习，学习可以避免……”

“避免什么？避免对发生的事表示后悔？”

“不，我对什么也不感到后悔。我越来越相信，性是无辜的。”

“我能正正经经地……求你一件事吗？”

“……”

“今天，我们什么也别说，什么也别争论。我只请你今天做到这一点。”

“听你的。”

“……你不问问我为什么要提出这样的请求？”

“为什么？”

“因为我感觉良好……我非常好，我的感觉……非常良好。我不希望让任何事物来破坏这种感觉。”

“我听你的。”

“瓦伦丁……我认为我从小到现在从来没有这么高兴过，就从我母亲给我购买玩具之类的东西时算起。”

“我对你说一件事。你在头脑里准备好一部好电影，我看完书后，利用做饭的时候讲给我听。”

“行。”

“……”

“你想我给你讲什么电影？”

“你讲个你自己喜欢的电影，别考虑我喜欢不喜欢。”

“要是你不喜欢呢？”

“不会的。如果你喜欢，莫利纳，我也会喜欢的，即使实际上我并不喜欢。”

“……”

“你别不说话嘛。我的意思是说，只要什么东西让你喜欢，我也会感到高兴，因为我总觉得有负于你。不，我怎么对你说呢，因为你过去对我很好，我心里十分感激，知道有什么东西使你高兴……我心里也舒坦。”

“真的？”

“真的，莫利纳。你知道我喜欢了解什么吗？这可能是愚蠢的想法……”

“说吧。”

“请告诉我，你能不能回忆起你母亲给你购买的玩具中哪一件你最喜欢……说你最喜欢的。”

“一只布娃娃。”

“哈哈……”

“你为什么如此大笑？”

“啊呀，如果他们不很快来开门，我就要尿在裤子里了……”

“可你得说说为什么大笑？”

“因为……哎哟……我小便急死了……啊，我倒成了很好的心理学家了……”

“这是怎么回事？”

“没有什么……我只是想了解一下这玩具……和我之间有没有某种联系。”

“你是当之无愧的……”

“你肯定这只布娃娃不是男孩？”

“不是，是个金发女孩，打着发辫，一身蒂罗尔人的打扮，眼睛能张开、闭合。”

“哎哟，让他们快开门吧，我熬不住了，哎哟……”

“我认为自从我身遭厄运，来到你的囚室后，你第一次这么大笑。”

“这不是事实。”

“我向你起誓，我从来没有见到你笑过。”

“可我笑过那么多次……笑的是你。”

“没有错，但每次都是熄灯后。向你起誓，我从来没有见你笑过。”

“这事发生在墨西哥，是在热带地区的一个港口。天快亮了，渔民们驾着渔船出海。远处传来音乐声。他们在海上只见到一座豪宅，灯火通明，几个大阳台外面是一座美丽的花园。园内清一色地种着茉莉花，花园边上是一圈棕榈树，外面是海滩。豪宅内正在举行化装舞会，留下来的来宾为数已不多。乐队用沙球[1]和鼓演奏着热带地区的音乐，节律缓慢而明快，是一种哈瓦那舞曲。只有少数几对舞伴还在婆娑起舞，其中有一对还戴着面具。韦拉克鲁斯[2]著名的狂欢节已接近尾声。从初升的太阳看，不幸的是星期三这一天可能是阴天。戴着面具的这一对舞伴模样极帅。女方化装成吉卜赛女郎，高挑的身材，马蜂腰，黑色的头发中间分开，一直披散到腰际；男方身强力壮，也是一头黑发，连鬓胡，头发

[1] 沙球（maraca），又译为沙锤，起源于南美的打击乐器。

[2] 墨西哥东部一城市。

往一边梳，额头上披下一绺头发，唇上还留着八字胡。她的鼻子小巧玲珑，鼻梁高高的，纤细的侧影，极富个性；额头上印着几个圆圆的铜板一样大小的金印，宽大的女式衬衫，袒露的胸领富有弹性，可以从一只肩膀上脱下来，也可以从两只肩膀上脱下来，就像吉卜赛女人穿的那种衬衫。你明白我的意思了吗？”

“大体上听懂了，这无所谓，接着讲吧。”

“另外，她的腰扎得细细的，下面穿着衬裙……”

“你把袒露的胸领再给我描述一下，别跳过去……”

“可以。那时节很开放，女衣的领口很大，都敞着胸，乳房的底部都能让人看到，自然不是像浮标一样让人一览无遗。也就是说，只让人看到一丁点儿，不多，但还能让人看到，使人浮想联翩。”

“在这部电影里是怎么一回事？能看到很多，还是很少？”

“能看到很多，但裙子非常宽大，由许多块麻纱手帕拼扎而成，五彩缤纷，每块手帕都扎在腰部。每当那女人翩翩起舞时，两条大腿时隐时现，不过，显露的部分不多。那男人穿一件‘多米诺’，也就是一件黑色的带风帽的长外衣吧，里面穿件内衣，系着领带。他对女方说，这是乐队演奏的最后一支乐曲，该是他们摘去面具的时候了。她说不行，随着长夜的消逝，他们应该互不让对方知道自己是谁而离去，以后也永不相见，因为他们只是在狂欢节的舞会上偶然相遇，仅此而已。男方坚持要摘去面具，并自己先将面具拿掉，露出英俊的面庞。他再次对她说，他这辈子一直在等待她，这次绝对不会让她跑掉的。他朝她手指上戴着的一枚镶有一粒钻石的珍贵戒指看了一眼，问她这意味着什么，是不是已有婚约。她做了肯定的回答，同时，对他说，请他等候在他停在外面的汽车里，她要去梳妆台重新梳妆打扮一番。这是不幸的时刻，因为他走出门去，在外面等了又等，她始终没有露面。后来，电影的场景改换在墨西哥的首都。人们看到，那个年轻男子在一家规模很大的晚报当记者。哦，刚才我忘了对你说，那一对舞伴跳舞时，女方对男方说，有一首曲子非常好，就是没有歌词，很遗憾。男的对她说，他也算得上半个诗人了。我们把话又说回来。那天下午这年轻小伙子来到报社的编辑室内。他见到编辑室人来人往，相当混乱。还见到编辑们正在编发一篇稿件，内容相当骇人听闻，还配发不少照片，涉及已退出舞台有一段时间的一名女演员、女歌星。眼下她受到一位极有势力的大亨庇护。这个巨商富贾为人凶狠，像个罪犯，但电影里没有透露他的名字。见到那些照片后，小伙子沉思起来。这女歌星长得极其漂亮，她起初只是在档次较低的剧院里演出，后来终于成为蜚声剧坛的明星。不过，也只是昙花一现，因为她已退出舞台。他感到这个女人非常眼熟。在一张照片里，他见到她拿着香槟酒的手指上戴着一枚罕见的大钻石戒指，疑团顿消，知道她是谁了。他装作不明事情真相的样子，问编辑人员这是怎么一回事。他们回答他说，这篇文章必将耸人听闻，但眼下还缺乏几张她在舞台上的裸体照，不久便可以搞到。他们有她的住址，因为他们随时注意她的动向。他利用了这个地址，来到她的家里。他痴痴地瞧着她。她身穿一件宽大的黑纱女晨衣。她住在一套超现代化的房子里，嵌在壁内的灯光极其柔和，谁也弄不清光源在什么地方。室内的陈设都用色调淡雅的绸缎覆盖：窗帘是软缎制的，单人沙发套子也是绸缎制的，没有脚的圆凳上也罩着缎子。她把身子靠在长沙发上听他说话。他将在报社编辑部见到的事都对她讲了，还答应她，他将把所有的照片和他们写的文章都藏起来，这样他们就不能发表了。她对此深表感谢。他问她成天关在这只金笼子内是不是很幸福。她是不喜欢他对自己说这样的话的，但还是对他说了实话。她说自己虽在剧坛上爬到了巅峰，但对内部的明争暗斗深感厌倦，便相信了她认为是好人的那个男人做出的承诺。此人是个大富豪，他带她周游各国，见了大世面，但回国后却变得越来越好猜疑，最后便将她像囚犯一样成天关在家中。她因无所事事，很快地感到厌倦乏味，便请他允许自己重登舞台，但遭到了他的拒绝。小伙子听了她的叙述，便对她说，为了她，他敢冒一切风险，当然，他也不怕那个男人。她坐在沙发上目不转睛地注视着他，尔后抽出一支香烟。他走过去替她点烟，乘机吻了她。她搂抱着他，一时冲动，对他说，她需要他……于是，小伙子便对她说，跟他走吧，留下一切——金银珠宝、裘皮、贵重衣料、服装和那个巨商富贾，跟他走吧。但她感到害怕，不敢答应。小伙子说，别如此胆怯，他俩一起可以远走高飞。她请他再宽限几天，而他却坚持要立刻动身，否则就永不相见。她叫他离开，他不走，说她如不跟他走，他便不离开她家。他抓住她的两只手臂，摇晃着，仿佛以此来消除她内心的恐惧。于是，她做出了强烈的反应，而且是针对着他的，说所有的男人都是一丘之貉，不将她当人看待，她可不是让男人们随意进行摆弄的玩物，男人应该让她做出自己的决定。他听了便对她说，他永远也不会再见到她了，说完，便朝门口走去。她也火了，但还是对他说，请他等一会儿。说完，便进了自己的卧室，拿来了一大叠纸币，对他说，这是她支付的报酬，因为他给她帮了忙，毁了那篇即将出笼的文章。他将纸币扔在她的脚下，扬长而去。走出门到了街上，他又后悔了，觉得自己过于冲动了，但又不知如何是好，便走进一家酒馆饮酒。酒店内烟雾腾腾，隐隐地见到一名双目失明的钢琴师在演奏一支节奏缓慢、曲调异常悲戚的热带音乐乐曲，就是狂欢节时他与那位女歌星一起跳舞时演奏的同一曲子。小伙子一边大口大口地喝着酒，一边为这支乐曲谱着歌词。他心里思念着她，嘴里唱着，因为他是个能歌善舞的美少年：'尽管你孤孤单单……像个囚犯……你的心灵向我宣示……我爱你。'接下来是怎么说的呢？对了，他反复吟唱了一会儿，又接着唱道：'你的眼睛伤害了我，你的双手伤害了我，你会说谎的两片嘴唇……伤害了我……我问自己的身影，这两片我接过神圣的吻的嘴唇……这两片接过吻的我崇拜的嘴唇……'下面呢？下面的意思大概是：'……还会不会欺骗我。'接下去是：'黑色的……命运之花，无情地将我们分开。然而，你将属于我，你将只属于我的这一天……即将到来……'你还记得那首波莱罗吗？"

"恐怕记不得了。我也说不清……讲下去吧。"

"翌日，就在那家报社里，小伙子见到大伙儿都在寻找有关那位女歌星的文章，但没有找到。显然，他已将她的有关资料全部锁在他写字台的抽屉里了。由于一时找不到有关她的资料，记者部主任决定将此事搁在一边，因为重新收集有关资料已无可能。小伙子心里的一块石头终于落了地，他稍稍地犹豫了一下……便拨通了女演员家的电话，立即告诉她，她可以放心了，因为那篇文章不会发表了。她向他表示感谢，他则请求她原谅，原谅在她家说的不当言辞。他还请求和她见面，并约定了时间。她同意了。他又向记者部主任请假，想离开报社出去走走。主任准了他的假，还说几天前就发现他脸色不太好。与此同时，女歌星也在为出门做准备。她上身穿一件黑天鹅绒上装，这种服装在当时非常时髦，十分合身。里面没有穿衬衫，西装翻领上别着一枚钻石别针。头上戴一顶白纱帽，看起来像在头顶上飘着一朵白云。她的头发梳成一个发髻。这时，她正在戴手套——颜色和帽子相配，手套也是白色的。她心里想着这次约会的危险性，去不去赴约，心里还犹豫不定的时候，那大亨回来了。此人是已五十开外的成熟男子，头发斑白，身躯微微发胖，模样儿还相当不错。他问她准备去哪儿。她回答说，打算出去购物。他说愿陪她出去。她说他会感到厌倦的，因为她要出去挑选布料。大亨脸上露出已知就里的神色，但却没有对她进行任何责备。她乘机对他说，他没有权利对她这样拉长着脸，她已为他做了他要她做的一切。她为他放弃了回剧院演出的念头，也放弃了去电台演唱的机会，现在他将她出门购物视为行为不端，这实在太过分了。大亨听了，便对她说，他走了，她可以出去购物，或者干她爱干的任何事情。假如他获悉她在欺骗他……他虽然不会找她算账，因为他心里明白，失去她他无法生活下去，但是，他肯定会饶不了那个胆敢与她亲近的男人。大亨前脚出门，她没过多久也走了出来，但不知告诉司机去什么地方，因为在她的耳际还回荡着大亨的话音：‘我一定要找那个敢于接近你的人算账。’在这期间，那小伙子已在一家豪华的酒吧等候她。他看了看表，心里明白她不会来了。他又要了一瓶威士忌，前后要了两瓶。一小时过去了，两小时过去了，他已喝得酩酊大醉，但还装得若无其事的样子，站起身来，挺胸走出酒吧。他回到报社的编辑室，坐到自己的写字台边，向工勤人员要了一杯双份的咖啡。他工作着，试图以此来忘掉一切。第二天，他比往常更早地来到编辑室，主任感到有点惊奇，但对他来帮助自己非常高兴，因为这天他工作任务非常艰巨。小伙子整天埋头工作，很早便完成了自己的全部任务。并到主任那儿去交了差。主任说他写的东西质量很高，向他祝贺，并说他已上完白班，可以走了。小伙子走出编辑室，一个同事请他去喝酒。开始他拒绝了，但那同事一定要他陪自己喝一杯。哦，不对，请等一等，是主任本人请他在自己的办公室里喝酒，因为小伙子帮他解决了那天的全部问题——写一篇揭露政府中有人大肆盗用公款的文章，主任对此表示庆贺。喝完酒，小伙子醉醺醺地来到街上。借酒浇愁愁更愁，他心烦意乱地朝前走去，等他回过神来，发现自己已在女歌星家的门前。他控制不了自己，便走到门口，按了按门铃。女仆问他有什么事，他说有事要和女主人面叙。这时正好是下午五点钟，女歌星正在和大亨一起喝茶。大亨才给她买了一件十分珍贵的首饰，那是一条祖母绿宝石项链，以求她原谅前一天那不愉快的场面。她命女仆告诉来访者说她不在家，但小伙子却径自走了进来。于是，她只好将此事来一番搪塞。她告诉大亨有关那篇文章的情况，说她很感激这年轻人，又说他不要钱，所以，自己真不知如何来对他表示谢意。小伙子见她挽住大亨的胳膊，勃然大怒，说眼前见到的这一切使他深感厌恶，还说他请求从她那儿得到的唯一谢忱是将他永远忘掉。无论是她还是大亨都一言不发。小伙子走出门去，但在桌子上留下一张纸片，上面写着他替那首歌曲配的歌词。大亨瞧了她一眼，她此时泪流满面，因为她已爱上了这个年轻人，不能对他表示拒绝，而更糟糕的是连她自己也无法否认这一事实。大亨两只眼睛直勾勾地盯着她，问她对这个穷光蛋记者究竟怀有什么感情。她像喉咙口让什么东西给哽住一样，一时没有作答。可是，当她见到那家伙对她进一步施压时，她没好气地对他说，这穷光蛋记者原本和她没有丝毫的关系，只是因为那家报社的事才和他有些交往。大亨听了，便问是哪家报社。当他获知这原来是一家对与他有关的秘密犯罪团伙的行径无情地进行调查的报社时，便请她将小伙子的名字告诉他，以便通过某种方式对他行贿。但女歌星害怕大亨这样做真正的目的是想找小伙子算账……便没有将名字告诉他。大亨便狠狠地给了她一记耳光，将她打倒在地，自己离开了家。她躺在像白鼬的毛织成的洁白的地毯上，她的头发显得更黑了，眼眶流出的泪珠像星星一样闪闪发亮……她抬起头……见到一条用绸缎套子套着的凳子上……有一张纸片。她站起身来，拿起纸片，读了起来：'……尽管你孤孤单单，像个囚犯，你的心灵向我宣示……我爱你。黑色的命运之花无情地将我们分开，然而，你将属于我，你将只属于我的这一天……即将到来……'她紧紧地捏着已揉成一团的纸片，将它紧贴自己的心口。此时她的心也许和那张纸一样，给揉乱了……或许一样乱，或许更乱。"

"讲下去。"

"那小伙子这时也心乱如麻。他没有回报社工作，却整天在酒馆里借酒浇愁。报社里的人到处找他，却不知他在何处。他们给他打电话，他接了，但一听对方是主任的声音，便将电话挂上了。日子一天一天过去，一天，他在街上看见一份报纸，是他工作的这家报社出版的。报上预告次日将发表一篇有关演艺界一位已隐退的大名鼎鼎的女明星隐私的重要文章。他气得浑身打哆嗦，立即返回报社，发现大门紧闭，因为夜已很深，但巡夜的人没有对他有任何怀疑，让他进了门。他来到自己的写字台边，发现写字台的抽屉的锁已被撬开，因为这张他多日未用的写字台已被另一位记者占用了。这么一来，放在写字台抽屉里的有关女明星的全部材料自然也被发现了。于是，他奔向印刷厂，印刷厂离报社相当远，到了那儿，已是白天。他发现当天下午出版的这张报纸铅字已排好，已上机开印。他异常绝望地拿起锤子朝印刷机砸去，结果使这一期报纸全部报废了，因为他将油墨罐砸翻了，所有的报纸全部完蛋。这一下损失了成千上万比索，或者说损失了上百万，反正是一桩巨大的破坏案。他迅即在城内消失。他因此被清除出工会，并终生不得再当记者。他仍然天天狂饮烂醉，后来到一处海滩，来到韦拉克鲁斯，重温当年的旧梦。在海边，也就是在海滩边一家污浊不堪的酒馆里，当地的一支独特的乐队在用一种外形像用木条拼装起来的桌子一样的乐器……”

“这叫木琴。”

“瓦伦丁，你什么都知道，你怎么知道的？”

“不说这件事了。快往下讲，我很感兴趣呢。”

“那好。乐队在用这种乐器演奏一支十分悲凉的曲调。他用一把小刀在桌子上刻写着。桌子上已刻满了各种各样的东西：心脏的图形，人的名字，还有各种脏话。他在桌子上刻写了那首歌的歌词，边刻边哼唱着。歌词是这样的：‘……当人们跟你谈起了爱情，谈起了希望时，当人们给了你太阳和整个天空时，如果你还记得我……务必不要提到我的名字！因为你将感受到……善良人的深情……倘使人们想了解你的往事，你不要说出真情，你说来自一个奇妙的世界……’他一边刻写着，一边想着那个女歌星，说得确切一点儿，他仿佛在烈性酒的酒杯里见到了她。她的形象变得越来越大，大到像真人一样，并在这家不像样子的小酒馆内来回走着。她一面瞧着他，一面接着他刚才唱的这首歌曲唱下去：‘……我不知什么是痛苦，我不懂什么是爱情，我从未流过眼泪……’酒馆里的人都喝醉了，谁也没有听到他在唱歌，或许也没有见到他。他也仿佛注视着她，对她唱道：‘……因为我不管到任何地方，都要讲述你的情意，犹如一个美梦……’她又接着唱道：‘……忘掉了仇恨，请你不要说我与你分离给你带来了不幸……’他抚摸着存在于他明澈记忆中的她，此时的她就坐在他自己的桌边，他对她继续唱道：‘……倘使人们希望了解我的往事，还须再说一次谎言，我将对他们说，我来自一个奇妙的世界……’他们俩你看着我，我瞧着你，热泪盈眶地同声唱着，声音异常低沉，犹如窃窃私语：‘……我不知什么是痛苦，我在爱情上取得了胜利，我从未流过眼泪……’他擦干了眼泪，因为他感到作为一个男人，流眼泪太不好意思了。他擦干泪水，视线清楚了，发现她已不在自己身边。他绝望地抓住酒杯，高高举起，发现酒杯中除了他自己头发蓬乱的影子外，见不到她的倒影。于是，他愤怒地尽平生之力将酒杯朝墙上扔了过去，将它摔得粉碎。”

“你为什么不讲了？”

“……”

“别这样嘛……”

“……”

“妈的！我已对你说过，今天别让悲伤到这儿来，别让它进来！”

“你别这样摇晃我……”

“因为今天我们要赢了外面的人。”

“你吓着我了。”

“你既不要伤心，也别吃惊……我唯一的愿望是完成对你许下的诺言，让你忘掉任何不愉快的事情。今天早上我就对你说过，今天你不要去想任何不愉快的事情。我一定要让你做到这一点，因为这样做并不费什么劲。让你忘掉那些伤心的事情非常容易……只要我能办到，至少是在今天……我不会让你去想那些伤心的事情。”

第十三章

“今天夜里外面的天气怎么样？”

“谁知道呢，莫利纳。不会太冷吧，但非常潮湿。因此，可能是个阴天，云层也许很低，它能将街上路灯的灯光反射到地面上来。”

“说得对，今晚的天气可能就是这样。”

“街道可能湿淋淋的，特别是用石块铺砌的路面，尽管天没有下雨，但可能下了点雾。”

“瓦伦丁……我一遇到天气潮湿心里便紧张，因为潮气使我全身发痒。不过，今天倒没有这种感觉。”

“今天我也感觉良好。”

“东西吃了很舒服吗？”

“是的，东西……”

“吃得只剩下一点点了。”

“都让我给吃了，莫利纳。”

"是我们俩一起吃的，比平时吃得多。"

"上次给你带来这包食物有多少天了？"

"四天了。明天还剩下一点奶酪，一小块面包，还有蛋黄酱……"

"还有橘子酱、半块英式布丁和一点儿奶油蛋糕。"

"就只这一点儿了，瓦伦丁。"

"还有一块蜜饯，是南瓜蜜饯，你留下给自己的。"

"我不好意思单独享用，一直将它留着，没有吃掉。明天我们将它一分为二吃了吧。"

"不啦，这是给你吃的。"

"不行。明天我们得吃牢狱送来的伙食了。这南瓜蜜饯就当饭后甜食吃吧。"

"明天再说吧。"

"好的。今天我什么也不想，瓦伦丁。你别打扰我，让我安静点儿吧。"

"你困了？"

"不困，我觉得很好，很平静……不，我不但很平静，而且，还……我要是说出什么傻话来，你可别生气。我觉得非常幸福……"

"你本来就应该这样嘛。"

"瓦伦丁，你要知道，对一个人来说，最美好的一件事是自己感到很幸福，却又认为永远会幸福，再也不会感到痛苦。”

“我也觉得挺不错。我睡的这张破床不那么冰了，我就知道自己该睡个好觉了。”

“我感到自己的胸口暖烘烘的，瓦伦丁，这种感觉最舒服了。头脑很清爽，啊，不，我是说头部也像是充满温热的蒸汽一样很舒心。我全身都感到如此。我也说不清是怎么一回事，也许是……我还觉得……你在抚摸我。”

“……”

“我谈这方面的事你觉得烦吗？”

“不烦。”

“你来我床上时，我已经对你说过，我已经不是我自己了，我感到很轻松。后来，我就这样睡着了。就是你回到你的床上时，我仍然不是我自己。这种感觉十分稀罕……我怎么对你解释呢？”

“你跟我说说，快说。”

“别催我，让我集中注意力想一想……我一个人留在自己床上时，我也不是你，我是另一个人，成了个非男非女的人，但却感觉到……”

“……脱离了危险。”

“对，就是这个意思。你怎么会知道的？”

“因为这也是我的感觉。”

“为什么会有这种感觉？”

“不知道……”

“瓦伦丁……”

“什么事？”

“我有件事要告诉你……可你别发笑。”

“说吧。”

“每次你来我床上后……我真想自己睡着了后，再也别醒过来了。当然，我舍不得离开我母亲，她因此会孤苦伶仃……可要是依我的心愿，我就再也不想醒过来了。这可不是我一时心血来潮，真的，我唯一的愿望就是让自己死去。”

“在死之前，你得将那部电影给我讲完。”

“哦，还差不少呢，今天晚上我都讲不完。”

“如果你在前几天也给我讲一点儿，今晚就可以讲完了。你为什么不讲呢？”

“不知道。”

“你心里想，这可能是你给我讲的最后一部电影了。”

“也许是这个原因吧，谁知道呢。”

“在睡觉前给我讲一点儿吧。”

“但讲不完，因为这差不少呢。”

“直讲到你累了为止。”

“好吧，我们讲到什么地方了？”

“讲到小伙子在一家小酒馆里唱歌，女歌星的形象在他那只烈酒酒杯的杯底里出现。”

“对。接下去他们就一起唱起了歌。在这期间，她呢……她离开了那个大亨，因为她为继续过这样的日子而感到羞耻。她决定恢复工作，在一家夜总会里唱歌。在首次演出的那一天，她神情十分紧张，因为当天夜里她将再次在观众面前亮相。当天下午进行彩排。她身穿一件长长的连衣裙，和她所有的衣服一样，没有袖子；上身包得紧紧的，腰身很细，下面的裙子部分十分肥大。整条连衣裙都镶着黑色的箔片，闪闪发光。她的发型非常简单，长发从中间分开，往两边梳，一直披到肩部。有一位钢琴师给她伴奏。舞台的设施也相当简单。幕布是白绸缎制的，拉幕的绳子也是白缎制的，因为她到哪儿，都喜欢和绸缎接触。旁边是一根希腊式的人造大理石圆柱。钢琴也是白色的，是一架三角钢琴，钢琴师身穿黑色无尾长礼服。舞厅内人们正在乱糟糟地忙这忙那，有的在整理桌椅，有的在擦地板，有的在钉钉子。她在舞台上出现时，钢琴奏起了乐曲的前面几个音符，在场的人们立即安静下来。她放声歌唱，哦，不对，她还没有开始唱，是钢琴先演奏，琴声悠扬，还伴有从远处传来的一串隐约的沙球声。显然，她的双手在微微颤抖，眼眶里满是柔情的泪水。她将香烟交给站在横幕边提台词的人，自己站立在希腊式的人造大理石圆柱的一边，以低沉而非常悦耳的声音几乎像道白一样开始演唱序曲，心里却想着那个年轻的记者：‘……人人都说，人一走情就断……但我向你保证，这不是真的……自从和你最后一次见面后，我的生活似乎……充满坎坷。’这时，隐在幕后的乐队加大了演奏的音量，而她也拼命亮开嗓门，继续唱道：‘……你，在你的嘴唇上带走了那神圣的一吻……它是我专门为你留着的吗？是的，是为你留着的……你，在你的眼睛里带走了你在我眼中见到的全部情思，这情思也是对着你的……’接着，乐队奏起了过门。她在舞台上来回走了几步，然后站在舞台中间，再次放声高唱：‘……我们既如此钟情，你怎么能离我而去！……当你发现我的心中蕴藏着一片痴情……尽管我们相隔万里，你定会像孩子一样哭泣着，寻找我给你那样的情意……’”

“我在听着呢，接着讲。”

“演唱结束后，她完全陷入了沉思。这时，正在为当天晚上的演出布置场地的所有工作人员对她热烈地鼓起掌来。她高高兴兴地回到了化装室，因为她想，那小伙子会很快地知道她已重新开始工作，因而知道她已不再同那个大亨生活在一起了。但等待她的却是令人震惊的可怕的结局。原来大亨已将这家夜总会买下，并下令在她首次演出之前关闭。另外，她演出用的珠宝首饰也租不到了，因为大亨已和珠宝商谈妥，借口她没有交租金拒绝租给她。诸如此类的情况使她立即明白，大亨已决心不让她工作，使她无法生活下去。当然，这样做的目的是让她再次回到他的身边。但她并不就范，决定通过自己的代理人继续联系演出事宜，能演就演，最后终于签订了一份很好的合同。在这段时间里，那小伙子还在韦拉克鲁斯。他眼见手头上的积蓄告罄，没找到工作。他已不能再当记者，因为已被列入工会的黑名单。无人推荐，加上他多日酗酒，不修边幅，面容憔悴，别的工作也很难找到。最后，他终于在一家锯木厂当了小工。在厂里干不了几天，便觉体力不支，因为他饮酒过度，伤了元气，食欲不振，消化不良。一天，午休吃饭的时候，他一口也吃不下。他的伙伴一定要他吃几口，他勉强吃了一点，实在难以下咽，只觉得口干舌燥。当天下午他昏迷了，人们送他进医院。他发高烧，说着胡话，呼唤着女歌星的名字。他的伙伴翻遍了他的各种本子，试图找到她的地址。找到后，给住在墨西哥城的她打长途电话。当然，她这时已不在那豪宅里了。不过，她当初的女管家是个好人，她将情况转告女歌星。她此时已住在一家廉价的公寓里。她闻讯恨不得立即去韦拉克鲁斯，但这时出现令人心酸的场面：她没有钱买车票。公寓的主人是个令人作呕的胖老头儿。她向他借钱，他说没有钱。她便竭力取悦于他。这只胖猪猡便说，他可以借钱给她，但代价是……接着，人们见到他走进了她的卧室，而以往她是绝对不允许肥猪猡这样做的。那小伙子仍在医院里就诊。医生领着一个修女进了病房，看了看他的病历，给他号了号脉，翻开眼皮看了看他的眼睛，便对他说，他的病情已大有好转，只是他往后再也不能饮酒，要好好保养自己，注意营养和休息。他心里想，他已一贫如洗，又从哪儿搞到营养品？这时，他看见在病房的另一端离自己相当远的一扇门框里出现一个令他难以置信的人。她慢慢地朝前走着，逐个地瞧着病人，看看能不能找到她要找的人。病房内的那些病人仿佛以为她是个幻影一般注视着她。她衣着非常简朴，全身素色，但仍显得十分雅气；外衣的衣料是普通的薄纱，头上绾着发髻，身上未戴任何首饰。这完全可以理解，因为她确实没有了首饰，不过，对小伙子来说，反倒具有特殊的含意，因为这表明她已与大亨给她提供的那种奢华的生活一刀两断了。她见到他时，几乎不能相信，这就是他，因为他的面容非常憔悴。她禁不住双眼流出了滚滚热泪。这时，碰巧医生来了，对小伙子说，他可以出院了。他却说，自己无处安身。她连忙接过去说，他有安身之处，因为她有一幢带花园的小楼，面积不大，也相当简陋，但却有棕榈树遮阴，并整天吹拂着带有咸味的海风。他们俩双双来到那儿，她租下了这幢房子。它几乎就在乡村，在韦拉克鲁斯市郊的边缘。她为他铺好床铺。他请她在花园里为自己准备一张吊床，将吊床系在长在房子周围的许多棕榈树中的两棵树之间。他躺在吊床上，两人的四只手紧紧地握着，四只眼睛相互凝视着，久久不肯分开。他对她说，由于她在自己身边，他心情愉快，身体很快就会康复。他一定能找到一份好的工作，这样，自己就不会成为她的负担。而她则对他说，用不着如此忧伤，她身上还略有积蓄，只有等他身体完全好了后，她才允许他出去工作。两人默默相视，心心相印。远处，传来了渔夫的歌声，还有用弦乐器弹奏的乐曲，十分悦耳，不知是用吉他还是用竖琴弹奏的。他轻声地吟诵着，为这首乐曲配着歌词。与其说他在对她歌唱，还不如说在对她诉说着，节奏异常缓慢，就和远处传来的乐器演奏的节律相吻合：‘……你在我身边……我在你心中……为什么还要哭泣……为什么还如此悲戚……我真想将我的幸福埋在心底……不让世人知晓……但为爱情而活下去的渴求……却在我心中呼唤……我很幸福……你也如此……你爱着我……我更钟情于你……我如此痴情地爱你，以致我已忘记过去……今天我感到幸福……因为我见到了你…… 为我而哭泣……’”

“别停下来嘛。”

“几天过去了，他感到好多了，但却感到担心，因为她不让自己出门，甚至不让他陪她去那家每天夜里她在唱歌的富丽堂皇的酒店。随着时间的流逝，他慢慢地产生了疑虑。他问她，为什么在报刊上见不到她领衔演出的海报。她回答说，这只是为了不让大亨了解她的行踪。还说，如果让大亨见到他在酒店里，他会派人将他暗杀的。小伙子听了，便想她准还和大亨有来往。一天，他来到了那家超豪华的酒店，里面有一间达到国际水准的音乐厅。在那儿他见不到任何介绍她的招贴画，也没有任何人认识她，更没有人见到她。人们只是作为几年前的明星还记得她。他这么一来，感到绝望了，开始在港区内酒店林立的几个地区来回奔走。他几乎不能相信眼前见到的情景：在一个街角里，他见她站在一盏路灯下，当上了妓女！原来她是以这种方式获取钱财来养活他的！他立即躲藏起来，免得让她发现。之后，他肝肠寸断地回到了家里。次日凌晨她回家时，他一反常态装作睡着了。天一亮，他便早早起来去寻找工作，对她只是随便说了一个理由。晚上回来时，他一无所获，而她却为他牵肠挂肚。他对她装作一切都很好的样子。当她准备离家出门时——她总是对他说自己出去演唱——他求她不要去了，说夜里回来太危险，请她留下来与他在一起，他怕自己再也见不到她了。她请他别这么紧张，她出去是绝对有这个必要的，因为她得挣钱支付房租。再说，医生在他不知道的情况下，建议对他使用一种费用昂贵的新的治疗方法。明天他们俩就得去看医生。她又走了……他终于领悟到自己对她是个巨大的累赘，她之所以堕落到此等地步，全都是为了替他治病，挽救他。天晚时，小伙子见到艘艘渔船回到了渔港。他来到海边，但见明月当空，神圣的满月在海中的倒影，被热带地区夜晚微微掀起的海浪冲击成点点碎片。没有刮风，周围的一切显得异常的宁静，只有小伙子的心脏在剧烈地跳动。渔夫们闭着嘴，像进行大合唱一样同声哼着一支曲调十分悲哀的歌曲。小伙子也唱了起来，这歌是从他那绝望的心灵中迸发出来的：'……月儿啊，你在我孤苦的黑暗中……成了点点碎片……你向何处去？你去何方？请你告诉我，今夜你是不是去欢闹……就像她出去那样？你和谁欢闹？和谁在一起？……请你告诉她，我爱她……请你告诉她……我非常盼望她回来……我盼死她了，快回来吧，快快回家……不要欢闹了，这不是好事，会有害处……令人伤心……结果会令人哭泣……'次日清晨她回家时，他给她留下一张字条，说他发疯一样爱她，但不能让自已成为她的负担。他叫她不要去找他，因为如果上帝想让他们团聚……即使不去寻找，也能破镜重圆……她见到一边丢了许多烟头，还有一盒他忘了带走的火柴。这种火柴正是港区那些酒馆内使用的那一种。于是，她心里明白，他已见到过她在那儿……”

“就这样结束了？”

“没有，还有一些。不过，结尾部分我们留到下次讲吧。”

“你困了吧。”

“不困。”

“那为什么不讲了？”

“因为这部电影让人心里难受，我也不知为什么跟你讲起它来了。”

“……”

“瓦伦丁，我有一个不良的预感。”

“什么预感？”

“他们会让我更换牢房的，只换牢房，却不会放我出去的。这么一来，我就再也见不到你了。”

“……”

“我刚才一直很高兴……但跟你讲了这部电影后，心里又蒙上了这层阴影。”

“你用不到未雨绸缪嘛，这样做并不好。往后的事谁知道会怎样……”

“我怕发生什么不好的事情。”

“会发生什么不好的事呢？”

“你听我说，我出去主要是为了我母亲的身体。但我这一走，我就怕没有人来照应你了。”

“你难道就不想想你自己？”

“不想。”

“……”

“……”

“莫利纳，有件事我想问问你。”

“什么事？”

“这件事比较复杂。是这么一回事：从生理上看，你和我一样，也是男人……”

“唔……”

“是这样的，从生理上看，你丝毫也不低人一等。那你为什么不是……不想做男人呢？我不是指你在女人面前，因为她们对你没有吸引力。但你在另一个男人面前呢？”

“不想，因为这对我来说……”

“为什么？”

“因为不想。”

“这我就不懂了……并非所有的同性恋者都是如此。”

“没有错。情况各有不同。不过，我不是那样，我……觉得这样干更舒服。”

“听我说，这方面的事我是一窍不通。不过，我还是想对你说说自己的想法，尽管颠来倒去地连我自己也说不清……”

“我在听你说。”

“我的意思是说，虽说你喜欢做女人……但你不必因此自以为低人一等。”

“……”

“我不知你是不是明白了我的意思，对这个问题你是怎么看的？”

“……”

“我的意思是，你没有必要因为你喜欢那样干而得付出什么，或给人以恩惠，或请人原谅。你没有必要……对人低三下四。”

“可是，假如某一个男人是……我的丈夫，那他就应该说话有威望，这样他才会感到舒坦。这是非常自然的事，因为他是家中的……男人。”

“不对，家中的男人和家中的女人应该处于平等的地位。否则，就是剥削。”

“这样一来，就没有情趣了。”

“什么情趣？”

“这可是非常隐秘的东西。不过，你既然想知道……所谓情趣就在于，当男人拥抱你的时候……你应该对他有点儿畏惧。”

“不行，这样不好。这个想法是谁告诉你的，这很不好。”

“可是，我的感觉是这样的。”

“你不会有这样的感觉的。跟你讲这些乌七八糟的东西的那些人欺骗了你。做女人没有必要当……当什么呢……当烈女。你听我说，要不是因为那样做会让你觉得痛，我就请你在我身上那样干，以便向你表明，当了男人，也没有任何权利发号施令。”

“我们别谈这些事儿了，因为这样的谈话不会得出什么结果的。”

“我倒相反，很想和你争论争论。”

“可我不想这样做。”

“为什么不想？”

“因为我不愿意，没有别的原因。我请求你别和我争论了。”

第十四章

处长：是我，小姐，请您叫您长官听电话……　　谢谢……您好！您那儿有什么情况吗？　　这儿没有什么情况，所以，我才给您打电话。

过一会儿我将前去拜访您。　　我不知道您还记不记得，我们给莫利纳再宽限了一个星期。当时我们甚至还让阿雷基认为，我们随时有可能叫莫利纳改变囚室，因为他有可能获得假释。

对，这是莫利纳出的主意，对。　　真糟糕……是，时间确实不等人。当然，在进行反击之前，你们需要这方面的材料，我明白您的意思，确实如此。　　是，我过一会儿前去拜访，正因为如此，我才给您打电话。万一莫利纳方面的情况毫无进展，什么情况也说不出来，我该对他作何处置？　　您以为……　　几天以后？　　就在明天？　　为什么在明天？　　对，时间当然得抓紧。　　是，我明白，今天不行，这样一来，阿雷基有时间进行安排。　　好极了，如他能让莫利纳传递消息，莫利纳就会带我们到他的支部所在地。　　困难就在于别让他发现有人跟踪他。　　还有个问题……莫利纳身上好像有些异常，我似乎有这样的感觉，我也不知怎么才能表达自己的意思，我只是有这样的感觉……莫利纳对我并不很老实……他有什么东西对我隐瞒着。　　您认为莫利纳已站到他们那一边去了？　　对，他是害怕阿雷基那边的人会对他进行报复，这也有可能。　　对，阿雷基也可能对他做了工作，谁知道他采用了什么方法呢。

正因为这样，也可能会……　　对像莫利纳这样的人预判他会做出什么反应是困难的，因为他终究是个道德败坏的人。　　也有另一种可能：莫利纳释放后试图不和任何一方有牵连——既不同我们，也不和阿雷基保持联系。也就是说，他莫利纳只站在莫利纳这一边，仅此而已。　　对，试一试完全是应该的。　　还有一种可能。

是，请原谅我打断了您……　　是这样的：如果莫利纳来时两手空空……也就是说，他今天什么情况也没有提供给我们，明天他在出狱前也不提供任何情况……出狱后他也不带我们的人去阿雷基的人那儿……在这样的情况下，我们还有一种可行的办法。　这种可行的办法是这样的：我们可以在媒体上登上一则消息，或者通过别的什么办法让人们知晓，莫利纳——说得更确切一些，是某某密探——已向警方提供了阿雷基所属的支部的情况。而这个密探在狱中装成了囚犯。阿雷基的人知道这一情况后，便会找他算账。我们便可以一举将他们擒获。总之，莫利纳获释后，可以有许多种可行的办法。　　哦，我很高兴。　　谢谢，谢谢。　　是，莫利纳一出我的办公室，我便给您打电话。　　好极了，就这么办。　　同意……　　我立即给您打电话……　　好极了。再见。

处长：请进，莫利纳。

罪犯：早上好，先生。

处长：就这样吧，士官，您可以走了。

士官：遵命，先生。

处长：您最近怎么样，莫利纳？

罪犯：很好，先生。

处长：有什么消息吗？

罪犯：还是那样，先生。

处长：没有什么进展吗？

罪犯：我认为毫无进展，先生……我已经尽力了，您还想我干什么……

处长：一点儿进展也没有……

罪犯：没有。

处长：您瞧，莫利纳，我为您的假释已做好了一切准备，假如您给我们搞到有关材料的话。我再对您说得具体一点，您假释的文件已准备就绪，只等我的签署了。

罪犯：先生……

处长：真遗憾。

罪犯：我已尽力而为了，先生。

处长：难道一点线索也没有？一点蛛丝马迹也没有？……只要有一点儿线索我们就……可以采取行动。有了这一点儿线索，我便可以在假释的文件上签字。

罪犯：先生，请想一想，我当然非常想离开这里……但我总不能给你们制造假材料啊。说实在的，阿雷基这个人成天不吭气儿，性格非常内向，对我又极不信任。谁知道呢，反正这个人不好打交道，还……缺乏人情味儿。

处长：请您把眼睛对着我看，莫利纳，让我们富有人情味儿地谈一谈，因为您和我都是富有人情味儿的人……请您想一想您母亲，想一想您出狱会给她带来的愉快。还请您想一想，我们会保护您的，您出狱后不会发生任何意外。

罪犯：只要能出去，别的事我丝毫也不在乎。

处长：莫利纳，您真的不用担心任何形式的报复，因为我们会派人日夜保护您，您一定会万无一失。

罪犯：处长先生，这我明白。您能考虑到我需要有人保护，我深表感谢……但我能做些什么呢？假如我给您胡编些什么，那不是更糟吗？

处长：那好……对此我深感遗憾，莫利纳……这么一来，我对您就爱莫能助了。

罪犯：如此说来，一切都化为乌有了？……我是指我的假释，毫无希望了吗？

处长：没有希望了，莫利纳。您如果不给我们提供情况，我也帮不上您的忙了。

罪犯：那么，表现良好的推荐信也不写了？什么也没有了？

处长：是这样，莫利纳。

罪犯：那囚室呢？你们至少得让我待在原来的囚室里吧？

处长：那为什么？您不想跟……比阿雷基更爱说话的人待在一起吗？与成天不说话的人待在一起真够令人伤心的。

罪犯：我是因为……还没有失去信心，我想他总有一天会对我说点儿什么的。

处长：不啦，我以为您已帮了我们不少忙了，莫利纳。我们得让您搬到另一间囚室。

罪犯：请求您，先生，您想要什么我都给……

处长：到底怎么啦？……难道您爱上阿雷基了？

罪犯：先生……我是想只要和他待在一起，我就有希望让他跟我谈点什么……如果他能和我谈点儿什么，我就有希望获释……

处长：这事我不好说，莫利纳，我还得考虑一下。不过，我总认为这不太合适。

罪犯：先生，说真的，您想要什么我都给您……

处长：您得控制住自己，莫利纳。我们没有什么可以谈了，您走吧。

罪犯：谢谢，先生。谢谢您为我做的一切，谢谢您自从……

处长：您可以走了。

罪犯：谢谢……

处长：再见，莫利纳。

士官：您叫我了吗，先生？

处长：是的，您可以陪罪犯走了。

士官：是，先生。

处长：我还有一句话要对罪犯说。莫利纳，您……明天就收拾您的物品，准备离开囚室。

罪犯：我请求您……别剥夺我唯一的……

处长：请等一下，我还没有把话说完。明天您做好准备，假释出狱。

罪犯：先生……

处长：对，明天，明天一大早。

罪犯：谢谢，先生……

处长：祝您交好运，莫利纳。

罪犯：谢谢，先生，谢谢……

处长：没有什么，老弟，万事如意……

罪犯：这是真的？

处长：当然是真的。

罪犯：我真难以相信……

处长：您应该相信……出狱后要好好干，别跟那些小孩子胡闹，莫利纳。

罪犯：明天我就走？

处长：对，明天一大早就走。

罪犯：谢谢……

处长：好了，您走吧，我还有事呢。

罪犯：谢谢，先生。

处长：不用谢。

罪犯：噢！……还有一件事……

处长：什么事？

罪犯：明天我出去了，假如我家里那边来人或律师来看我……

处长：说下去吧……或者您是想让士官出去一下？

罪犯：不用了。我是说……假如有人来看我，因为他们还不肯定我明天会出去……

处长：您到底想说什么？……我不明白您的意思。快明说吧，我还有许多事情要做呢。

罪犯：是。我是说，如果有人来，给我带来一包食物……便可以假装给阿雷基……

处长：不必这样了，这已没有意思了。您告诉他，不会给您送东西来了，因为律师已知道您将出狱。明天您就在家里吃饭了，莫利纳。

罪犯：这不是为我，先生。是给阿雷基装个样子……

处长：不必小题大做了，莫利纳。这样就行了。

罪犯：对不起，先生。

处长：愿您万事如意。

罪犯：非常感谢。谢谢为我做的一切。

“可怜的瓦伦丁，你在瞧我的两只手。”

“我自己没有发觉。我是无意识这么做的。”

“可怜的心肝宝贝，你双目无神……”

“你说些什么呀……有什么事快说。”

“他们没有给我送来食品包，你得原谅我了。”

“你有什么过错……”

“唉，瓦伦丁……”

“什么事？”

“唉，你还不知道……”

“快说吧，究竟这葫芦里卖的什么药。”

“你不知道……”

“快说吧，究竟是发生了什么？”

“明天我要走了。”

“从这囚室搬走？……真是胡闹腾！”

“不，他们让我出狱了。”

“不……”

“是的，他们同意我假释。”

“可这是件大好事……”

“我也不知……”

“可这几乎是不可能的事……这对你来说是天大的

好事哩！”

“可你呢？……你只孤单单的一个人了。”

“不，这不可能，这太突然了，莫利尼塔，这太好了，太好了……请告诉我，这是真的，还是你在骗我？”

“没有骗，这是真的。”

“这太好了。”

“你为我出狱而这般高兴，真是个大好人。”

“是的，我是为你而感到欢欣，但同时也为另一件事……这太妙了！”

“为什么事？什么事有这么妙？”

“莫利纳，这件妙事你可以帮我的忙。我向你保证，你不会有任何危险。”

“什么事？”

“是这样的……近些日子我思考了一个特殊的行动计划，可就是没法通知我那边的人，心里真快急死了。我正在绞尽脑汁寻找解决的办法……你却将这个办法放在托盘内给我送来了。”

“不行，瓦伦丁，我干不了这方面的事，你准是发疯了。”

“你先听我说，这件事不难。你只要将我对你说的全都记住就行了。就这么简单。”

“不行，你真的疯了。我干什么事他们都会派人跟踪的，看看我是不是同你有联系。”

“这个问题好解决。你出去后，先等一些日子再干，等上它两个星期。我再告诉你一个可以发现有没有人跟踪你的办法。”

“不行，瓦伦丁，我这次是假释，出一点事他们便可以将我重新关起来的。”

“我向你保证，你不会有任何危险。”

“瓦伦丁，我求求你，我对你那边的人一点儿也不想了解，既不想知道他们在什么地方，也不想知道他们是什么样的人，什么也不想知道。”

“你不喜欢有朝一日我能出去？”

“从这儿出去？”

“对，获释出狱。”

“我怎么会不喜欢……”

“那你得帮我的忙。”

“你能出狱，这是我在这个世界上最大的愿望了。不过，你要听我的话，我请求你，是为你好……你什么情况也不要告诉我，你伙伴们的事什么也别对我讲。我这个人嘴不严实，如果让他们逮住，我便会全都说出来。”

“对我同志们的安全负责的是我，而不是你。我之所以求你办这件事，是因为我知道，这不会有危险。你出去后要做的事也只是先等上几天，然后打个电话，要在公用电话亭打，别从家里打。通过电话约一个人在一个假地方见面。”

“怎么在假地方见面呢？”

“这是为了防止我的同志们的电话受到监听。所以，你得告诉他们一个表示暗示的地方。比如，你告诉他们在金河咖啡馆会面，他们就知道在另外一个什么地方了。我们打电话都是用这个办法，你明白我的意思了吗？我们电话里说出一个地名，实际上指的是另一个地方。例如，纪念碑电影院实际上是我们中间一个成员的家，广场旅社是指博爱多区的一个街角。”

“我真害怕，瓦伦丁。”

“等我把情况都对你说清后，你就不会害怕了。你会明白传递信息并不困难。”

“可如果电话受到监听，我就会受到牵连，是不是？”

“你打公用电话就没有这个问题了。另外，可以改变一下嗓音，这是世界上最容易办到的事情，这我可以教你。这种办法有千百种，你可以在嘴里含一块糖，也可以在舌头下面放一根牙签……你瞧，这不会有什么困难吧。”

“不行，瓦伦丁……”

“等一会儿我们再谈吧。”

“不行！”

“那就随便吧……”

“……”

“怎么啦？”

“……”

“你别这样趴着，请你眼睛对着我。”

“……”

“不要将脸埋在枕头上，我请求你啦。”

“瓦伦丁……”

“什么事？”

“让你一个人留下我心里难过。”

“一点也不要难过，你应该感到高兴，可以见到你母亲了，也可以照料她了。这正是你的心愿，可不是吗？”

“……”

“喂，朝我看一眼嘛。”

“别碰我。”

“行，很好，莫利尼塔。”

“……你不会再想念我了吧？”

“我当然会想念你的。”

“瓦伦丁，我曾做过一个承诺，不知向谁，可能向上帝吧，尽管我不怎么相信上帝。”

“是的……”

“我说自己这一辈子最大的愿望是能出狱照料妈妈，

我愿为此做出任何牺牲。我请求能出去照看妈妈，自己的一切都在其次。现在我的愿望实现了。”

“那你就该高兴了。你能先考虑别人，再考虑自己，这品德就很高尚。你应该为此而感到自豪。”

“可这公正吗，瓦伦丁？”

“什么事？”

“我总是一无所有……我这一辈子什么也没有捞到。”

“可你有妈妈，这也是一种责任，你应该承担起来。”

“对，确实如此。”

“那你怎么还说……”

“你听我说。妈妈已活了大半辈子了，她有过各种经历，有过丈夫，又有儿子……现在已进入暮年，她的日子已屈指可数了……”

“不错，可她还活着呢。”

“对，那我不也还活着吗？……但我的生活从什么时候开始？什么时候轮到我拥有自己的东西？”

“莫利尼塔，你该知足了。你已交了好运，他们让你出去了，你应该为此感到高兴。出去后，你可以从头开始。”

“我想留下来和你在一起。现在，我唯一的愿望是和你在一起。”

“……”

“我这么说，使你害臊吗？”

“不……啊，是的。”

“为什么？”

“你这么说确实使我有点儿不好意思。”

“瓦伦丁……如果我给你传递你这个消息，你认为你能很快出狱吗？”

“这将是对我们事业的一种帮助。”

“可他们并不会因此而让你立即出去。你的意思是这样做能加快革命的进程。”

“是这样，莫利尼塔。”

“但他们不会因此释放你。”

“不会的，莫利纳。”

“……”

“你别老是去想这个问题。别想了，这个问题我们再商量吧。”

“没有多少时间可以商量了。”

“我们还有整整一个夜晚呢。”

“……”

“你得把那部电影给我讲完，别将它忘了。你有好几天没有给我讲了。”

“因为这部电影太叫人伤心了。”

“什么事都会使你伤心。”

“说得对…… 只有一件事例外。”

“别胡说八道了。”

“是这样的。虽说这是件不幸的事，但事实确是如此。什么事都会使我伤心，让我改换囚室，会使我伤心；让我出狱，也使我伤心，只有一件事不使我伤心。”

“出狱后你会过得很好，你会忘了在狱中所有的经历，你会感到这一点的。”

“问题是我不想忘记。”

“好了……别胡说八道了！请你不要折腾我了！”

“请原谅。”

“……”

“瓦伦丁，请你对我说，你已原谅我了。”

“……”

“我给你讲电影。如果你想听，我给你讲完。我向你保证，我不会拿自己的事来折腾你了。”

“……”

“瓦伦丁……”

“什么事？”

“我还是不想传递消息。”

“那好。”

“因为我怕出狱前他们就会审问我有关你的情况。”

“你觉得怎么合适就怎么办吧。”

“瓦伦丁……”

“什么事？”

“你生我的气了吧？”

“没有。”

“你希望我把电影讲完吗？”

“不，因为你不想讲。”

“如果你希望我讲，我就讲。”

“用不到你讲了，我想象得出来，这电影是怎么结束的。”

“结局很好，是吗？”

“这我不知道，莫利纳。”

“你瞧，你还是不知道。我来给你讲完吧。”

“请便。”

“讲到什么地方了？”

“我记不得了。”

“我来想想……我以为，我们已讲到那小伙子发现，女歌星为了养活他，当了娼妓，而她发现他已知道了这件事。凌晨她回家时，发现他已不在了。”

“对，是讲到这儿了。”

“那好。在这段时间里，那位大亨一直在寻找她，因为他已获悉她陷入极度贫困。这老兄对自己的所作所为深感后悔。当天早上，一辆豪华的小轿车驶到海滨那座大房子边，大亨派自己的司机前来寻找她。她不愿随他走。没过多久，大亨也亲自来了。他对她说，请她原谅，自己过去所做的一切纯然出于对她的爱，是由于失去了她而产生的绝望心理所致。她泣不成声地对他述说了自己这段时间的境遇。大亨更感到后悔了。他对她说，她之所以做出这么巨大的牺牲，是因为心里爱着那个人，永远地钟情于他。大亨接着又对她说：‘这个给你了。’说完，便交给她一只里面装满珠宝首饰的匣子，在她额头上吻了一下，便走了。她开始发了疯一般四处寻找那小伙子的下落，因为她卖了珠宝首饰后，已有足够的经费替他找最好的医生治病，还可以让他住到最好的疗养院去。但她始终没有找到他。在这期间，她甚至跑遍了所有的监狱和医院，最后终于在一间重病员的病房内找见了他。此时的他机体已遭彻底损坏，先是因为酗酒，后因饥饿与寒冷。每天夜里，无处栖身，他不得不露宿在海边。他见到她来了，脸露微笑，并请她走到自己身边，好让他拥抱她。她跪在他的床边，两人拥抱着。他对她说，昨天夜里他真怕自己会死去，因为病情大大恶化了，但今天上午他感到自己脱离了危险，便想等自己稍稍好一点儿就立即去寻找她，因为他感到促使他俩分开的所有原因都无关紧要，他们仍可以以某种方式重新一起生活。她对站在床边担任护理工作的那位修女看了一眼，试图从她那儿得到对他刚才这番言辞，即他的病能治愈的首肯。但是，那修女却轻微得几乎看不出来地摇了摇头，表示这不可能。他继续说着话，说人们已答应让他在几家重要的报社里工作，还答应派他出国当记者。他们俩将远离眼前这一切，完全将以往遭到的苦难抛到脑后。这时，她才发现，原来他是在发高烧，说胡话，烧得非常厉害。他还对她说，他又填了一首歌的歌词。让她亲自演唱。他对她轻轻地说着歌词，她跟着他唱，银幕里响起了仿佛来自海边的音乐。原来已陷入昏迷状态的小伙子这时好像感到他们俩正置身于金色的晚霞映照下的渔港边的小山上。他说着歌词，她演唱着：'……每当我愁肠百结时……我想起了你……每当我心花怒放时……我想起了你。我看着他人的眼睛，我吻着别人的嘴，我闻到了香味……我想起了你……'他们从小山上往海面望去，但见一只帆船朝他们驶来。'……我牢牢地将你记在心间，埋藏在心灵的深处……我永远地惦记着你……'帆船停泊在小小的渔港边，船长向他们招手示意，请他们俩立即上船，因为帆船即将借助顺风，再次张帆起锚，驶向宁静的大海，将他们送到遥远的地方。歌继续演唱着：'……我从未想到……你会使我如此钟情……我从未相信，你会窃去我的心……正因为如此，我的心肝……无论你在我身边，还是身在远处，我都惦记着你……无论黑夜，还是白天，我都像美好的乐章，牢记着你，埋藏在灵魂深处……’他想象着他们俩已上了帆船，站在船舷边，两情依依，目光注视着远方。但见水天一色，因为太阳已落到了地平线下。她对他说，这歌词十分优美动人，但他没有回答她，只是大大地睁着两只眼睛。也许他在人世间见到的最后一眼便是他们俩永远地拥抱着，站在帆船的船舷上，驶向幸福的彼岸。”

“真够凄惨的……”

“电影还没有结束呢。于是，她紧紧地抱住他，绝望地痛哭着。她将变卖珠宝首饰得来的钱币如数交给医院的修女们，用来照料穷人。她自己像梦游症患者一样走着，走着，来到了他们俩曾幸福地生活过几天的那座小房子里。随后，又沿着海边走着。这时，天色已晚，传来了渔夫们的歌声。他们在唱小伙子写的歌曲，因为他们听到小伙子和女歌星唱的歌，而且学会了。年轻的情侣们双双凝视着夕阳的余晖，侧耳倾听着渔夫们正唱着的歌，这首歌是小伙子在和恋人重逢的幸福时光里唱给她听的：‘……你在我心间……我在你身边……为什么要哭泣，为什么要难过……我真想隐瞒内心的幸福，免得世人知晓……然而，生活的渴望在我内心呼唤……’一个老渔夫向女歌星打听小伙子的情况。她对他说，他已经走了。不过，这不要紧，因为他将永远和他们在一起，哪怕仅仅是活在他们对他的这首歌曲的回忆中。她独自一人朝前走去，目光对着即将隐没在地平线下的太阳。人们又听到了歌声：‘……我感到幸福，你也如此……你爱我，我更钟情于你……我是如此地爱恋着你，我已忘记了过去发生的事……今天我感到幸福……因为我见到你……为我而哭泣……’这时，夜幕已笼罩着大地，几乎已看不清她的身影。她像一个冤魂一般仍然漫无目标地朝远处走着，走着。突然，银幕上出现了一个近镜头，她的脸非常非常大，眼眶里满是泪水，但嘴角却挂着一丝微笑……乖乖……这个故事……就这样结束了。”

“是啊……”

“结尾部分交代得不太清楚，是吧？”

“不，这样很好，结尾部分是整部电影最精彩的。”

“为什么？”

“这意味着尽管女主人公已一无所有，但仍感到愉快，因为她此生中至少已得到真正的爱情，虽说这种情缘已经终结。”

“得到了幸福后，却又变得一无所有，这不是更不好受吗？”

“莫利纳，有一点你得考虑到，人的生命是长是短，总不可能是永恒的。所有的事物都不过是一现的昙花。”

“这当然是对的。但不管是长是短，至少是经历了一段时间。”

“因此，人们都应该接受赐予之物，珍视那些即使是历时十分短暂的美好的东西，因为世界上不存在永恒不朽的事物。”

“说得对。不过，这些事情说说容易，亲身经历又是另一回事了。”

“但是，你得好好想想，而且，要想通。”

“是的。但是，有些心灵方面的东西理智也不理解。这话是法国一位非常非常了不起的哲学家说的。我是和你开了玩笑。我认为自己还记得他的名字，他叫帕斯卡尔。吃橘子吧。”

“我会想念你的，莫利尼塔……”

“尽管只是因为我给你讲了几个电影。”

“虽说只几部电影……”

“……”

“往后我只要见到蜜饯，就会想起你。”

“……”

“只要在烧鸡店的橱窗内见到烧鸡，也会想起你。”

“……”

“因为总有一天会轮到我出狱的。”

"我把我家的地址告诉你。"

"好的。"

"瓦伦丁……上一回干那件事，并非我采取主动，因为要是你不越规——我是说，要是你不自愿，我是不会向你提出任何企求的。"

"是的。"

"可在临别之际，我对你提出一个小小的要求……"

"什么要求？"

"这事你从来没有干过，尽管我们干过比这更糟的事。"

"什么事？"

"接一个吻。"

"确实是这样的。"

"可得等到明天，我走之前。你别慌，我不是现在就要你这么做。"

"那好。"

"……"

"……"

"我出于好奇，还想问你……你那会儿觉得吻我一下真想恶心吧？"

"嗯……也许是怕你也变成一只金钱豹，就像你给我讲的第一部电影中的那个女人那样。"

"我可不是金钱豹女人。"

“说得对，你不是金钱豹女人。”

“做金钱豹女人是十分悲惨的，谁也不能吻她，什么事也不能与她干。”

“你是蜘蛛女人，用自己的网擒获男人。”

“妙极了！这我喜欢。”

“……”

“瓦伦丁，你和我妈妈是世界上我最爱的两个人。”

“……”

“你会记得我吗？”

“我从你那儿学到了不少东西，莫利尼塔……”

“你别说疯话，我只不过是一头笨驴……”

“我希望你能愉快地出去，并像我对你一样，对我保留着美好的记忆。”

“那你从我身上学到了什么？”

“这一时很难说清。可你让我思考了许多问题，这点我可以肯定地对你说……”

“你两只手总是热烘烘的，瓦伦丁。”

“而你的手总是冷冰冰的。”

“有一件事我向你保证，瓦伦丁……只要我一想起你，就会感到愉快，就像你向我表示的那样。”

“还有一样事你要答应我……你要做到让人们尊重你，不能允许任何人虐待你，更不允许有人剥削你，因为谁也没有权利剥削他人。请原谅，我又重申了这一点，因为上次曾对你讲起过，但你不想听。”

“……”

“莫利纳，你一定要答应我，往后不让任何人作践自己。”

“我答应你。”

“……”

“你这么早就将书收起来了？”

“……”

“你不想等到熄了灯后再说？”

“……”

“脱下衣服不觉得冷吗？”

“……”

“你真好……”

“……”

“啊……”

“莫利尼塔……”

“什么事？”

“没有什么……我没有让你感到痛吧？”

“没有……啊，对，就这样，对。”

“你痛吗？”

“最好就像那天那样，让我将两条腿抬高一点儿，就这样，趴在我的两只肩膀上。”

“……”

“就这样……”

“别说话……等一会儿再说话。”

“行。”

“……”

“……”

“瓦伦丁……”

“什么事？”

“没有什么……没有什么……”

“……”

“瓦伦丁……”

“……”

“瓦伦丁……”

“你怎么啦？”

“没有什么，我想跟你说……是件蠢事。”

“什么事？”

“不说了，还是不说为好。”

“……”

“……”

“莫利纳，究竟是什么事？是不是想让我干白天你请求我干的那件事？”

“什么事？”

“吻一下。”

“不是，是别的事。”

“你不想我现在就吻你？”

“想，如果你不感到恶心的话。”

“你别惹我生气。”

“……”

“……”

“谢谢。”

“应该谢谢你。”

“瓦伦丁……”

“……”

“瓦伦丁，你睡着了吗？”

“什么事？”

“瓦伦丁……”

“说话呀！”

“你把你伙伴们的情况都告诉我……”

“就听你的。”

“你还得将让我干的事全告诉我。”

“好。”

“你要交代清楚，一直到我把这一切牢记在心……”

“同意……你刚才要对我说的就是这件事吗？”

“对。”

“……”

“可还有一件事，这件事非常非常正经……瓦伦丁，你能肯定我出去后他们不会审问我吗？”

“我能肯定。”

“那么，我准备做你让我做的每一件事。”

“你不知道你这样做使我有多高兴。”

第十五章

安全委员会在电话监听系统的配合下，对本月9日假释出狱的3018号罪犯路易斯·阿尔贝托·莫利纳进行了跟踪，现报告如下：

9日，星期三。罪犯于上午8:30出狱，9:05独自一人坐出租车回家，今天没有离开过位于呼拉门托街5020号的住宅。他曾几次探身窗外东张西望，尔后又目不转睛地朝西北方向观望了好几分钟。他家在四楼，前面没有高层建筑挡住视线。

10:16，他打电话找拉洛，后者接电话后，两人在电话里交谈了几分钟，都是以女性的身份交谈。在通话的整个过程中，他们不时地互相称对方各种女人的名字，诸如：特雷莎、妮、齐娜、彼尔拉、卡拉科拉、贝比塔、卡尔拉和蒂娜等。那个叫拉洛的人首先一定要罪犯谈谈在狱中的“收获”。罪犯回答说，在监牢里谈到的有关两性关系的话纯系谎言，一点儿也“不好玩”。他们俩同意在周末见面，一块儿去看电影。他们每次称呼对方一个新的名字，便哈哈大笑。

18:22，罪犯给一位太太打电话，称她为罗拉姨妈。他与她交谈了很长时间，显然她是他母亲的妹妹。他们先谈到罪犯母亲的健康状况，还谈到这位太太未能去照料她，因为她自己也有病在身。

10日，星期四。罪犯于上午9:35出门，朝位于潘帕街和脱里乌比拉托街之间的，也就是说离他家有两个街区的那家干洗店走去。他在干洗店丢下一大包衣服待洗。之后，他又折向卡马拉街，朝离干洗店只有半个街区的一家杂货店走去。回家的路上，他又在一处小摊上买了几包香烟，这摊点位于阿瓦罗斯街，几乎都快到潘帕街了。买了烟后，他便回到家里。

11:04，他接到几位亲戚打来的电话，他分别称他们为阿杜罗大叔和玛丽娅·埃斯特尔婶婶，他们祝他交好运。紧接着，又有一个从声音听起来相当年轻的女人给他打来电话，她叫埃斯德拉，可能是他的表妹，因为她将电话听筒交给了她母亲。罪犯有时叫她母亲为奇恰，有时又叫她奇恰姨妈。她们都对他因表现良好未满刑期提前释放表示祝贺，还邀请他下星期天去她们家吃午饭。他们在电话里还交谈了几句奇奇怪怪的话，可能是重复了罪犯小时候吃完饭还想再吃时说的那些话。当她们问他喜欢吃什么时，他说喜欢吃“狮子肉”。这可能是罪犯童年时说的话，但我们建议对此予以关注。17:00，虽然天气相当寒冷，罪犯还是打开了窗门，并和昨天一样，长时间地注视着西北方。18:46，昨天给他打过电话的那个拉洛又给他打来电话，请他乘一位女朋友的汽车出去兜风。罪犯接受了邀请，但提出必须在 21:00 前回家，以陪伴他母亲和姑妈吃晚饭。姑妈名叫库卡，她住在一套单元房子里，早上常去面包店和乳品店购物，下午有时还去超市买东西。这家超市离她家有六个街区，位于脱里乌比拉托街和罗斯福街之间的街角。几分钟后，罪犯走下楼来，站在门口等了一会儿。驶来了一辆菲亚特牌汽车，里面坐着两个人，但并非电话里说的那样是一男一女。他们是两个男子，其中一人年已四十开外。他一下车，便拥抱了罪犯，还毫不掩饰自己的激情，在罪犯的两边面颊吻了起来。另一个人没有下车，仍然端坐在方向盘前，给人的印象是他不认识罪犯，这一点从他们俩握手的方式中可以看出。此人已年过半百。汽车径直驶向卡比尔多街，然后又去潘帕街，继而又回到了卡比尔多街，一直驶到和平大道，接着又朝前驶向圣达菲街，还到了雷蒂罗、雷安特罗阿雷姆，穿过五月广场到五月路、议会大厦、卡亚奥街、柯连特斯街和雷岗基斯塔路，最后，还到过圣塔尔姆区的几条街道。在这期间，汽车还在最近几年在上述地区雨后春笋般建立起来的几家音乐咖啡厅门前作过短暂的停留，也在几家古玩店门前停过。在整个行程中，罪犯曾几次回头观看，神色疑惑不定，显然是想看看有没有人在对他进行跟踪。汽车开到圣塔尔姆区后，便不再停留地来到了罪犯的家门口。

对于昨天电话监听系统的成员们提出的关于罪犯和上面提到过的那个拉洛进行通话时，用了一大串女人的名字，是不是暗号需要进行认真研究的问题，可以这样认为，从他们交谈的语气看，纯系开玩笑，非常杂乱。不过，对这件事还得予以必要的关注。

11 日，星期五。11:45，一个声如瀑布一般的男子打来电话，罪犯称他为“教父”。从其紧张的语气看，这次通话实属可疑，嗓音似乎是伪装的，但谈话的内容是涉及罪犯未来的表现。“教父”看样子是真的，他让罪犯在外面要循规蹈矩，特别是在工作中。他还提醒罪犯，他身陷囹圄的原因是他当年在一家商店当橱窗设计师时与一个少年有不正当的关系。谈话变得十分冷淡，最后双方都几乎动了气。几分钟后，那个拉洛又打来了电话，他们和平时一样，双方先说了几个不同的女人的名字，这会儿好像说的是电影女明星的名字，她们的名字是克莱塔、玛尔莱娜、玛丽莲、梅勒、吉娜和吉蒂。再说一遍，这给人们的印象不像是暗号，是他们之间通常开的玩笑。谈话的语气很活跃。朋友告诉罪犯，有几个熟人打算开一家设有几个橱窗的时装商店，由于经费有困难，还没有和另一个橱窗设计师达成协议。他朋友将这几个熟人的电话号码和地址告诉了罪犯，让他在下星期一给他们打电话。电话号码是 42-5874，地址是贝鲁蒂街 1805 号。

15:00，罪犯走出门外，朝卡比尔多街走去。走了二十多个街区，进入大贝尔格拉诺电影院。放映厅内观众寥寥无几。他单独找位子坐下后，没有和任何人交谈。在走出电影院时，他进厕所小便。因厕所窄小，为避免引起怀疑，没有进去对他进行跟踪。他很快便走出厕所。他步行回家，走的是和来时并行的另一条街道。在几个街口停下来朝几家住家和商店细细地看了一会儿，19 点差几分回到家里。

没过多久，他给一个地方打电话，接电话的人说“饭店”，随后又通报了他自己的名字。由于饭店或酒吧柜台边人声嘈杂，听不清此人的名字。罪犯要求与加夫列尔通话。此人很快来到电话机旁，话语中表露出十分惊讶的样子。之后，言辞变得十分亲切。此人听起来像是男人。似乎住在首都贫民区。我们猜想他是酒吧的侍者。他们俩商定，要是那个叫加夫列尔的人到了饭店后，罪犯还没有到那里，他们便打电话联系。我们已将谈话过程中的一些疑点记录下来了，看来最重要的一条是弄清加夫列尔这个人的身份。继而，罪犯站在窗口，但没有打开窗门，肯定是因为天气太冷，只是拉开了窗帘。他眼睁睁地站立在窗边看了几分钟，和平时一样，目光没有对着街道，都是朝上看。和前几次一样，这次的目光也注视着西北方。也就是说，对着呼拉门托街和巴乌纳斯街的交会处。说得更确切一点，是朝着那座监狱的所在地比约德瓦托区。

12 日，星期六。罪犯和他母亲及姑妈走出家门，乘出租汽车于 15:25 来到了位于卡比尔多街的大沙波依电影院。他们的座位连在一起，没有和旁人进行过交谈。17:40 他们走出电影院，这次是在梦露和卡比尔多两街的街口乘的小型公共汽车。他们在离家还有一个街区的地方下了车。然后，边走边谈笑着，走进一家面包店，买了面粉。19:00，罪犯给上面讲到过的那家饭店打了电话，这次终于听清了这家饭店的名称，叫马约尔金饭店。那个叫加夫列尔的人来接电话。罪犯对他说，他不能去看他了，因为他得陪伴他母亲。加夫列尔说，星期一他上白班，但明天是星期天，饭店照例不开门。看来他对约会延期有些不愉快。上次报告中已谈及，当地的安全机构对加夫列尔的身份已进行过调查，按计划，这方面的调查报告明天将送呈办公室。

13日，星期天。已送来了调查报告。马约尔金饭店是一家西班牙餐馆，已有五十年经营史，位于沙尔塔街56号。该饭店经理说，加夫列尔·阿尔马多·索莱五年前便在该饭店当侍者，对此人的诚实没有丝毫的疑问。他既无极端的政治观点，也不参加工会召开的会议，更没有结交过政界的朋友。罪犯家里只打来过一次电话，是在10:43，是几天前跟他通过话的奇恰姨妈打来的。她说话的用词还是那样含糊不清。这次在电话里约定，她在13:00在自己家里等候罪犯母子俩，让他们不要迟到。还说她已做好了一种食品，名称开始没有听清，后来听明白了，是面卷。12:30罪犯及其母亲，还有他那个姑妈走出家门，在脱里乌比拉托街和潘帕街的街口坐上出租车，在德安富纳斯街1998号下了车。这是一座平房，位于巴脱里西奥斯区。在门厅迎候他们的是一位头发花白、身躯肥胖的太太，显得十分亲热。

18:55，罪犯等三人走出亲戚家，由一位难以确定确切年龄的姑娘驾驶一辆菲亚特600型轿车送他们回家。须要指出的是，去亲戚家时他们乘坐的那辆出租车司机曾几次回头往后看，看看有没有汽车在跟踪，罪犯本人也曾回过几次头来，但两位太太却没有这样做。在送他们回家时，开菲亚特车的姑娘似乎没有注意什么。

14日，星期一。10:05，罪犯给上文讲到的那家时装商店打电话——从11日，即上星期五起，这家位于贝鲁蒂街的商店的电话一直受到监听。接电话的人说，他们的确需要他为他们工作，请他于21日，即下星期一去那儿商谈薪酬的问题。此人还抱怨说，那位负责即将于本周内竣工的店面装修的包工头超过了原来的预算，弄得连橱窗设计师的薪金也发不出。接着，罪犯又打电话给那个饭店的侍者索莱，对他说自己不能去市中心了，因为他得陪伴他妈妈。侍者有些不高兴，他们没有确定新的约会时间。罪犯答应于星期三、四再给他通话。索莱和他有可能接触这一点几乎已被排除，但我们建议继续监听马约尔金饭店的电话。15:00，罪犯探身于窗外，和平时一样，朝西北方注视了一会儿。16:18，他走出家门，上一家报亭买了两本杂志。从杂志封面的大字标题我们看到，其中的一本系克拉乌迪亚的时装杂志。另外，这家报亭不出售政治性的杂志。

20日，星期日。拉洛于11:48打来了电话，提议他们与梅恰·奥尔蒂斯一起和上星期天一样驾车外出。梅恰·奥尔蒂斯可能是上次驾驶菲亚特的那个司机的别名。他们这次又提到了一大串人名，但我们并不认为这是一种暗号，这些人名是德里娅、米尔塔、西尔维娅、妮妮、里威尔、保里娜等，几乎可以肯定指的是前些年阿根廷电影界的女明星。罪犯没有接受邀请，因为他已答应他母亲，陪她去看戏。15:15，他又探身窗外。这次窗门已打开，我们估计是因为有太阳，天不太冷。他又朝常常注视的那个方向观望了好长一段时间。17:04，他和母亲走出家门，在潘帕街和脱里乌比拉托街的街口乘一辆小型公共汽车，在五月大街和利马路附近下了车，步行了两个街区，一直来到阿贝尼达剧院边，买了两张说唱剧票。随后他们看了看商店的橱窗，18:15演出开始。幕间休息时，罪犯上了一次厕所，没有和任何人交谈。回到了自己的座位后，也没有和旁人说话。20:40，母子俩走出剧院。在位于圣地亚哥德尔埃斯脱罗街的“五月街”咖啡店喝了巧克力，吃了炸糕，他们俩仍没有和旁人说话。在五月大街和贝尔纳金多德依里戈耶街的街口，他们坐了来时同一辆小公共汽车，回到家里。

21 日，星期一。罪犯于 8:37 走出家门，乘小型公共汽车到达卡比尔多街，由那里再转乘车去圣达菲和卡亚多。接着，他步行五个街区，来到贝鲁蒂街 1805 号。他和两位先生交谈了一会儿，并一起观看用来布置橱窗的地方。有人给他端来了一杯咖啡。嗣后，他走出门，从原路乘坐原来的两路公共汽车回家。11:30，他打电话给他的朋友拉洛，电话是打到其工作单位加利西亚银行的。他们这次交谈显得一本正经，原因是拉洛正在上班，这是可以肯定的。罪犯只是告诉对方，他的工作已安排好了，于次日开始上班，不过，薪酬还未谈妥。这一天的另一个电话是罗拉姨妈打来的，她与罪犯的母亲通了话，她们为罪犯找到了工作而兴奋不已。

22 日，星期二。罪犯于八时零五分离家，到时装商店已几乎快九点了。他是奔跑着走完最后两个街区的。12:30，他走出时装店，在一家位于阿亚古乔和潘巴河之间的胡卡尔街的奶制品店内用了午餐。店内有一个公用电话，他拨打了电话。值得指出的是，他拨了三次号，拨通后，又立即挂上电话。后来，他一共讲了大约三四分钟。考虑到罪犯工作的时装商店有电话，而在奶制品店内打电话还得排队等情况，此事似有蹊跷。我们立即检查了罪犯家、马约尔金饭店和他那个朋友工作的那家银行的电话，发现他并没有和上述三个地方的任何一处通过电话。罪犯于 19:00 下班，20:00 稍过一会儿回到家里。

23 日，星期三。罪犯于 7:45 离家，八时五十一分到达工作的地方。十时，他与正在自己家里的朋友拉洛通了电话，对他的推荐表示谢意。然后，他将话筒交给时装店的一位店主。店主和拉洛通话时总叫他“索拉亚”。听了一会儿他们之间的交谈后，才弄清楚拉洛为什么有这个绰号，因为店主对他说：“你将永远叫这个名字，因为你是个不能有孩子的女人。”——这是原话。拉洛则以同样的理由称对方为法维奥拉王后。值得指出的是，他们在交谈过程中不断地改换着称呼对方的名字，其方式是随意的，因而，使人感到这不是有预谋的行为，只是一种没有暗示作用的玩笑。12:30，罪犯走出时装店，乘出租车来到商业银行的总行，走向储蓄部的窗口，取出一笔存款。后又乘出租车来到苏依巴恰街 157 号，走进一家公证处。由于众所周知的原因，不能对他进行跟踪。18 分钟后，他走出公证处，又乘出租车回到了贝鲁蒂街的时装店。他拿出一块早上从家里带来的三明治，站着吃了起来。边吃边与店主之一丈量着布匹。19:20，罪犯离开商店，乘坐平时乘用的交通工具于20:15回到家里。21:04又走出家门，坐小型公共汽车来到费德里科·拉克罗塞和阿尔瓦莱斯·托马斯这两条街的街口，尔后，改乘另一辆公共汽车来到科尔多瓦·依梅德拉诺大街。到了那儿，又换车来到索莱尔·依梅德拉诺街的街口。在那儿，他停下来等候了近一个小时。值得指出的是，索莱尔·依梅德拉诺街这个街角几米远便是另一条街——哥斯达黎加街，赴约人可以从任何一个角度看清是不是有人在盯自己的梢。由此可以断定，这个地方是由某一位经验丰富的人选定的，以避免警方的监视。罪犯在那儿等候着，未和任何人交谈。驶过几辆汽车，但没有一辆停下来。罪犯回到了家里，看样子他并未觉察到有人对他进行了监视。委员会的估计是罪犯在约见什么人，被约见的人已发现有人在监视，没有赴约。

24日，星期四。据有关方面报告，罪犯在银行里提取了全部存款，只留下极少量的尾款，以免下次重开户头。他在入狱前已拥有这笔存款。在“何塞·路易斯·纳里·卡斯特罗”公证处，他以其母亲的名义留下一只用火漆封口的信封。据公证处的公证人称，信封内全是从银行内提取的存款。这天罪犯的活动不多。上午他去上班，在时装店里他吃了一块三明治，还喝了咖啡。在那里人们一天要喝好几次就在店里煮的咖啡。20:10，罪犯直接回到家里。我们还注意到，根据上司的命令，决定不在报刊上披露阿雷基说罪犯莫利纳是情报机构密探的假供词。之所以做出这样的决定，是因为考虑到罪犯有与阿雷基的同伙接触的可能性，这种接触甚至可以说是很迫切的。

25日，星期五。上午罪犯去上班。12:30离开时装店去距该店几个街区的一家意大利馅饼店用午餐。这家食品店位于拉斯艾拉斯2476号。吃饭前，他在公用电话亭打了电话，仍像上次一样，先拨三次号，然后又挂上。他只讲了短短的几分钟。他独自一人用餐，说得确切一点，他只尝了尝，因为全部饭食几乎都留在盘子里。饭毕，他又回去工作。18:40，他离开时装店在卡亚奥乘坐公共汽车到议会大街，尔后又乘地铁到何塞·玛丽亚·莫雷诺站。接着，他步行到里格罗斯依福摩萨，并在那里等待了半小时。根据总部的命令，如在这期间无人前来与他会晤，便应对他进行拘捕、审讯。安全委员会的两名便衣警察和巡逻队事先进行联系后，便对罪犯进行逮捕。罪犯要求向他出示证件。就在这时，从行驶中的一辆汽车内射出一串子弹，安全委员会的一名叫华金·贝罗内的便衣警察和罪犯本人中弹受伤倒下。几分钟后，巡逻队赶到，但未能赶上极端分子的汽车。在两名受伤者中，莫利纳还没有来得及让巡逻队对他采取急救措施便咽了气。便衣警察贝罗内只伤着大腿，但倒地后，又受了严重的内伤。根据事件的发展，巡逻队中叫巴斯克斯的队员和别的队员均认为，极端分子们有意干掉莫利纳，免得他招供。此外，罪犯从银行中提取全部存款一事也表明，他自己也生怕发生什么意外。再说，假如他已知自己受到了监视，那么，当被安全委员会的人发现他确实与极端分子有牵连时，他面前也只有两种抉择：或设法与极端分子一起逃跑，或准备着让他们来消灭自己。

本报告除正文外，还复制三份，分发给有关部门。

第十六章

“哪一处伤您最痛？”

“哎哟……哎哟……哎哟……”

“如果您痛得这么厉害的话，阿雷基……您就别说话了。”

“这……这儿……痛……”

“您身上都是三度烫伤，真是些畜生。”

“哎哟……啊，别……别这样……”

“他们有几天不让您吃饭了？”

“三……三天了……”

“真不是人……”

“……”

“听我说，现在您什么也别说，请答应我。”

“……”

“您愿不愿意这样做，可点头或摇头。他们将您搞成这样，也真够残忍的，您得受几天大罪了……听我说，现在没有人对您进行紧急救助。利用这个机会，我给您打一针吗啡，让您好好地睡一觉。您如果同意，可点一点头。但您绝对不能将此事告诉别人，因为他们会将我开除的。”

“……”

“行，只过一分钟您就不痛了。”

“……”

“就这样，只轻轻地扎一下，便会感到轻松了。”

“……”

“现在您数到四十。”

“一、二、三、四、五、六、七、八、九、十、十一、十二、十三、十四、十五。”

“他们将您搞成这样，真使人难以相信。臀部的烧伤……恐怕得过几星期伤口才能愈合。可您千万不能往外讲，我已准备好了。明天您就会痛得轻一点儿了。”

“……二十九、三十、三十一、三十二、三十……三、三十……下面是什么数呢？现在已听不到任何脚步声了，他们可能不再跟踪我了吧？天这么黑洞洞的，要不是您熟悉道路，在前面领路，我怕会跌到井里去，绝不敢往前走的。像我这样不吃不喝，已筋疲力尽的人，怎么能走这么长一段路呢？如果我老是昏昏欲睡的样子，又怎么能走路而不跌倒呢？‘别害怕，瓦伦丁，看护是个好人，他会照看你的。’玛尔塔……你在哪儿？你是什么时候到这儿的？我张不开眼睛，因为我睡着了，可请你往我这边靠近一些，玛尔塔……你别停止对我说话，你不能抚摸我一下吗？‘别害怕，我在听你说话，可做到这一切得有一个条件，瓦伦丁。’什么条件？‘你得把心里想的对我和盘托出，因为这个时候尽管我很想听你说话，却听不到你说话。’没有人听我们说话吧？‘没有。’玛尔塔，这些日子我真糟糕……‘我想知道你现在情况如何？’没有人在偷听吧？没有人在等待我暴露我同志们的情况吧？‘没有。’亲爱的玛尔塔，我听到你在我肚子里说话。‘因为我已到你肚子里来了。’这是真的吗？永远会如此吗？‘不是的，这只有在我不对你隐瞒隐私，你也不对我保守任何秘密的情况下才能如此。’那我把情况全告诉你吧，因为这个非常好的看护正把我带到一条非常长的地道里，一直将我带到地道的出口。‘地道很黑吗？’是的。他对我说，在地道尽头有亮光，但离得很远，而我却不知这是不是事实，因为我已进入梦乡。尽管我做了最大的努力，仍然难以张开两只眼睛。‘眼下你在想些什么呢？’我的眼皮沉重得很，我实在无法张开眼睛。我太困倦了。‘我听到水在流动，你听到了吗？’在石缝间流动的水总是十分洁净的。我要是能用手触及流动着的水，便会用手指尖沾上点水，滋润一下睫毛，好让眼睛张开。可我害怕，玛尔塔。‘你是怕醒过来，发现自己仍在牢房里。’如此说来，有人要帮助我逃跑，这不是真的了？我已记不清了，可我在手上和脸上感受到的这种暖烘烘的感觉好像来自阳光。‘可能天已开始亮了。’我不知这水是不是洁净，我能喝上一口吗？‘只要沿着水流顺流而下，一定能到达入海口。’确是如此。可是，我认为，我现在见到的是一片茫茫沙漠，既无树木，也无房屋，在我目力所及之处，除了沙丘，还是沙丘。‘也许不是沙漠，是大海吧？’对，是大海。有一段海滩十分炎热，我必须奔跑着，才能不让自己的脚后跟被灼伤。‘你现在还看到什么了？’无论从海岸的这一边，还是另一边都见不到图画上的帆船。‘听到什么了吗？’什么也没有听到，听不到沙球的撞击声，只听到海浪的声音。有时掀起了巨浪，从高处重重地落下，击个粉碎，再往前一直推进到长着棕榈树的岸边。玛尔塔……我感到沙滩上落下了一朵鲜花。‘这是朵野生的兰花吗？’如果海浪到来的话，就会将它卷进大海。我正好要抓住它的时候，大风怎么可能将它吹走呢？然后，又将它吹到大海中。它消失在水下也没有关系，因为我会潜泳，我会扎猛子……然而，就在我确切地认为这朵花落下去的水域里……现在见到的却是个女人，是一个本地人。假如她不从我手中很快地泅水逃走，我是可以抓住她的。现在我赶不上她了，玛尔塔，在水中我不可能对她大声叫喊，告诉她不用害怕。‘在水下可以听到心里想的事。’她毫不恐惧地瞧着我，胸口捆着一件男式衬衫。可我已如此疲倦，在水下潜游了这么长时间后，我的肺部已没有氧气。可是，玛尔塔，那本地女人拉住我的手，将我拽到水面。她将一个指头放在嘴边，意思是叫我不要对她说话。她胸口紧紧地捆扎着的衬衫上的结头因泡上了水，显得更紧，没有我的帮助，她便没法解开。我给她解结头的时候，她的目光转向一边……我没有想起来，自己还赤裸着躯体。我触摸着她，这个海岛上的女人羞得满脸通红，她拥抱着我。我的手热烘烘的，抚摸着她，将她身上的水擦干。我摸她的脸，抚摸她长及腰际的头发，摸她的屁股、肚脐、乳房、肩膀、脊梁、小肚子、大腿、双脚，然后又摸她的下腹部。‘我能请求你，将她想象成我吗?’可以。‘但是，对她却什么也不要说，你不要对她进行任何责备，让她认为她就是我，尽管某些方面出了偏差。’那本地女人用一个手指放在嘴边，意思是让我什么也不要说，但对你玛尔塔我仍然要将实情奉告。我的感觉就如和你在一起一样，因为你确实和我在一起，很快会有一股白色的热腾腾的东西从我体内流出，我要将她淹没。啊，玛尔塔，太幸福了，我把什么都告诉你。这样一来，你就不要走了，让你永远和我在一起，尤其是现在，在这个时候。在这个时候，你千万不要想到离开此地！这是最美好的时刻。好了，对，请你不要动，最好是别说话。好了，好了。过一会儿，我再对你讲，那个本地女人闭上了眼睛，因为她困倦了，想休息一会儿。假如我也闭上了眼睛，谁知道我会在什么时候又张开呢？我的两只眼皮沉重得很。现在要是天黑下来，我也不会察觉的，因为我闭着眼睛。'你不觉得冷吗？已经是夜晚了，你睡着了，身上什么也没有盖。海上的天气相当冷，整个夜晚你都不感觉到寒冷吗？你得告诉我。'不，我不感到冷，我的背部垫着这条平展展的暖和的床单。打从我来海岛后，每天夜里我都躺在这条床单上。我不知应该怎样对你进行解释，亲爱的，这床单我认为……它实际上是女人的柔软而温暖的皮肤。在这个地方，没有别的东西，只有这女人的皮肤。在我目力所及的地方，只见到这个躺着的女人的皮肤。我只不过是她掌心中一小粒玉米而已。她躺在大海中，举起一只手，从这儿往上瞧，我可以看出，这海岛就是个女人。'是那个本地女人？'她的脸我没法看到，因为离我很远。'那大海呢？'我和平时一样，在水底下潜游，海水深不见底。可是，在水下我妈妈能听到我的全部心声，我们在进行交谈。你愿意我告诉你她问了我什么吗？‘愿意。’那好……她问我，报上说的这一切是不是真的，与我同住一室的难友在一次枪击中死了，这是不是我的过错；还问我，我给他带来如此悲惨的命运，是不是感到羞愧。‘你怎么回答她呢？’我说这是我的过错，我心里非常难过，但也不必感到伤心，因为只有他本人知道，他当时是不是很悲哀，还是为能这样死去，能为美好事业做出牺牲而感到高兴。这恐怕只有他自己清楚。但愿他会感到愉快，玛尔塔，我真的衷心地希望他能这样，能高高兴兴地赴死。‘为美好的事业吗？嗯……我认为他是自己愿意让人打死的，因为这样他就像电影中的女主人公那样死去，而这和美好事业毫不相干。’这也许只有他自己明白，甚至也可能连他自己也不清楚。可我在囚室内难以入睡，因为他每天夜里都给我讲电影故事，我都已听上了瘾，就像母亲哄孩子入睡一样。有朝一日如能出狱，我已不能打电话请他吃饭了，而他却请我吃了那么多次。‘那么，在这个时候，你最喜欢吃的食物是什么呢？’我将头部伸出水面，在水里游着，这样，我便能见到小岛的海岸。游到海滩时，我已精疲力竭。太阳已不那么灼人了，因为阳光已不十分强烈。在天还没有黑下来之前，我必须在丛林中寻找野果。你不知道那一棵棵缠绕着野藤的棕榈树该有多美。到了夜里，一切都呈银白色，因为电影是黑白的。‘那么，伴奏的音乐是怎样的呢？’沙球的声音非常柔和，还有鼓声也是这样。‘这不会是危险的信号吧？’不，这是舞台上亮起了强烈的灯光后，宣告即将出现一位身穿闪闪发光的长袍的奇妙女人的声音。‘那件长袍是镶着银线，穿起来像剑鞘对宝剑那样合身吧？’是的。‘那她的脸呢？’脸上戴着一副面具，也是镶银的。可是……这可怜的女人……却一动也不能动，因为她在原始森林最茂密处被一张蜘蛛网罩住了。哦，不是的，是她自己身上长出了蜘蛛网，从她的腰部和臀部长出了一条条丝，这些丝成了她躯体的一个组成部分。这些像绳索一样毛茸茸的丝让人见了都觉得恶心，虽然当你摸上去时，它们也许不知有多么柔软。可是，我要是去摸一下那印象就太深刻了。‘她不说话？’不说话，她在哭泣。哦，不对，她在微笑，但在面具的表面流下一滴滴眼泪。‘那是一滴滴像钻石一般亮晶晶的眼泪吧？’是的。我问她为什么要哭。在电影快结束时，她通过特写镜头拍摄的形象占据了整个银幕。她回答说，这正是人们无法知道的一件事，因为这是个像谜语一样的结尾。我回答她说，这样的结尾非常好，这是电影最精彩的部分，因为这意味着……说到这儿，她没有让我接着往下说。她对我说，我总是想对所有的问题进行解释，而实际上我在谈饥饿的事，尽管我没有勇气承认这一点。她注视着我，但目光越来越悲哀，眼泪淌得越来越多。‘钻石越来越多了。’我不知怎样才能消除她的伤感。‘我已经知道你跟她干了些什么了，但我不吃醋，因为你这辈子再也见不到她了。’因为她那时十分伤心，你没有发觉吗？‘可是，你喜欢她，这点你是不能原谅自己的。’但是，我这一生再也见不到她了。‘你真的很饿吗？’真的，是很饿。那蜘蛛女人在森林中用手指给我指了一条路，现在我已找到了那么多东西，真不知先吃什么好。‘这些东西都很鲜美吗？’是的，有烧鸡腿、上面涂了一层新鲜奶酪的饼干、切得薄薄的熟火腿片和一块非常好吃的南瓜蜜饯。最后，我用勺子将我喜欢的奶油蛋糕也吃光了。我不怕会把东西全部吃净，因为食物很多。现在我的睡意很浓，玛尔塔，你一定难以想象，我自从吃了在蜘蛛女人帮助下找到的食物，接着又吃了最后一勺奶油蛋糕后，多么地想睡一觉。睡了觉后……‘你还想醒过来吗？’不，我想睡很长很长的时间，然后再醒来，因为吃了这么多东西，而且是这么鲜美的东西，我实在是困极了。我在梦中再和你交谈吧，这可能吗？‘可能的，这本来就是一个梦，而我们正在交谈，因此，过一会儿也可以交谈，你不用害怕。我以为，谁也无法将我们分开了，因为我们已经发现这样做是非常困难的。’为什么会非常困难呢？‘因为我已活在你心中，因而，我会永远陪伴你，你再也不会孤单单的了。’当然如此啊，这点是我永远也不应该忘怀的。假如我们俩想法相同，我们就会在一起，即使我见不到你，这也无妨。‘说得对。’这么说来，等我在海岛醒来后，你便跟我走了吧。‘你不想在这美丽的地方待一辈子？’不啦，这样已够好的了，不能老是休息。我只要把东西都吃了，睡够觉，便就又会有劲了。我的同志们在等着我，再次开始一直在进行的斗争。‘这是我唯一不想知道的事，也就是你伙伴们的名字。’啊，玛尔塔，我多么地爱你！这是我当初唯一不敢对你说的一件事。我曾害怕你对我问起这件事。这样一来，我就会永远失去你。‘不会的，我亲爱的瓦伦丁，这种情况不会发生的，因为这个梦很短，却是幸福的。’”

终

文
景

Horizon

社科新知 文艺新潮

蜘蛛女之吻

[阿根廷]曼努埃尔·普伊格 著

屠孟超 译

出 品 人：姚映然
特约策划：楚尘文化
责任编辑：陈欢欢
特约编辑：章 武
营销编辑：杨 朗
装帧设计：一千遍工作室
内文制作：常 亭

出 品：北京世纪文景文化传播有限责任公司
（北京朝阳区东土城路 8 号林达大厦 A 座 4A 100013）
出版发行：上海人民出版社
印 刷：山东临沂新华印刷物流集团有限责任公司

开 本：880×1240mm 1/32
印 张：12 字 数：209,000
2020 年 10 月第 1 版 2024 年 4 月第 2 次印刷
定 价：79.00 元
ISBN：978-7-208-16566-3/I・1903

图书在版编目（CIP）数据

蜘蛛女之吻/（阿根廷）曼努埃尔・普伊格著；屠孟超译. -- 上海：上海人民出版社，2020
ISBN 978-7-208-16566-3

Ⅰ. ①蜘… Ⅱ. ①曼… ②屠… Ⅲ. ①长篇小说－阿根廷－现代 Ⅳ. ①I783.45

中国版本图书馆 CIP 数据核字 (2020) 第 115945 号